LA REINA DE LA SUERTE
LOS MISTERIOS DE MOLLY SUTTON
LIBRO II

NELL GODDIN

La reina de la suerte (los misterios de Molly Sutton 2)

Por Nell Goddin

Derechos de autor © 2015 y 2024 por Nell Goddin

ISBN: 978-1-949841-40-4

Dedicatoria
A mi extraordinaria maestra, Helen Tanner

2005

En la gran mansión antigua de la calle Simenon en el centro de Castillac, sentada en un sillón profundo tapizado con una tela tan cara que podría haber pagado un coche pequeño, Josephine Desrosiers estaba viendo un concurso en televisión. Llevaba puesto un camisón que su marido, fallecido hace tiempo, le había comprado en París treinta años atrás. Parpadeó mientras el presentador hablaba rápidamente con su tono forzadamente alegre, las luces del set parpadeando cuando un concursante logró murmurar la respuesta correcta.

Madame Desrosiers tenía setenta y un años, y su oído era tan agudo como siempre. Escuchó la puerta de la cocina cerrarse tres pisos más abajo aunque Sabrina, la ama de llaves que venía cada mañana, era una chica callada y para nada de las que dan portazos. Josephine se puso de pie y apagó el televisor de un golpe, luego alisó el cojín del sillón para que pareciera fresco y sin usar, y entonces ágilmente se metió en su enorme cama con sus ornamentados postes y cabecero tallado, y cerró los ojos con fuerza.

Sabrina no podía limpiar toda la casa de cuatro pisos en un día, incluso siendo tan joven y trabajadora como era. Ese día hizo toda la primera planta y la mayor parte de la segunda, pero nunca subió al dormitorio de Madame Desrosiers. Madame Desrosiers le había dicho que estaba muy enferma y que no tenía fuerzas para recibir visitas, incluida Sabrina, así que la dejaron sola. Tenía una caja de galletas bajo la cama y un poco de Brie que había pasado su mejor momento (suficiente sustento, gracias), así que nunca tocaba la campanilla de servicio.

Cuando Madame Desrosiers oyó la puerta cerrarse suavemente al final del día, se deslizó fuera de la cama y volvió a encender el televisor. Luego hizo sus ejercicios frente a un enorme espejo con marco dorado, contando sus movimientos, inclinándose a la derecha y luego a la izquierda, respirando pesadamente por el esfuerzo de alcanzar sus dedos de los pies. Se estaba preparando para la mejor parte del día, cuando se sentaba en su escritorio y escribía cartas. Cada una era una carta acosadora, difamatoria e instructiva, cada una de las cuales, cuando se abría, era recibida con el mismo sentimiento de desánimo e incluso vergüenza en su destinatario, justo como Josephine pretendía.

Josephine Desrosiers había sido una mujer afortunada, en aspectos materiales. Su familia no había sido rica, pero su marido había inventado algo que le hizo ganar millones (No podía decir exactamente qué, ¿algo eléctrico, creía?), y ahora era capaz de desempeñar el importante papel de Viuda Rica, completo con los miembros más jóvenes de la familia reunidos a sus pies, esperando que alguna migaja cayera en su dirección.

Bueno, al menos había un miembro de la familia que hacía eso: Michel, su sobrino. Probablemente vendría esta noche como solía hacer a finales de semana, intentando ganarse su favor. Muy de vez en cuando, ella le escribía un pequeño cheque. A veces le gustaba considerarse generosa y, con un impresionante autocontrol, negaba cualquier conexión en su mente entre las atenciones de Michel y el dinero que le daba. Mientras pensaba en Michel, sonó el timbre y lo oyó entrar. Aún no estaba del todo vestida y disfrutaba haciéndolo esperar. A Josephine le gustaba la idea del joven sentado en su salón, jugueteando con sus pulgares, sin nada más que hacer que esperar el momento en que ella apareciera en lo alto de la amplia y curva escalera.

Un tocador se encontraba en un rincón del espacioso baño junto a su dormitorio, cubierto de botellas de cristal con perfumes y viejas latas de delineador y base de maquillaje. Se sentó mirándose al espejo, cepillando sus mechones de pelo blanco hacia arriba. Mojó las yemas de sus dedos en un bote de colorete y enrojeció sus arrugadas mejillas. Se aplicó lápiz labial y lo difuminó con papeles especiales. Se le ocurrió, no por primera vez, que sería agradable escuchar algo de música mientras se preparaba, pero el tocadiscos se había estropeado hacía décadas y no deseaba nada feo y moderno en la casa.

Finalmente, con una rociada de perfume, Josephine Desrosiers estaba lista para recibir a su sobrino. Era ágil para su edad y no tenía problemas con las escaleras. Casi tarareaba mientras descendía, pero se contuvo porque pensaba que tararear era una costumbre de clase baja. Su sobrino, mordiéndose una uña, estaba sentado en el mismísimo borde del cojín del sofá, con su pelo castaño cayéndole sobre un ojo.

—Ah, Michel, *comment vas-tu?*

Michel se levantó de un salto del sofá y besó a su tía en ambas mejillas, murmurando los cumplidos más educados que se le ocurrieron.

Detestaba a su tía.

La consideraba mezquina y narcisista, lo cual no requería una gran percepción.

—¿Qué le gustaría hacer esta noche, querida tía? —le preguntó, tan solícito que casi se lo creía él mismo—. ¿Qué tal un poco de televisión? He oído que hay un nuevo...

—La televisión es vulgar —dijo Madame Desrosiers.

—Ah. Bueno, ¿la llevo a cenar entonces? ¿Tiene hambre?

Ella lo consideró. Le gustaba entrar en un restaurante y ver cómo la gente que conocía se levantaba para saludarla. Pero por otro lado, ¡qué servicio tan tedioso! ¡Qué gasto! Había perdido el apetito hacía años y no veía el sentido de gastar tanto tiempo y dinero en algo que no le interesaba especialmente. —Si me preparas lo de siempre —dijo.

Michel suspiró para sus adentros y se dirigió a un aparador. Sacó una copa de licor peligrosamente frágil del interior del armario y la colocó en una bandeja de plata. Luego vertió un poco de Dubonnet de una garrafa de cristal y llevó la copa a su tía. El líquido olía a rancio como el resto de la casa y no respiró hasta que ella se la quitó de las manos.

Él habría agradecido una copa, pero había aprendido que servirse o incluso pedir educadamente si podía acompañarla era un error, y con la tía Josephine Desrosiers, no querías cometer errores. No si querías escapar sin una cruel reprimenda.

Y definitivamente no si querías heredar su dinero.

MOLLY SUTTON FROTÓ su manga contra la ventana intentando limpiar la condensación que bloqueaba su vista del prado, pero no era niebla en la ventana, era hielo. Por dentro. Su primer invierno en Francia, y vaya que era frío. Las temperaturas más bajas en décadas, y *La Baraque* (su hermosa, extraña y vieja casa) no estaba aislada.

Se había mudado al pueblo de Castillac a finales del verano. Un nuevo comienzo en un lugar hermoso: una vida de jardinería, comida fabulosa, administrar un negocio de *gîte* y hablar con criadores de cabras; eso era lo que había imaginado. En cambio, había descubierto un cadáver en el bosque y se había involucrado en una investigación de asesinato, no exactamente la paz y serenidad que buscaba.

Pero en general, Castillac era incluso mejor de lo que había soñado: había hecho amigos, incluso buenos amigos; la belleza del pueblo y sus alrededores nunca dejaba de quitarle el aliento; y la repostería era *sublime*.

Molly estaba dispuesta a declarar que cualquier día que comenzara con un croissant de almendras de la *Pâtisserie* Bujold era al menos un éxito parcial. Claro que estaban en su punto cuando estaban recién hechos, lo que significaba caminar el kilómetro y medio hasta el pueblo para comprar uno a primera hora de la mañana, aún caliente del horno, y el Café de la Place estaba solo a dos pasos de la pastelería, después de todo, ¿por qué no parar a tomar un *café crème* y decir *bonjour* a ese camarero deslumbrantemente guapo, Pascal?

No estaba coqueteando con él, no realmente. De todos modos, ella era demasiado mayor para él. Sin embargo, se mostraban aprecio mutuo cuando él tomaba su pedido con un brillo en los ojos, como si dijera: en un universo paralelo tendría un revolcón contigo, oh sí.

Molly se permitía un brillo en respuesta.

Pero ese era un intercambio más propio del verano, todo ese brillo, cuando sentarse afuera con el sol en la espalda se sentía tan bien, y los días eran tan largos que a veces era difícil llenarlos. El invierno era otra cosa completamente distinta. Los restaurantes cerraban sus terrazas, y todos se envolvían en abrigos y suéteres pesados. No se sentía muy sexy. En lugar de cálida, suelta y relajada, la vida se sentía rígida y encerrada.

El mejor amigo de Molly en Castillac era Lawrence Weebly, pero se había ido por un mes a Marruecos, y diciembre había comenzado a hacerse un poco largo. Se sentía sola.

En lugar de ir al pueblo, encendió su ordenador y revisó su correo electrónico. Ninguna consulta sobre reservas de la cabaña. Eso la hacía sentirse sola y ansiosa por el dinero. Pero al menos el primer problema era fácil de resolver. Le envió un correo electrónico a Frances, su mejor amiga de Estados Unidos, y la invitó a venir para una larga visita. La cabaña estaba vacía de todos modos y a Molly le encantaría la compañía.

Frances debía de estar sentada frente a su ordenador al mismo tiempo, porque en tres segundos respondió por correo electrónico: HACIENDO LAS MALETAS.

Molly sonrió, pero sintió una punzada de arrepentimiento por su impulsividad. Sí, Frances era una vieja amiga y muy divertida, y Molly la quería. Pero Frances también era, bueno, el tipo de persona a quien los problemas parecían seguir. Casas incendiadas, coches robados, malentendidos épicos: esta era la vida cotidiana de Frances. Molly solo podía esperar que su nube negra se quedara al otro lado del Atlántico, o que quizás Frances ya la hubiera superado. Después de todo, no estaban lejos de los cuarenta.

Alguien golpeó la puerta principal.

—¡Ya voy! —gritó Molly, deseando de nuevo tener un perro. Siempre sentía una chispa de preocupación al abrir la puerta cuando no tenía idea de quién estaba al otro lado. ¿Era demasiado desconfiada? ¿Excesivamente ansiosa? Hizo una nota mental para preguntarle a Frances si ella sentía lo mismo.

Constance, la joven que ocasionalmente venía a limpiar, estaba en el escalón de entrada con una sonrisa dentuda. Tenía el pelo recogido en una cola de caballo alta que Molly sabía que era su peinado de lista para trabajar. Intercambiaron saludos y Constance entró y se paró frente a la estufa de leña.

—Hace mucho frío aquí, Molls —dijo—. ¿Estás segura de que no quieres que Thomas instale algunos calentadores eléctricos para que no te congeles? ¡Odiaría venir y encontrarte toda rígida y congelada!

—Nah, no está tan mal. De todos modos, la primavera está a la vuelta de la esquina.

—Estamos en diciembre.

Molly se encogió de hombros. —Lo siento, no tengo nada para que hagas hoy. Sabía que las reservas caerían una vez que el clima cambiara, pero es peor de lo que esperaba. Supongo que anticipar algo no es lo mismo que vivirlo. Nadie ha puesto un pie en la cabaña desde la última vez que la limpiaste.

Constance parecía abatida. —Bueno, pero... ¿qué tal si limpio tu casa en lugar de la cabaña? —Miró alrededor de la sala de estar y levantó las cejas ante la línea de corteza y ramitas que se habían esparcido por el suelo cuando Molly trajo brazadas de leña.

—Lo siento, Constance. Sin reservas, no tengo dinero para pagarte. ¿Quieres una taza de café? ¿Qué tal si te sientas y me cuentas todas las novedades? *Sé* que tienes noticias. —Molly sonrió y señaló hacia la sala de estar.

Constance se acomodó un mechón de cabello suelto detrás de la oreja. —Bueno —dijo—, ¿te has enterado de lo de Madame Luthier? ¿La conoces? Vive en esa casa decrépita en la rue Saterne.

Molly negó con la cabeza mientras sacaba otra taza de café. Constance era una pésima limpiadora, no había dudas de ello, pero siempre tenía noticias y no era tacaña con ellas, cualidades que Molly valoraba enormemente. Al menos tanto como ser hábil con la aspiradora, por suerte para Constance.

—Creo que la conocí un día en el mercado. ¿Se viste toda de negro, con medias muy gruesas?

—Sí —rio Constance—, y zapatos negros que, no sé, ¿parecen como si quisiera patear a alguien?

—¿Ha hecho algo escandaloso? —Molly le entregó el café a Constance y se sentó en el sofá, inclinándose hacia adelante con la esperanza de escuchar un jugoso chisme.

—Depende de si crees que desheredar a su hija es escandaloso.

—Vaya, tal vez no. Pero es cruel. ¿La hija hizo algo horrible? ¿O es que Madame Luthier es simplemente una vieja arpía controladora?

Constance soltó una risita. —Bueno, quizás no debería decir que la desheredó, porque en Francia no se puede hacer eso. Pero le está dejando solo la porción requerida por ley, lo cual creo que cualquiera estaría de acuerdo en que si la hija ha tenido que aguantar a Madame Luthier todos estos años, ¡se merece más que eso!

—¿Quieres decir que hay leyes sobre lo que puedes hacer en tu testamento?

—Oh, sí —dijo Constance—. Tus hijos reciben automáticamente la mitad o algo así. Ay, no soy buena con los detalles —admitió Constance—. Las matemáticas no eran lo mío, y no es como si mis padres fueran a dejarme algo más que deudas. Pero, en fin, escuché que la hija (se llama Prudence y todos solían llamarnos Pru y Con, aunque personalmente no le veo la gracia) está supuestamente furiosa. ¡Pero más le vale no matar a su madre a menos que cambie su testamento! —Constance se echó hacia atrás en el sofá, riendo histéricamente ante la situación de su antigua compañera de escuela.

✤   2   ✤

El día siguiente fue aún más frío. Sabía que Castillac no era exactamente el sur de Francia, pensaba Molly, pero creía que era más o menos sureño. Se puso una chaqueta pesada y salió al montón de leña, agradecida de que al menos la madera estuviera seca. Constance había aspirado generosamente la sala de estar ayer, y ahora Molly estaba dejando caer corteza y aserrín por todo el suelo de nuevo.

Así es la vida, ¿no? Un ciclo interminable de limpiar el desorden que has hecho.

Avivó el fuego, puso algo de blues y se acomodó en el sofá con una manta y algunos catálogos de jardinería que había traído consigo desde Estados Unidos. Era poco práctico empacar catálogos de los que no podría hacer pedidos en Francia, pero a Molly le encantaba mirar las fotografías e imaginar las plantas en varias combinaciones en los bordes de su propiedad. No estaba comprando; buscaba inspiración.

Ciertas plantas le encantaban profundamente: todas las artemisias, definitivamente las baptisias, la mayoría de las rosas; Y por alguna razón, otras plantas le hacían sentir ligeramente enferma al mirarlas: las kniphofias, el amaranto y especialmente las astilbes.

No entendía por qué era así, porque la repulsión que sentía no podía ser simplemente una cuestión de estética, ¿verdad? Sin embargo, la aversión era bastante poderosa. La mitad de ellas solo las había visto en catálogos de todos modos. Tal vez si las viera en un jardín se sentiría diferente.

Pasó una hora lenta. Puso más leña en la estufa, jugueteó con las entradas de aire, barrió el desorden. Tomó otra taza de café. Pensó en invitar a su vecina, Madame Sabourin, a tomar una taza de té. Excepto que a Molly no le gustaba el té. Consideró llamar a Lawrence en Marruecos, pero recordó que él había dicho algo sobre apagar su móvil, tomarse un descanso del mundo electrónico. Hubo un momento (y una noche) en que pensó que tal vez algo había surgido entre ella y Ben Dufort, el gendarme en jefe, pero el momento parecía haber pasado y no sabía qué pensar de eso.

No es que estuviera buscando romance de todos modos.

Había venido a Francia en parte para recuperarse de un divorcio. No había sido especialmente feliz en el matrimonio, pero aun así, su fin la había dejado desconcertada, y este invierno francés, con todos acurrucados en sus propias casas y el pueblo silencioso como una tumba, dejaba que algunos de esos sentimientos desagradables post-divorcio regresaran, como una marea alta dejando una línea de detritos en la playa.

Gracias a Dios que Frances viene. Necesito desesperadamente algo de distracción.

Finalmente, empujó los catálogos debajo del sofá y salió a dar un paseo por su propiedad. Tenía dos hectáreas, casi cinco acres, con un pequeño parche de bosque y un prado en pendiente además del césped y los jardines alrededor de la casa. Era difícil imaginar jardines exuberantes en ese clima frío, así que pensó en edificios en su lugar. En ese momento solo tenía una cabaña para alquilar, pero para acercarse a la seguridad financiera, necesitaba más edificios con camas. Un antiguo *pigeonnier* (donde algún propietario anterior había criado palomas para la cena) comenzaba a desmoronarse pero se convertiría en un encantador gîte para alquilar, si pudiera encontrar un buen albañil.

Cuando regresó a la casa y se quitó el abrigo y la bufanda, se dio cuenta de que había olvidado poner más leña en la estufa antes de salir, y ahora la sala de estar se sentía como un congelador.

Esto es ridículo, ¡podría haberme quedado en Massachusetts!

Pero no se había mudado a Francia por un cambio de clima. Había querido calma, paz y pastelería, y no podía encontrarlas en su suburbio de Boston, donde la proporción de crimen a panaderías estaba totalmente equivocada.

Pero la verdad era que, ahora que tenía calma, no la quería. Quería estímulo y emoción. Tal vez no tanta emoción como encontrar un cadáver en el bosque.

Pero *algo*.

JOSEPHINE NO PODÍA DORMIR. Era uno de los insultos de envejecer, y no lo llevaba bien. Se levantó de la cama, se quitó el camisón que su marido le había traído de París, lo dejó caer al suelo y deambuló desnuda por la casa. La calefacción estaba muy alta, así que no tenía frío, y las persianas estaban cerradas, por lo que tenía privacidad, con solo la más tenue luz de luna entrando por las rendijas para ver.

Estaba buscando algo, pero no tenía idea de qué era.

Nadie llama nunca. Todos esos primos que viven en París, ¿vienen alguna vez de visita? No. Mi hermana apenas llama ya. Todo lo que tengo es esa excusa llorona de sobrino que nunca ha llegado a nada.

Entró en una sala de estar en el segundo piso, una habitación donde su marido Albert solía trabajar en sus inventos. En aquel entonces había sido un gran desorden de herramientas y piezas y cajas de cosas extrañas que había pedido de algún lado, y libros y papeles en pilas amenazantes, amenazando con asfixiar al hombre.

Qué aburrido había sido Albert, pensó. Siempre trabajando.

Siempre tenía la cabeza metida en algún manual o algo así. Nunca me prestaba a mí, su *esposa*, la atención que merecía.

Después de que murió (de repente, un ataque al corazón y murió en el acto, no tuvo advertencia ni tiempo para prepararse en absoluto) Josephine había ordenado que sacaran toda su basura de la habitación. Hasta el último cable, cada tuerca, cada tornillo, y había comprado un par de suntuosos sofás de dos plazas y un avestruz disecado, puso candelabros en la repisa de la chimenea y en las mesas, y colgó gruesas cortinas de brocado en las ventanas. Después de la transformación, encontró que era un lugar agradable donde le gustaba sentarse y sentirse trágica por ser viuda cuando aún era tan joven.

Tenía cincuenta y dos años cuando su marido murió repentinamente, no exactamente una ingenua en flor, pero era cierto que cincuenta y dos se sentía como hace mucho tiempo ahora.

Josephine se acercó a un pequeño escritorio antiguo, comprado mucho después de la muerte de Albert. Abrió el cajón inferior y sacó tres cartas atadas con una cinta de satén rosa. Estaban metidas en sobres amarillentos sin nombre ni dirección. Sacó la carta superior y comenzó a leer:

Ma belle,

No soy poeta y las palabras no me resultan fáciles, pero deseo tanto decirte cuánto significa para mí el tiempo que pasamos juntos. Eres tan hermosa y me descubro pensando en ti cuando debería estar estudiando.

Con todo mi amor,

A.

Los ojos de la anciana ardían con lágrimas. Volvió a meter la carta en su amarillento sobre, ató nuevamente la cinta de satén y guardó el paquete en el cajón inferior del escritorio. Aunque las lágrimas rodaban por sus arrugadas mejillas, sus ojos centelleaban y su boca se torcía hacia abajo. Al salir de la habitación, acarició el cuello del avestruz disecado, que mostraba algunos signos de desgaste. Deseaba que las velas estuvieran encendidas, pero no quería buscar cerillas.

No podía dormir.

De repente, dio una palmada y bajó a la cocina. Eran las cuatro de la mañana. No había estado en la cocina en varios años, así que al principio tuvo que encender una luz y hurgar en lo profundo de la despensa hasta que encontró lo que buscaba.

¡Ah! ¡Sabía que aún debían estar aquí!

Luego se quedó de pie en la cocina, acariciándose la barbilla con los dedos, meditando exactamente dónde colocar la trampa para ratas para que Sabrina se pillara los dedos con ella.

❧ 3 ❧

—¡**E**s tan absolutamente increíble que realmente lo hayas hecho! —chilló Frances, bailando por la sala de Molly y mirando a todas partes a la vez—. ¡Te mudaste a *Francia!* —Agarró las manos de Molly y la hizo girar—. Oye, ¿quieres poner algo de música? ¡Podemos bailar juntas como en nuestra desenfrenada juventud!

Molly se rio, pero no hizo ningún movimiento hacia la música.

—¿Quieres que te enseñe la casa? ¿Primero el interior?

—¡Sí, señora! ¡Quiero verlo todo! Es tan pintoresco que me voy a morir. Mira estas ventanitas diminutas, son como sacadas de un cuento de hadas. —Frances extendió la mano hacia una pequeña ventana emplomada en el vestíbulo y la atravesó rompiendo el cristal.

—¡Ay, Dios mío, Molly!

—¡Cielos, espera, Frances! ¡No saques la mano de golpe o te cortarás en tiras! —La sangre ya estaba corriendo por el cristal—. Quédate ahí, no te muevas, voy a por una venda...

Un botiquín de primeros auxilios estaba en una lista que Molly había hecho de cosas que necesitaba para la casa. En alguna parte.

Cogió un trapo limpio de debajo del fregadero de la cocina y volvió trotando hacia su amiga.

—No es nada, en serio —dijo Frances—. Me he cortado la mano un millón de veces, ya lo sabes. Es solo que... lo siento mucho por tu ventana.

—No te preocupes por eso —dijo Molly. Sacó la mano de Frances por la ventana sin más cortes, la llevó al lavabo del baño y le enjuagó el corte. Luego envolvió el trapo alrededor y le dijo a Frances que presionara.

—Oh, créeme, sé cómo detener una hemorragia —dijo Frances, riendo—. Estaría aún más pálida de lo que ya soy si no hubiera aprendido eso bastante rápido.

Luego, debido al frío intenso, cortó un trozo de cartón y lo ajustó sobre la ventana, pegando el borde con cinta adhesiva para evitar las corrientes de aire, eligiendo el calor sobre la estética al menos hasta que pudiera reemplazar el cristal.

Molly y Frances se habían conocido en la escuela primaria. Ambas eran conocidas por sus teces blancas: Molly, pelirroja y pecosa, y Frances, de pelo oscuro y piernas largas con una piel inusualmente blanca. Lo habían hecho todo juntas y las habían apodado Las Pálidas.

Frances no se desanimó en su deseo de ver cada rincón de La Baraque, así que Molly la llevó por la escalera principal a todas las habitaciones, bajó por la escalera de servicio y la llevó a la despensa, el lavadero y una extraña habitación pequeña en la que el antiguo propietario había dejado algunos restos de tela y un alfiletero con forma de ratón.

—Me encanta lo destartalado que es todo... no lo tomes a mal —dijo Frances—. Quiero decir... lo asimétrico que es, como si un día el dueño se despertara y dijera: "¡Oye, realmente necesito otra habitación, manos a la obra!" y eso siguiera pasando durante décadas, ¿sabes?

—A mí también me gusta eso —dijo Molly—. Me gustaría conocer su historia, pero la pareja a la que se la compré no parecía saber nada. No creo que la poseyeran durante mucho tiempo.

—Probablemente podrías averiguar mucho en el juzgado, o donde sea que guarden los registros de ventas de bienes raíces y las escrituras, esas cosas.

—Probablemente sí. Aunque, eh, lo más probable es que nunca me ponga a ello.

—¡Sí! —dijo Frances—. Ahora pongámonos las botas y vamos a recorrer tu *Propiedad*.

—No es exactamente una *Propiedad* —dijo Molly, riendo—. Son poco más de dos hectáreas.

—¡Oh, eso cuenta! Eso cuenta totalmente. ¡Eres una *châtelaine*, Molls! ¿He mencionado que me encanta que te hayas mudado aquí? Apuesto a que tu familia está toda enfadada, ¿no?

—Ellos... no estaban a favor.

—La guinda del pastel —dijo Frances, sonriendo, y abrió la puerta de la cocina mientras se ponía el abrigo.

HABÍA SIDO un día satisfactorio hasta ahora, pensó Josephine Desrosiers con más que un toque de complacencia. La tonta de Sabrina había metido la mano en el lugar equivocado y una trampa para ratas se había disparado. Definitivamente se había fracturado un dedo, tal vez dos. Josephine había esperado en lo alto de la escalera, escuchando. Estaba preparada para esperar mucho tiempo, pero Sabrina había encontrado la trampa rápidamente, apoyada dentro de un cubo que usaba para fregar el suelo de la cocina.

La anciana había cerrado los ojos y escuchado los aullidos con una sonrisa serena en su rostro. Chica estúpida, no mirar dónde ponía las manos.

La tarde pasó con un programa de televisión tras otro, principalmente concursos. Se sentía más enérgica de lo habitual y se fue a deambular a una habitación donde se guardaban varios baúles grandes con sus cosas viejas. ¡Vestido de gala tras vestido de gala, el encaje, el tafetán! Y cuál era el punto, pensó con melancolía, pasando sus dedos por la elegancia. Ahora no es nada, inútil.

Sacó un vestido de la pila y lo sostuvo en alto. Era de encaje negro, con una funda de seda por debajo. Una confección impresionante. Recordaba vívidamente cómo había disfrutado gastando el dinero de su marido, sin pensar en cuentas bancarias o sobregiros o cualquier otra cosa, y cómo cuando salía de su tocador vistiendo un traje como este, todo quedaba perdonado.

Josephine decidió que sería el vestido perfecto con el que ser enterrada, no es que tuviera planes de irse pronto. Pero se sentía mal probárselo. ¿Ponerse un vestido elegante sola en la casa? Eso es ridículo. Sin embargo, se llevó el vestido a su habitación y se paró frente al espejo, mirándolo. Caía justo por encima de la rodilla, no una longitud escandalosa para una mujer de su edad si tenía las piernas para lucirlo.

Y *las tengo*, pensó, asintiendo a su reflejo. Michel viene esta noche de todos modos, tal vez me lo pondré. Mostrarle a la pequeña comadreja cómo se viste una mujer sofisticada.

El vestido aún le quedaba, aunque estaba apretado en lugares diferentes a cuando tenía treinta años. Seleccionó unos pendientes de diamantes para usar con él, porque el negro y los diamantes combinan naturalmente.

Su pelo y maquillaje estaban terminados antes de que Michel llegara, así que se vio obligada a hojear una vieja edición de Paris Match mientras él esperaba abajo, pero finalmente se cansó de eso e hizo su entrada por la gran escalera.

—Bueno, tía... —Michel se quedó sin palabras. Sentía unas ganas tremendas de reírse de aquel espectro ridículo que bajaba las escaleras como si fuera la estrella de un estreno de Hollywood, con el pelo de punta sostenido por quién sabe cuánta laca, el delineador terriblemente desviado y embutida en un vestido que debería estar en algún museo—...se ve magnífica.

—Gracias, Michel. A veces me canso de ponerme cualquier cosa vieja.

—Debe tener un armario lleno de tesoros. ¿El tío Albert le dejaba comprar toda la alta costura que quisiera?

Josephine sonrió como una niña y se rio. —¡Casi! A veces podía ser quisquilloso con el dinero. Pero la mayor parte del tiempo... la mayor parte del tiempo estaba encerrado en su habitación jugueteando con pequeñas cosas o hablando por teléfono con alguno de sus colegas. Qué aburrimiento —añadió.

—Pero ese jugueteo, como usted lo llama, es lo que le permitía costearse un vestido así —dijo Michel, que apenas recordaba a su tío, pero sintió que alguien debía defenderlo.

Josephine fulminó a su sobrino con la mirada. —¿Qué sabes tú de nada? —le espetó con desdén—. ¿Acaso has ganado más de cincuenta francos en total en toda tu patética existencia?

Michel suspiró para sus adentros. Su pulla no dio en el blanco porque hacía mucho tiempo que se había dado cuenta de que su veneno era sobre ella misma y no sobre aquellos a quienes lo dirigía, y porque resultaba tan ridícula parada en la escalera en lo que ella imaginaba que era una pose elegante, lanzando rayos sobre su cabeza.

Era una vieja bruja fastidiosa y nociva.

—Oh, querida tía, tiene usted unos estándares admirablemente altos. Redoblaré mis esfuerzos para tratar de alcanzarlos. —Inclinó la cabeza para ocultar su sonrisa irónica.

Josephine se apaciguó momentáneamente. Bajó agarrándose con fuerza al pasamanos, sus tacones resonando en los escalones de piedra como si fuera un pequeño poni. Michel se dirigió al aparador para servir a su tía su habitual Dubonnet, que ella se bebió de dos tragos.

—Entonces, esta noche, querida. ¿Le gustaría que la lleve a cenar? Hice reservaciones en *La Métairie*, si le apetece ir.

Madame Desrosiers frunció los labios. Por un lado, apreciaba que se hubiera esforzado, de antemano, por complacerla. Por otro lado, quería tomar ella misma las decisiones que hubiera que tomar sobre la cena, no seguir lo que Michel quisiera hacer.

—Hm. Bueno, ¿qué tipo de comida es? No es nada moderno, ¿verdad? Nada... nada *étnico*, ¿no?

Michel se rio de la forma en que su tía escupió la palabra como si de repente se hubiera dado cuenta de que tenía *merde* en la boca. —No, Josephine, *La Métairie* es francesa de pies a cabeza. Se especializan en pato, de hecho. Yo mismo no he tenido el placer de comer allí, pero todos los comentarios son extremadamente positivos.

—Quieres decir que no puedes permitirte ir por tu cuenta.

Michel inclinó la cabeza y se obligó a no poner los ojos en blanco. —Sí, tía, es cierto.

Al final, Madame Desrosiers accedió y permitió que Michel le trajera su abrigo de piel y la metiera en el coche económico que le había comprado, para que pudieran conducir las seis manzanas hasta el restaurante. Ciertamente, habría rechazado su oferta si hubiera tenido alguna forma de saber lo que ocurriría después de su llegada, pero así es la vida.

Y la muerte.

❈   4   ❈

Claudette Mercier siempre desayunaba té con un poco de pan duro del día anterior untado con mermelada de fresa. Esta había sido su rutina durante casi veinte años, desde que su marido falleció y ya no tenía que preparar el desayuno más sustancioso que él prefería. Mientras esperaba a que hirviera el agua, se quedaba de pie en camisón, se cepillaba su largo cabello blanco y luego lo trenzaba. La mayoría de las mañanas recordaba cómo su marido, Declan (su madre era irlandesa), le decía a menudo que la larga trenza blanca era el peinado de una anciana, y ella le respondía que *era* una anciana.

Le hacía sonreír pensar que entonces solo tenía cincuenta y tantos años, apenas vieja considerando que ahora tenía más de setenta. Habían pasado muchos años desde que Declan falleció, pero aún sentía su presencia. Incluso con fuerza, de vez en cuando, y creía que una parte de él todavía estaba allí con ella, aunque no podía explicar de qué manera eso podría ser posible.

Después de su té y pan con mermelada, se ponía a trabajar en la cocina, lo que le llevaba la mayor parte de la mañana. Había que hacer mermelada y chutney, y pulir la plata. El trabajo nunca terminaba y ella disfrutaba de la rutina y la sensación de logro. Su padre había sido dueño de una próspera ferretería, y su familia había sido acomodada según los estándares de Castillac de hace setenta años. Sus padres habían intentado mantenerla alejada de la cocina y dejar que los sirvientes se encargaran de esas tareas, pero Claudette no les había hecho caso. Parecía que había pasado la mayor parte de su vida cocinando y limpiando, y excepto por extrañar a Declan, esa vida había sido mayormente feliz.

Al menos hasta que empezaron a llegar las cartas.

Alrededor de las 11:30 estaba doblando el último paño de cocina y lista para recoger el correo, antes de preparar su almuerzo. ¡En años anteriores, el correo había sido una gran fuente de placer! Sus amigos enviaban postales y cartas cuando viajaban, y tenía unos primos que vivían en Bretaña que le enviaban una tarjeta de cumpleaños cada año. Pero la gente ya no escribía cartas. Todavía recibía algunas tarjetas de cumpleaños, pero el correo era casi exclusivamente publicidad ahora. Excepto por estas cartas, escritas en papel caro, que llegaban cada pocos meses. Cartas viciosas y llenas de odio, con la única intención de causar daño.

Cuando llegó la primera, Claudette se había emocionado al ver el hermoso papel; hacía tanto tiempo que no recibía una carta de verdad. La abrió de pie junto a su portón, sin esperar a entrar en la casa, y comenzó a temblar y luego a llorar cuando vio lo que decía. Más tarde, cuando aparecieron otras en su buzón y reconoció el papel y la letra, supo que lo prudente sería tirarlas directamente a la basura, pero no pudo hacerlo.

Cinco cartas hasta ahora. Cada palabra grabada en su cerebro como una cicatriz.

Todo el mundo tiene debilidades, o quizás podríamos llamarlas áreas de sensibilidad, donde luchamos si se nos presiona demasiado bruscamente. Para Claudette, el deseo de su corazón era también su debilidad. Todo lo que siempre había querido era una vida sencilla preparando comida y estando con su familia, y eso era lo que el autor de las cartas atacaba, diciéndole que había sido adoptada y que no era hija biológica de sus padres, y que tenía suerte de no ser una criada, que era lo único para lo que estaba capacitada.

Ahora bien, Claudette no tenía nada en contra de los niños adoptados, ni siquiera de ser adoptada ella misma, pero ¿la idea de que sus padres le hubieran mentido, nunca le hubieran dicho la verdad, muriendo con el secreto? Debían haber pensado que las circunstancias de su nacimiento eran terriblemente vergonzosas. Era increíblemente doloroso contemplarlo.

No era una mujer particularmente crédula o tonta, ni se ofendía con facilidad. Era solo que el autor de las cartas había sido capaz de adivinar exactamente qué decir para que Claudette no pudiera defenderse, encontrando el único punto débil que se mostraba bajo la armadura social que todos nos ponemos cada día, y clavando el estilete precisamente en ese punto. Ahora Claudette contaba los días desde la última carta, preguntándose si la siguiente llegaría con el mismo intervalo que la anterior, o si posiblemente no habría más y todo habría terminado. Pero presentía que el autor de las cartas continuaría mientras pudiera, y Claudette no se equivocaba en esto.

Esa mañana no hubo correo, y se encontró en algún lugar incómodo entre el alivio y el deseo de que hubiera llegado una carta, solo para acabar de una vez, porque la anticipación del dolor se había vuelto casi tan mala como el dolor mismo.

Guardaba las cartas, por razones que no podía explicar. Las cinco estaban colocadas en una lata y escondidas en el cajón de su cómoda debajo de sus calcetines de invierno. Las cartas no estaban firmadas ni tenían dirección de remitente, y no había marcas reveladoras ni monogramas en el elegante papel. Pero Claudette tenía una idea bastante clara de quién las estaba enviando, y tampoco se equivocaba en eso.

❧

MOLLY Y FRANCES habían planeado hacer un extenso recorrido por Castillac antes de ir a cenar, pero el clima no cooperaba, y sus pies se quejaron antes de que hubieran llegado muy lejos.

—Perdimos a nuestro taxista, larga historia, así que tenemos que caminar —le dijo Molly a su amiga mientras salían de La Baraque. Iban arregladas y con tacones, y esperaban con ansias una cena en La Métairie. Molly nunca había estado en el restaurante casi de una estrella Michelin, pero pensó que la visita de su amiga era la oportunidad perfecta para probarlo.

—No sé si quiero ir a un restaurante elegante —dijo Frances, cojeando un poco por una ampolla incipiente en su talón derecho —. Si recuerdas, mi paladar se inclina más bien hacia el extremo de los Cheetos.

—Pero ¿no quieres comer aunque sea una vez en un restaurante francés serio, donde la comida es arte? Y sí, yo también me estoy arrepintiendo de los zapatos. Exploremos Castillac mañana, si el tiempo mejora un poco. No tienes que volver a casa con prisa, ¿verdad? Hablaba en serio sobre la invitación abierta. No tengo reservas, así que la casa de huéspedes es tuya, y si ocurre un milagro y alguien la quiere, siempre puedes mudarte a la casa grande conmigo. Tengo una habitación embrujada arriba que sería perfecta para ti.

Frances negó rápidamente con la cabeza, su cabello negro y lacio azotando su rostro. —¿Embrujada? No, gracias. Soy supersticiosa, Molls. Ni hablar.

Molly sonrió. —Tal vez el restaurante tenga un bar donde podamos esperar... nuestra reserva no es hasta las 8:30.

—¿Intentas emborracharme?

—Sí, y luego me aprovecharé de ti.

Se rieron y caminaron con dificultad, del brazo, el resto del camino hasta La Métairie.

—¡Cielo santo, ese camarero podría estar en la portada de GQ!

—Ja, sí, ese es Pascal. Normalmente está en el *Café de la Place*, no sabía que trabajaba aquí también.

—¿Lo *conoces*? ¿Eres amiga de ese espécimen de perfección masculina?

—Bueno, más o menos. Nos saludamos y besamos, como todos en el pueblo. Pero nunca hemos tenido realmente una conversación ni nada.

—Me gustaría conversar con él ahora mismo.

Molly se rio. Estaba tan contenta de haber pensado en invitar a Frances; se sentía como si tuviera veinte años otra vez.

La encargada del guardarropa tomó sus abrigos, y Frances y Molly entraron al mundo etéreo de La Métairie. Las paredes estaban pintadas de un relajante gris paloma, y había pinturas impresionistas del mar en el vestíbulo. Un pequeño bar con cuatro taburetes altos estaba a la derecha, atendido por Pascal, quien realmente era casi demasiado hermoso para describirlo con palabras.

—Apuesto a que es gay —susurró Frances, un poco demasiado alto.

Molly negó con la cabeza.

—¡No, en serio! ¿Cuándo fue la última vez que conociste a un hombre tan guapo que fuera heterosexual?

Molly pensó que si no respondía, tal vez su amiga se callaría.

—¡*Nunca*, eso es cuándo! —dijo Frances, su voz reverberando en la pequeña sala.

Molly le lanzó una mirada y Frances se encogió de hombros. —Solo digo —murmuró.

—*Salut*, Molly —dijo Pascal, con una sonrisa deslumbrante.

—Salut, Pascal —dijo Molly, inclinándose sobre la barra para que pudieran besarse en una mejilla y luego en la otra. En francés, dijo—: Permíteme presentarte a mi amiga, Frances. No habla francés, lo cual es una bendición, créeme.

Pascal se rio y le guiñó un ojo a Frances. Frances agarró el brazo de Molly con tanta fuerza que le dejó marcas. Ambas pidieron kirs y se giraron en sus sillas para mirar el comedor y a los otros comensales.

—Parece la Oferta Especial para Madrugadores en Florida allá afuera —dijo Frances, su voz afortunadamente más baja. Era cierto que casi todos los comensales tenían el pelo canoso. Molly notó a una anciana con un vestido de encaje negro que parecía algo que podrías usar en el funeral de una cantante de ópera. Su cabello blanco estaba de punta y sostenía la mano de un hombre mucho más joven. No tanto sosteniéndola como aferrándola como un raptor, clavando sus garras.

—¿Crees que sean pareja? —dijo Molly a Frances en voz baja, señalando con la cabeza a la anciana del encaje.

—Ni de broma —respondió Frances. Se había vuelto a girar y estaba haciendo vergonzosos ojos de cordero degollado a Pascal, quien le sonreía encantadoramente.

La elegante mujer que las había recibido en la puerta apareció junto al codo de Molly. —Espero que no les importe —dijo, con una expresión preocupada en su rostro—, pero parte del comedor va a ser utilizado para una fiesta privada. Si se vuelve demasiado ruidoso y no están satisfechas con su servicio, estaremos encantados de que vuelvan a La Métairie, sin cargo alguno. Lo siento, pero esta es una circunstancia inusual de comunicaciones cruzadas y espero que aún así disfruten de su cena.

El restaurante estaba tan tranquilo, tan sereno, que era difícil imaginar que una fiesta se volviera tan salvaje como para ser un problema. A Molly más bien le gustaban las fiestas salvajes, de todos modos. Ella y Frances aseguraron a la mujer que estaban bien, y la mujer se vio visiblemente aliviada y regresó a la puerta principal.

No pasaron ni cinco minutos cuando un grupo de cinco personas entró cantando *bon anniversaire*, algunos hilarantemente desafinados. Rodearon a la anciana del encaje, todos sonrientes, aunque la anciana no sonreía ni un poco.

—Tal vez *sí* son pareja, y es su aniversario, pero él olvidó comprarle un regalo —dijo Frances, hablando en su voz normal porque nadie podría oírla por encima del ruido de los fiesteros.

—*Bon anniversaire* significa *feliz cumpleaños* —dijo Molly—. ¡Buena teoría, sin embargo!

La mujer elegante se acercó con los cumplidos del chef, una pequeña bandeja de *amuse-bouches*: varios tipos de almejas y algo verde que ni Molly ni Frances pudieron identificar. Pero se lo comieron todo, Molly tratando de escuchar a escondidas las conversaciones más ruidosas de la fiesta y haciendo más suposiciones descabelladas sobre cómo estaban todos relacionados. Otra anciana se sentaba al otro extremo de la mesa de la primera; Molly estaba desesperada por saber la conexión. ¿Eran amigas? ¿Hermanas? La segunda anciana tenía el cabello muy blanco recogido en un moño trenzado, un peinado que a Molly le encantaba.

Se preguntó, ¿sería grosero inclinarse y decírselo? Sabía que generalmente los franceses tenían límites más estrictos que los estadounidenses. Pero ¿a qué mujer no le gusta escuchar un cumplido?

5

Molly y Frances estaban sentadas lo suficientemente cerca de la fiesta como para sentirse casi parte de ella. Frances dijo que tenía la intención de servirse un trozo de pastel, si es que los pasteles de cumpleaños se estilaban en Francia. El grupo se apiñaba alrededor de la anciana, inclinándose para besar mejillas; charlaban entre ellos en voz baja, y para Molly era obvio que no todos estaban muy contentos. Se respiraba un aire de obligación, y la anciana parecía petulante y como si tuviera mal sabor de boca. La mujer con el moño blanco en el otro extremo de la mesa parecía alerta y cautelosa, como un pájaro posado en una rama precaria.

Una mujer rubia con una cojera entró la última; parecía tener unos treinta y tantos años, cerca de la edad de Molly. Besó a una mujer mayor sin maquillaje (Molly creyó oír «*Maman*»), y luego rodeó la mesa para saludar a la anciana, que no parecía nada contenta de verla.

Una de las cosas favoritas de Molly era escuchar a escondidas, y no perdió el tiempo.

—Querida tía, ¡debe admitir que esta vez la sorprendí! —dijo el hombre mucho más joven cuya mano la anciana aún aferraba.

—Oh, vaya que me sorprendiste —graznó la anciana, como si acabara de morder una oruga, o algo peor.

Una mujer de cabello oscuro con un vendaje en la mano observaba con expresión afligida. Su marido estaba de pie a su lado con el brazo alrededor de ella de manera protectora. ¿Será una nieta?, se preguntó Molly, ¿incapaz de negarse a una obligación familiar aunque ya sea una mujer adulta? Aunque no había parecido familiar. Molly decidió que era una amiga, a pesar de que no parecía nada amistosa.

—Bueno, por supuesto que está feliz, ¡todos le están prestando atención! —susurró la rubia a su madre, que estaba de pie cerca de la mesa de Molly y Frances. Estaba bien vestida y llevaba un bolso elegante. La mujer mayor asintió y ambas pusieron los ojos en blanco. Así que anota otra dupla que no parecía ser admiradora de la homenajeada.

Pero admiradores o no, habían traído regalos. Estaban dispuestos frente a la cumpleañera como ofrendas, en su mayoría pequeñas cajas con cintas extravagantes, y una caja grande que Molly supuso contenía algún tipo de ropa.

—¡Hola, Molly! —dijo Frances—. ¿Debería llevar mi plato a la barra y comer con Pascal de compañía? La verdad es que no me importaría en absoluto.

—Lo siento —Molly se inclinó hacia adelante y susurró—: Es fascinante ver cómo interactúa esta familia. Tanta historia burbujeando, ¿sabes?

—Ya sabes mi opinión sobre las familias. La mayoría apestan. Pero ¿este pescado? —dijo, señalando con su tenedor—. Juro por el Señor Jesús que nunca he probado nada tan bueno. Puede que tenga que renunciar a los Cheetos y comer solo esto por el resto de mi vida.

Molly se dio cuenta de que apenas había tocado su entrante. Los miembros de la fiesta se estaban acomodando en la larga mesa y ya no podía distinguir mucho de su conversación, así que volvió su atención a su comida. Sus mollejas estaban a la parrilla, con una fina capa de pan rallado crujiente y una salsa tan compleja y maravillosa que cerró los ojos para saborearla.

—¿Qué son *exactamente* las mollejas? —preguntó Frances—. Tengo la sensación de que el nombre es una especie de engaño.

Molly se rio. —Creo que es la glándula timo.

—O sea, como vísceras. Estás ahí sentada metiéndote vísceras en la boca voluntariamente.

—En realidad, las vísceras son las tripas. Más o menos.

—Es lo mismo.

El camarero se acercó y puso otro panecillo en cada plato de pan con unas pinzas. Otro camarero se acercó y les sirvió más vino.

—Podría acostumbrarme a esto —dijo Molly.

—Apuesto a que la mitad de la gente que viene aquí dice lo mismo, y estoy de acuerdo con todos ellos.

—Y pensar que este lugar ni siquiera tiene una estrella. ¿Cómo serán los restaurantes que tienen tres?

Frances solo negó con la cabeza. —No me lo puedo imaginar. Parece que todo ha sido demasiado para la anciana —dijo Frances, mirando hacia la mesa de la fiesta.

El rostro de Josephine Desrosiers estaba rojo brillante bajo su colorete apelmazado. Le dijo algo al joven que ni Molly ni Frances pudieron oír, pero vieron al hombre apartarse de ella, y adivinaron que lo que fuera que había dicho no había sido bien recibido.

—Parece una bruja —dijo Frances, un poco demasiado alto.

—Frances, tengo que decirte... los franceses, en general... no son ruidosos. No gritan en lugares públicos. Así que, ¿puedes bajar la voz? Al menos cuando estés insultando a la gente o haciendo conjeturas sobre su sexualidad. —Sintiéndose molesta cuando empezó a hablar, estaba riendo y negando con la cabeza cuando terminó. Era divertido tener a Frances de visita, e interesante ver Castillac a través de los ojos de otra persona. Aunque esos ojos estuvieran medio locos, probablemente gracias a todos los Cheetos.

Las amigas pasaron a una rica sopa de castañas que apenas podían sorber sin gemir de manera inapropiada. Luego a platos de pato asado con varias salsas para mojar las rodajas perfectamente cocinadas, junto con un montón de champiñones salteados que estaban tan buenos que Molly estaba convencida de que se había usado algún tipo de magia real. Terminaron su botella de Médoc, recordaron travesuras de juventud y disfrutaron enormemente de su capricho.

—Estoy demasiado llena para el postre.

—Bueno, por supuesto. Pero no dejaremos que eso nos detenga.

—No. Pásame el menú, ¿quieres?

—Voy al baño —dijo Molly—. Vuelvo en un momento. Creo que la *crème brûlée* de lavanda podría estar en mi futuro.

—Qué rico —dijo Frances.

Los pies de Molly protestaron un poco cuando los metió de nuevo en sus tacones, pero La Métairie no era el tipo de restaurante donde una podía ir al baño sin zapatos. Molly se dirigió por la alfombra gris paloma hacia el corto pasillo donde estaban los baños.

Ah, qué comida tan fantástica. Valía la pena mudarse a Castillac aunque solo fuera por esa cena perfecta.

La puerta parecía estar un poco atascada. Molly empujó con más fuerza. Luego, con un empujón extra fuerte, tropezó al entrar en la habitación y vio que era la anciana, la cumpleañera, quien bloqueaba la puerta. Estaba tendida de lado en el suelo de baldosas del baño, con los ojos cerrados, como si hubiera decidido elegir ese lugar entre todas las posibilidades para echarse una siesta.

6

El gendarme en jefe del pueblo, Benjamin Dufort, llegó a La Métairie en menos de diez minutos. Vivía en las afueras del pueblo, pero Castillac no era grande, y a las diez de la noche había poco tráfico que lo retrasara.

Besó a la encargada en ambas mejillas, saludándola cálidamente. —Lo siento mucho, Nathalie. Espero que no hayan dejado entrar a nadie al baño. ¿Estás completamente segura de que la mujer está muerta?

—Me temo que sí —dijo Nathalie, luciendo bastante pálida—. Una de las comensales la encontró. Vino directamente a mí diciendo que había un cadáver en el baño, y primero te llamé a ti y luego fui a ver si podía aplicarle primeros auxilios. Lamentablemente, no había nada que pudiera hacer por ella.

—¿Estaba aquí con alguien?

—Oh, sí, todo un grupo. Estaban celebrando su cumpleaños, setenta y dos años, creo.

—¿Todavía están aquí?

—Creo que todos, sí. Estamos intentando sacar el postre de la cocina si no interfiere con tu trabajo.

—Para nada. No hay necesidad de interrumpir el servicio, y gracias, Nathalie. Iré a verla ahora.

—Al final del pasillo a la izquierda —dijo Nathalie—. Es solo que... es perturbador que esto suceda. La muerte es parte de la vida, lo sé. Sin embargo, ¿quién quiere que se lo recuerden?

Dufort asintió y se dirigió por el pasillo gris paloma hacia el baño. De camino, miró hacia el comedor y vio al menos a una persona que conocía. —¡Molly! —exclamó sorprendido.

Ella saludó débilmente. No hacía ni un mes que se había mudado a Castillac cuando encontró el cuerpo de una mujer desaparecida. Estaba avergonzada de haber tropezado con un segundo cadáver apenas dos meses después.

Dufort continuó hasta el baño y empujó la puerta. Como ni Molly ni Nathalie la habían movido, Josephine Desrosiers seguía bloqueando el paso y tuvo que empujarla antes de poder entrar. Dufort tenía treinta y cinco años y llevaba más de diez en la fuerza; había visto su cuota de muerte. Pero a diferencia de la mayoría en su línea de trabajo, nunca se acostumbró a ello.

Tomó una serie de respiraciones lentas por la nariz, expandiendo su vientre, y luego expulsó el aire con fuerza por la boca. Después sacó un pequeño frasco azul de vidrio del bolsillo de sus pantalones y se echó unas gotas de una tintura de hierbas bajo la lengua. Con su ansiedad más controlada, se arrodilló junto a la anciana. Presionó dos dedos contra su arteria carótida buscando un pulso, aunque no tenía dudas desde el primer vistazo de que estaba muerta. Dufort no tenía la experiencia del forense, pero sí tenía una fina intuición sobre la vida, y podía ver que la mujer tendida en el suelo ya no estaba.

Era cierto que no tenía la palidez que normalmente veía en una persona muerta; sus mejillas estaban casi sonrojadas, como si hubiera estado expuesta a un viento vigorizante. Aún no estaba fría al tacto. Su vestido de encaje negro estaba subido por encima de las rodillas, pero ese era el único signo de desorden. Dufort supuso que se había desplomado en el baño, sola. Quizás no era la forma más digna de irse, pero al menos había sido rápido, que es todo lo que cualquiera de nosotros puede pedir.

Se puso de pie y caminó alrededor de Josephine Desrosiers, mirando con curiosidad, notando detalles de la forma en que estaba tendida, sus joyas, sus zapatos. Algo sobre sus pies en sus medias oscuras y tacones bajos parecía conmovedor. Dufort se frotó la mano de un lado a otro sobre la parte posterior de su cabeza, sintiendo los pinchos de su corte de pelo al rape. Llamó al forense con su celular y luego fue a buscar a Molly Sutton.

❦

—Te ves un poco pálida, incluso para ti —dijo Frances, ladeando la cabeza hacia Molly. El camarero había pasado con pequeñas copas de coñac para todos en el comedor, como una forma de reconocer la dificultad que todos estaban atravesando. Nadie hace una reserva en el restaurante más caro del pueblo esperando que el lugar esté lleno de gendarmes y cadáveres.

—Es solo que... sí. ¿Qué puedo decir? Al menos probablemente murió de un ataque al corazón. Aunque...

—Puedo ver los oxidados engranajes de tu cerebro girando. ¿Aunque qué?

—Muy graciosa. Es solo que... —Molly se inclinó sobre la mesa y bajó la voz—. ¿No tuviste la sensación de que casi todos en la fiesta odiaban a esa mujer? ¿Que *realmente* la odiaban?

—Yo estaba concentrada en la comida, Molls. Esta comida grotescamente cara y celestial. Pero está bien, vi que había algunas caras no muy felices, una vez que me lo señalaste.

—No creo que estuvieran bromeando —dijo Molly—. No me sorprendería nada descubrir que uno de ellos la mató.

Frances ladeó la cabeza. —Vamos, Molls, ¿de verdad lo crees? Quiero decir, gente en familias que no se lleva bien... eso no es exactamente una noticia de primera plana.

Molly se encogió de hombros. —Solo es una sensación —dijo,

e instantáneamente tuvo un recuerdo de su exmarido gritándole
—. Donnie solía enojarse tanto conmigo. Me gritaba "¡Los sentimientos no son hechos!" como si algo que no fuera un hecho no
mereciera ninguna atención.

—Donnie era un imbécil —dijo Frances, y tomó un sorbo de
coñac antes de tragar—. Aunque te diré esto: yo también estoy
bastante enojada con esa anciana, porque creo que me puede
haber costado la mousse de chocolate blanco que tenía en mente.

Molly se giró para buscar al camarero, preguntándose si la
llegada de Dufort había frenado el servicio o si el restaurante iba a
intentar seguir adelante.

—Un ataque al corazón repentino... esa es como mi muerte
soñada —decía el joven que había traído a la anciana.

—Siempre fue muy afortunada —dijo la mujer de cabello
oscuro.

Molly se puso de pie. —Vuelvo en un segundo —le dijo a
Frances.

Le tocó el brazo al joven. —Discúlpeme por molestarle —dijo,
en su francés enormemente mejorado—. Pero solo quería decirle
que lamento mucho lo sucedido y darle mi pésame.

El hombre quedó claramente desconcertado, pero se recuperó
y dijo: —Gracias, madame. Soy Michel Faure, su sobrino.

—Molly Sutton, encantada de conocerle, y estoy de acuerdo
con usted... le escuché decir que un ataque al corazón repentino
sería su sueño... quiero decir, no es que yo sueñe con morir, gracias
a Dios, pero sí, ya que tenemos que irnos en algún momento, esa
parece una de las mejores opciones.

La mujer rubia se acercó, arrastrando un pie. Asintió hacia
Molly y le dijo a Michel: —¿Hay alguna razón por la que deba
quedarme? Se me ocurren un millón de lugares donde preferiría
estar ahora mismo.

—Supongo que sería de mal gusto sentarnos a tomar el postre
y un par de copas más de coñac, ¿no? Al fin y al cabo, la cena corre
por cuenta de Josephine.

—Michel —dijo la mujer rubia en tono de advertencia, señalando con la cabeza a Molly.

—Oh. Cierto. ¡Lo siento! —le dijo a Molly—. Por favor, perdóneme.

—Soy Molly Sutton —dijo Molly, extendiendo su mano hacia la rubia, quien le tomó los dedos suavemente y los sacudió con delicadeza. Molly nunca había logrado descifrar cómo saludar a alguien a quien no conocías lo suficiente como para besar. Se había acostumbrado tanto a los besos en las mejillas que no tocar a alguien al saludar se sentía extraño.

—Adèle Faure —dijo la rubia—. Este *crétin* es mi hermano. Disculpe por ventilar nuestros asuntos familiares en público, donde no corresponde.

Molly sonrió y apenas se contuvo de decir: "¡No, por favor, ventílelos! ¡Lo quiero todo! ¡Más, por favor!", pero en su lugar soltó: —No se preocupe, Adèle. Espero que no piense que es un mal momento para decir que me encanta su bolso y que combina perfectamente con su tez.

Adèle sorprendió a Molly al darle una sonrisa agradecida. —¡Gracias! —dijo, luciendo sorprendida y un poco desconcertada.

—¡Molly! —siseó Frances desde su asiento—. ¡Hay una *crème brûlée* aquí con tu nombre! Y te pedí un café.

—¡*À bientôt!* —le dijo Molly a Adèle mientras regresaba a su asiento—. Me muero por un café, buena idea. Aunque...

—¡Deja ya los *aunques*! —Frances se metió una cucharada de mousse de chocolate blanco en la boca y luego se aferró a los lados de la mesa mientras se deleitaba.

—Quería conocer a la familia, para ver si había, bueno, algo turbio que descubrir.

—Es una familia. Por supuesto que hay algo turbio que descubrir.

—Probablemente no sea buena idea que me involucre. No es como si no tuviera un montón de trabajo que hacer en La Baraque, preparando la nueva cabaña.

—Bueno, estrictamente hablando, no eres tú quien hará el trabajo, sino los tipos que contratarás. Pero como sea. ¿No hace un buen trabajo el policía? Está bastante bueno —dijo, gruñendo.

Molly se rio, con los ojos puestos en Adèle y Michel, quienes se habían sentado de nuevo y estaban tomando café, absortos en su conversación. El resto de la fiesta se había ido, y solo quedaban ellos cuatro en el restaurante.

—¿Dufort? Sí, está bien. Probablemente mejor que bien. Ha tenido la mala suerte de ser jefe en un pueblo donde las cosas parecen salir mal más de lo que parece justo.

—¿Qué significa eso de que "las cosas salen mal"?

—Amy Bennett, la mujer que encontré... era la tercera mujer desaparecida. Las otras dos nunca han sido encontradas.

—¿Y el tipo que atrapaste? ¿No hizo esas?

—Al parecer no hay evidencia que apunte en esa dirección. Él dice que no tocó a las otras. Así que no lo sé. Tal vez lo hizo. Tal vez no.

—Crees que el policía es un fracasado.

—¡No! No, realmente no lo creo. Es un tipo inteligente, y no está mal...

—No se me pasó por alto eso.

—Me lo imaginé, y es realmente un hombre amable. Pude ver cómo se le rompía el corazón por los padres de Amy. En serio, no tengo nada que decir en su contra.

—Excepto que apesta en su trabajo.

—¡Frances! No estoy diciendo eso.

—Creo que iré con el equipo de hermanos allá y les diré que mi amiga Lady Detectivesca dice que el tipo local es un desastre y que si quieren averiguar qué le pasó realmente a la abuelita, deberían contratarte.

Molly se rio. —Vamos a casa. Te juro que retiro mi placa civil y me concentro en mi casa y jardín de ahora en adelante.

—Claro que sí —murmuró Frances, sonriendo a la espalda de

Molly mientras agradecían con un gesto a Nathalie y cojeaban de vuelta a La Baraque en la fría oscuridad.

＊ 7 ＊

Thérèse Perrault fue la primera en llegar a la comisaría el viernes por la mañana. Casi siempre era la primera. Era joven y entusiasta, y trataba de causar una buena impresión al jefe Dufort, además de estar muy contenta de tener un trabajo que le interesaba, donde podía marcar una diferencia en la vida de las personas. Aunque en Castillac, eso a menudo significaba devolver el perro de Madame Bonnay o el marido de Madame Vargas, ambos con tendencia a desaparecer.

—¡Bonjour, Thérèse! —dijo Dufort, entrando a zancadas. Salía a correr todas las mañanas, más lejos en invierno que en verano porque le gustaba hacer ejercicio en el frío. Su piel aún estaba sonrojada por el esfuerzo, y él también estaba contento de venir a trabajar, feliz de tener un empleo donde no tenía que sentarse detrás de un escritorio, sino que podía pasar la mayor parte del día en las calles, hablando con la gente del pueblo y escuchando sus preocupaciones, y (esperaba) ayudando con sus dificultades.

El tercer oficial de la fuerza policial de Castillac era Gilles Maron. Se había criado en el norte, cerca de Lille, y había trabajado en París durante varios años antes de ser transferido a Castillac. Dufort valoraba su trabajo aunque no se habían vuelto cercanos. Perrault aún no había decidido qué pensar sobre Maron. No era como los hombres a los que estaba acostumbrada: más reservado, más severo, más serio.

Los tres solían reunirse en la oficina de Dufort a primera hora, donde Dufort repartía cualquier tarea que hubiera surgido.

—Bueno, aquí estamos, en un día sombrío de diciembre —dijo —. El pueblo está tranquilo y no tengo absolutamente nada en mi escritorio. Aparentemente, la gente de Castillac no tiene problemas esta mañana.

Perrault se rio y Maron no cambió su expresión.

—Espere, ¿qué hay de Madame Desrosiers que cayó muerta en La Métairie anoche? —preguntó Perrault.

—Así es —dijo Dufort—. Recibí una llamada del restaurante cerca de las diez. Fui en coche y hablé con Nathalie, ¿ambos conocen a Nathalie Marchand? En cualquier caso, sí, la anciana estaba muerta en el baño. Llamé al forense y me fui a casa.

—¿Ataque al corazón?

—Aún no he tenido noticias de Monsieur Nagrand, pero sospecho que sí. Tenía setenta y dos años; de hecho, ayer era su cumpleaños. No hay razón para sospechar de un crimen.

—Excepto que era una completa bruja —murmuró Perrault.

—¿En qué sentido? —preguntó Maron, pareciendo despierto por primera vez esa mañana—. ¿Una arpía común y corriente, o el tipo de arpía que hace que la gente quiera matarte?

—Dije "bruja" —dijo Perrault—. Pero apostaría por lo segundo.

Dufort negó con la cabeza. —Sé que ustedes dos prefieren que nuestro trabajo sea interesante, pero no creo que haya nada allí. Las personas de setenta y dos años a veces mueren. Así es la vida.

Perrault asintió y no dejó entrever que tenía la intención de llamar a Adèle, la sobrina de Desrosiers. La hermana mayor de Perrault había sido compañera de escuela de Adèle, y Perrault recordaba haber escuchado algunas historias bastante impactantes sobre las tretas que esa mujer hacía. No era exactamente el tipo de abuela amable, sino una verdadera víbora. No haría daño tener una charla con Adèle, ver si tenía algo interesante que decir, pensó Perrault.

—Así que para hoy, salgamos, cubramos el pueblo, echemos un vistazo, hablemos con cualquiera que quiera hablar. Considero un día tranquilo como este una oportunidad para tomar el pulso de nuestro pueblo, y ver si hay algo que hayamos descuidado que necesite nuestra atención. Los veré a ambos de vuelta aquí después del almuerzo, a menos que sepa de ustedes antes.

—Sí, señor —dijeron Perrault y Maron al unísono. Los tres se pusieron sus abrigos y bufandas y salieron en diferentes direcciones.

DUFORT CAMINÓ la corta manzana hasta la *Place*, la plaza en el centro del pueblo. En el mismo centro, un monumento poco notable a los caídos de la Primera Guerra Mundial se alzaba rodeado por un banco de flores en verano, ahora tierra desnuda. La Place estaba rodeada de restaurantes, la *Presse* donde se podían comprar periódicos, revistas y cigarrillos, así como varios bancos y algunas tiendas. Era el corazón de Castillac, donde la gente se congregaba los días de mercado y otros días también, pero en un día frío de invierno, parecía desolado y cerrado.

Dufort entró en *Chez Papa*, un bistró propiedad de su viejo amigo Alphonse. No había nadie en la barra. De hecho, parecía que el restaurante estaba completamente vacío de personal y clientes, aunque Dufort podía escuchar música swing proveniente de la parte de atrás.

—¡Alphonse! —gritó—. ¿Estás aquí?

El barman Nico asomó la cabeza por una esquina. —Hola, Ben —dijo—. Espera, ya voy.

Dufort se sentó en un taburete de la barra y miró alrededor. No pudo evitar quedarse mirando por un momento la mesa junto a la puerta, donde solía sentarse Vincent. Sacudió la cabeza, pensando, no por primera vez, que las personas eran extremadamente difíciles de entender. Uno nunca sabe lo que se está gestando bajo la superficie, incluso en personas que externamente parecen perfectamente agradables y razonables.

—Bonjour —dijo Nico, yendo detrás de la barra y secándose las manos con una toalla—. Lo siento, como no entraba nadie, estaba en la parte de atrás intentando organizar la despensa. ¿Café?

Dufort hizo una pausa. —Está bien, sí —dijo—. *Petit, s'il te plaît*.

Nico trasteó con la máquina, sirvió a Dufort su taza de expreso y luego se preparó uno para sí mismo.

—¿No hay mucho trabajo este mes? —preguntó Dufort.

Nico se encogió de hombros. —Ya sabes cómo es. En diciembre, todos están acurrucados junto a sus estufas de leña, soñando con la primavera. Alphonse ha estado hablando de cerrar el local en enero, tal vez hacer un viaje a algún lugar cálido.

Dufort negó con la cabeza. —¿Castillac sin Chez Papa? Incluso por un mes, es difícil de imaginar.

La puerta se abrió con una ráfaga de aire frío, y entró un grupo de tres personas, seguido por una pareja.

—Quizás Alphonse se está precipitando —dijo Dufort con una sonrisa, mientras Nico iba a repartir los menús. Creyó reconocer a los tres como parientes de Desrosiers, aunque no tenía del todo claro el árbol genealógico.

—No puedo decir que me rompa el corazón. Era un horror absoluto, y lo digo porque es verdad y qué más da si es mi tía —dijo el joven de cabello castaño que le caía sobre la cara.

—Ay, Michel —dijo una mujer mayor con afecto, quizás su madre—. Hay cosas que es mejor no decir.

Dufort se deslizó de su taburete y se acercó a su mesa. —Bonjour, madame —dijo a la mujer mayor—. Soy Benjamin Dufort de la *gendarmerie* de Castillac. Disculpen la intromisión, pero ¿creo que ustedes son parientes de la difunta Madame Desrosiers?

—Era mi hermana. Soy Murielle Faure —dijo ella, con una leve inclinación de cabeza.

—Lamento mucho su pérdida —dijo Dufort.

—Gracias, jefe Dufort. Permítame presentarle a mi hijo, Michel, y a mi hija Adèle —dijo Murielle. Michel y Adèle demostraron sus buenos modales al decirle al jefe que estaban encantados de conocerlo.

—¿Su hermana había estado enferma? Por supuesto, siempre es un shock, sin importar la edad de la persona. Solo me preguntaba si había habido alguna indicación de que algo andaba mal, en cuanto a su salud.

—Oh, no —dijo Madame Faure, animándose—. Siempre pensamos que Josephine viviría para siempre, ¿verdad, niños? Sana como un roble. Así que sí, todos estamos bastante conmocionados.

Michel tenía una uña larga en el dedo meñique y la deslizaba por el borde del menú, deshilachándolo ligeramente. Dufort creyó ver a Adèle darle una patada a su hermano por debajo de la mesa, un comportamiento bastante extraño para un adulto.

—Bueno, nuevamente, mis condolencias. Nunca es fácil perder a alguien, sin importar la edad.

Dufort volvió a la barra y bebió un sorbo de su expreso. Pensó en Madame Desrosiers tendida sobre las baldosas del baño en La Métairie, de costado como si estuviera echando una siesta. Sintió que se le cerraba la garganta.

Pero entonces recordó que alguien le había dicho una vez que "siesta eterna" era un eufemismo para la muerte, y soltó una carcajada antes de recomponerse y dejar unos euros en la barra mientras salía de nuevo al frío.

❦   8   ❧

Molly era madrugadora y Frances dormilona, así que Molly se levantó y desayunó sola. Reunió el valor para hacer una llamada telefónica, algo que aún le resultaba difícil a pesar de que su francés había mejorado notablemente en los meses que llevaba en Castillac. Había algo en esa voz incorpórea al teléfono, sin expresión facial ni lenguaje corporal que ayudara a la comunicación. Pavor no era una palabra demasiado fuerte para describir lo que Molly sentía por las llamadas telefónicas en Francia.

Estaba llamando a un albañil, recomendado por su vecina Madame Sabourin, que esperaba pudiera reparar el muro exterior del pigeonnier en el huerto, el primer paso necesario para convertir el anexo en una vivienda que pudiera alquilar.

—Bonjour, Monsieur Gault. Recibí su nombre de mi vecindario, perdón, mi vecina, Madame Sabourin. Me pregunto si... si... ¿tiene un momento para hablar conmigo? Pienso en un proyecto. —Molly negó con la cabeza. A ella le *gustaba* hablar con la gente (adultos, niños, extraños, no importaba) y le resultaba muy incómodo salir con frases tan forzadas. Pero el albañil entendió lo suficiente y dijo que estaría allí al final de la tarde, si le convenía.

Uf, menos mal que ya está hecho.

—¡Molly! —gritó Frances al entrar por la puerta principal—. ¡Necesito café, ya!

—Te propongo algo —dijo Molly, mirando el gran reloj de pared que marcaba las doce menos cuarto—. ¿Por qué no vamos paseando al pueblo y comemos en Chez Papa? El café es mejor que el mío, seguro, y te presentaré a otro camarero guapo. ¿Te apuntas?

—Claro —dijo Frances—. Probablemente debería dedicar un día, o al menos unas horas, a trabajar en algún momento. Pero no me apetece que sea ahora mismo. ¿Tienes piano?

—En realidad —dijo Molly, con una sonrisa un poco avergonzada—, tengo una sala de música. Te la enseñaré —Frances siguió a Molly en la dirección opuesta a la sala de estar y entraron en una habitación que no contenía más que un piano polvoriento y un par de sillas—. Me siento tonta teniendo esto, porque no toco. Pero el piano venía con la casa, y no necesito la habitación para nada más, así que aquí está.

—¡Genial! —exclamó Frances. Ella componía jingles para ganarse la vida (muy bien, por cierto) y necesitaba poder juguetear en un piano para que le surgieran ideas. Se acercó y tocó unos acordes, declaró que estaba afinado y dijo que estaba lista para ir al pueblo—. Me muero de hambre. La cena de anoche parece que fue hace un millón de años, y sabes —dijo pensativa—, estoy un poco decepcionada de no haber podido ver el cuerpo de la anciana en el baño. Nunca he visto a una persona muerta en la vida.

Molly empezó a reír y lo hizo tan fuerte que tuvo que apoyarse en la pared para sostenerse, jadeando en busca de aire. Frances estaba desconcertada hasta que Molly logró articular entre carcajadas:

—Persona... muerta... vida...

—No es tan gracioso —dijo Frances, peinándose por última vez antes de salir al pueblo—. A veces puedes ser tan literal.

Molly se recompuso y se puso un abrigo. Ambas mujeres se

miraron en un espejo horizontal largo en la pared del vestíbulo mientras se ataban las bufandas.

—Vi a un amigo de mi padre cuando era adolescente —dijo Molly—. Ataúd abierto en el funeral. Pero ese cuerpo muerto parecía una especie de muñeco, aunque era un hombre mayor. Su cara estaba toda cerosa y llevaba más maquillaje que yo. Madame Desrosiers... bueno, por la forma en que estaba su cuerpo, acurrucado de lado, pensé al principio que estaba dormida o se había desmayado o algo así. Pero cuando miré su rostro...

—Supiste que estaba muerta.

—Más o menos. Algo en sus ojos... simplemente no parecía que fueran a abrirse de nuevo.

El día era brillante y frío. Frances y Molly parpadearon ante el sol y desearon haber llevado gafas. Al otro lado de la *rue des Chênes*, casi en el pueblo, había un pequeño cementerio, y Frances caminó más despacio, mirando por encima del muro los mausoleos de piedra y la complicada herrería de la puerta.

—¿Qué significa *Priez pour vos morts?*

—"Rezad por vuestros muertos" —respondió Molly.

Siguieron caminando en silencio, con los estómagos rugiendo.

Al entrar en Chez Papa, Molly inspiró profundamente, apreciando como siempre el olor a café y humanidad que había allí. Nico saludó con la mano desde la barra y algunas mesas estaban ocupadas, nada comparado con las multitudes y la alegría del verano, pero aún así era un lugar acogedor y hogareño.

—Nico, esta es mi amiga estadounidense, Frances Milton.

—Encantado de conocerte —dijo Nico.

Frances sonrió a Nico y luego le dio un codazo a Molly en las costillas.

—Mira, Molls, es esa familia de anoche...

Efectivamente, allí estaban Michel y Adèle, sobrino y sobrina de la recién fallecida Madame Desrosiers, inmersos en una conversación en una mesa cercana.

—*¡La bombe!*

—Oh, vaya —dijo Molly. Lapin Broussard entró en la sala como una exhalación, saludando a Nico y guiñándole un ojo a Molly—. Me encantaría quedarme a charlar, pero tengo algunos asuntos que atender —dijo, y continuó hacia la habitación trasera.

—¿Quién es ese? ¿Y qué es un *bohmb?* —preguntó Frances.

—Si no quieres averiguarlo, simplemente mantén los brazos sobre tu pecho.

—Ah, uno de esos. Entonces, ¿quién es ese tipo?

—Es una larga historia. Más o menos decente, más o menos un fastidio. Es un chatarrero.

—¡Qué blasfemia! ¡Yo comercio con antigüedades originales, Molly! —dijo Nico, imitando a Lapin.

Frances pidió un *café grand*, y Molly tomó un expreso porque, ¿por qué no? Pero dejó de hablar con Frances y Nico, esperando escuchar lo que Michel y Adèle estaban diciendo. Mientras estaba sentada en su taburete, esperaba que no fuera obvio que sus antenas estaban completamente enfocadas en la pareja de la mesa, y giró la cabeza para que una oreja estuviera directamente orientada hacia ellos.

—...lo que le hizo a esa ama de llaves hace unos años? Nunca volvió a ser la misma después de eso, te lo juro Michel. Creo que tuvo que volver a vivir con sus padres y no ha tenido trabajo desde entonces. Sus nervios quedaron totalmente destrozados.

Michel asintió. —No sé qué hace que una persona sea tan retorcida —dijo, y luego la siguiente parte fue confusa y Molly no pudo entenderla.

—¡Hola, Molly Sutton! —dijo Frances, molesta—. Te estoy hablando, Nico te está hablando, y tú estás ahí sentada con la mirada perdida sin responder.

Algo pasaba con esa anciana, era lo que Molly estaba pensando, y ahora que tenía ese pensamiento, no podía dejarlo ir.

MURIELLE FAURE SE LEVANTÓ TEMPRANO, como solía hacer, y se puso un par de pantalones de lona resistentes y una pesada camisa de franela de hombre. Encima, un abrigo de obrero, luego una bufanda de lana cubriendo su cabeza y atada alrededor de su cuello. Hacía frío de nuevo, pero anhelaba estar en su jardín. Se sentó en un banco junto a la puerta de entrada y dobló una pierna larga y desgarbada para atarse la bota, y luego la otra.

Afuera estaba precioso. El sol apenas asomaba por encima de los árboles y proyectaba un resplandor intenso donde golpeaba: las ramas locas y onduladas de un Corylus avellana "Contorta"; un Vitex agnus-castus de dos metros con algunas hojas rezagadas aún colgando; un banco de hortensias, las hojas hacía tiempo desaparecidas, pero algunas cabezas de flores muertas y brillando con la escarcha. Murielle pisoteó para hacer circular la sangre en sus pies, y caminó por un sendero del jardín hecho de trozos rotos de pizarra que había conseguido con descuento en una tienda de suministros de construcción, hacia el jardín trasero donde se encontraban los árboles frutales.

Ellos también brillaban bajo el sol de la mañana temprana, cada ramita perfilada en oro. Reflexivamente, revisó la corteza en busca de daños por insectos, aunque lo había hecho casi a diario y de todos modos no era temporada de insectos. Acarició sus troncos, consideró dónde necesitaría podar en primavera y luego, dado que apenas amanecía y ninguno de sus vecinos era madrugador, les habló a los árboles en voz alta.

—Vosotros sois mis amigos —dijo Murielle, alzando los brazos y envolviendo sus palmas desnudas alrededor de una rama fría. Ahora que sus hijos habían crecido y se habían ido de casa, se sentía sola y le resultaba más difícil que nunca pasar el invierno mientras el jardín estaba dormido. Era como tener a tu marido durmiendo durante cuatro meses seguidos, sin decir una palabra, pero acostado a tu lado en la cama con la espalda vuelta, su cuerpo frío.

Se frotó las manos para calentarse y se dirigió de vuelta a la casa, pensando por millonésima vez que si tan solo tuviera un invernadero, podría lograr un trabajo asombroso. Junto a la pequeña casa había un cobertizo diminuto que contenía sus herramientas de jardinería, y acurrucado contra la pared sur había un bastidor frío donde cuidaba varios experimentos botánicos. En una fila ordenada había una línea de injertos de rosas, combinaciones de sus plántulas y una raíz más fuerte, que esperaba que causaran sensación si resultaban como ella esperaba.

Era el día después de que Josephine muriera en el baño de La Métairie. Murielle no echaba de menos a su hermana. Le sorprendía un poco no hacerlo, ya que imaginaba que las hermanas debían echarse de menos cuando una moría incluso si no se llevaban bien, pero así era como se sentía y no le daba vueltas al asunto.

9

El día después de la muerte de su tía, Michel Faure se sentó en una cafetería frente a la mansión de ella, bebiendo café y fingiendo leer una novela. Llevaba meses sin trabajo, y el pequeño precio del café era dinero que no debería estar gastando, pero ignoró ese conocimiento y lo gastó de todos modos, sintiéndose irritado.

Castillac en invierno era un lugar diferente al de los meses más cálidos. No tenía idea de qué hacían las personas de su edad, pero seguro que no estaban en las calles. La actividad de observar a la gente sentado en el café era más o menos nula, ya que los únicos transeúntes eran una anciana que caminaba muy lentamente con un bastón, quien Michel creía que era la *grand-mère* de un compañero de escuela, y el cartero.

Quería un plato de galletas (después de todo, este café en particular era conocido por ellas), pero tenía reglas, por las cuales se permitía comprar el café que no podía pagar, pero no las galletas.

Cuarenta minutos, y nadie más que una abuela y el cartero.

La mansión era imponente. Elevándose detrás de una ornamentada pero oxidada verja, la casa tenía cuatro pisos más un sótano, y una puerta de madera tallada pintada de un profundo azul violeta con macetas de topiarios a cada lado. Las largas ventanas estaban cerradas, y Michel sabía que las cortinas estaban corridas en el interior, gruesas cortinas de brocado, tan gruesas que lo medio sofocaban solo con recordarlas.

Estaba esperando ver a alguien, observando, pero ella no apareció. Tal vez me he equivocado sobre ella, pensó Michel. Pero no lo creo.

Se mordió una uña, con los ojos clavados en el gran edificio. Su estómago no se sentía muy bien.

Se preguntó cuándo se leería el testamento. Se preguntó cuánto tiempo pasaría antes de que las cosas de su tía fueran entregadas a quienes ella hubiera designado para recibirlas. Se preguntó si alguno de sus esfuerzos había dado frutos.

Michel Faure no echaba de menos a su tía. Se habría reído ante la sugerencia de que pudiera hacerlo, ya que creía que había sido una de las criaturas más viles que jamás había conocido. Había sufrido por su causa cuando era niño, ya que era el tipo de tía que pellizcaba las mejillas lo suficientemente fuerte como para causar moretones. El tipo de tía que insistía en que memorizara poesía y si tropezaba con una línea le azotaba la parte trasera de las piernas con un bastón.

Perra odiosa, pensó. Le hizo una señal al camarero para pedir otra taza, sabiendo que no le haría ningún favor a su estómago, pero queriendo gastar el dinero aunque solo fuera porque no debería, y porque la tía Josephine le habría dado una conferencia sobre responsabilidad financiera, y (gracias a Dios, bendita y gloriosamente) ya no podía hacerlo.

MOLLY DUDÓ. Pensó que a Frances probablemente le gustaría ver el mercado del sábado, pero ¿debería despertarla para ello? Después de todo, hacía frío, y Frances parecía bastante dedicada a dormir realmente bien. Molly se vistió para el clima, se puso la cesta bajo el brazo y partió sola.

Había vivido en La Baraque casi cuatro meses. No el tiempo suficiente para sentir que era (o que Francia era) su hogar, no del todo; y no el tiempo suficiente para que cada caminata por la rue des Chênes hacia Castillac no le quitara el aliento de una manera u otra. Ese día, el mundo parecía amortiguado. El cielo estaba nublado y la piedra caliza de los edificios no tenía ese característico brillo amarillo, o al menos el color estaba apagado. Delgados hilos de humo se elevaban de las chimeneas. Un perro ladró.

La calle estaba vacía salvo por una pequeña camioneta que pasó junto a ella alejándose del pueblo. Cuando llegó al cementerio, Molly recorrió con la mirada la inscripción "Priez pour vos morts," y se preguntó si alguien estaría rezando por Josephine Desrosiers.

Pensó que no.

No podía decir exactamente por qué, y si Dufort intentara presionarla no tendría forma de describirlo... pero algo sobre el tono de la conversación que había escuchado en La Métairie le hacía pensar que era posible que la muerte de la anciana no fuera tan simple como Dufort parecía creer. No eran las palabras que alguien decía (y honestamente, aunque su francés había mejorado enormemente, no había podido entender bastantes de ellas), era el tono. Ácido. Amargo. Además de la sensación de que los invitados a la fiesta sonreían cuando trataban a Madame Desrosiers, pero entre dientes, murmuraban resentimiento.

Por otro lado, pensó, pateando un guijarro mientras caminaba... como dijo Frances, muchas familias no se llevan bien. No significa que alguien sea asesinado, y además, no había visto a nadie acompañar a la anciana al baño, ni seguirla allí tampoco. Aunque, por supuesto, había estado comiendo una excelente comida con su buena amiga, así que fácilmente podría haberse distraído el tiempo suficiente para que alguien saliera del comedor sin que ella lo notara.

Seguramente hay formas de asesinar en las que el asesino no tiene que estar presente en el momento exacto de la muerte. El veneno viene rápidamente a la mente.

Oh, por favor. ¿No puedo simplemente disfrutar de un paseo tranquilo al pueblo sin buscar monstruos debajo de la cama?

Dobló una esquina y allí estaba el mercado del sábado en su gloria invernal muy reducida. Alrededor de la mitad de los vendedores habituales estaban presentes, todos pareciendo tener frío y bastante deprimidos por el escaso número de clientes.

—¡Manette! —dijo Molly, acercándose a su amiga, la vendedora de verduras, y besando ambas mejillas.

—Bonjour, Molly. Me alegro de verte. Me preguntaba si habrías huido cuando el clima cambió.

—Oh, no, ¡no tengo ningún lugar adónde ir! —dijo Molly riendo—. Oficialmente no soy una veraneante, ni una persona de temporada. Aunque admito que el clima me está resultando un poco difícil.

—No estás aclimatada, ¿verdad?

—Me temo que no.

Manette cortó una naranja en gajos y le ofreció uno a Molly. —Bueno, cuéntame las novedades. He estado encerrada cocinando para mi suegra enferma y no tengo idea de lo que está pasando.

Molly se sintió tan halagada de que le preguntara que un rubor le subió por el cuello y floreció en sus mejillas. —Bueno —dijo, saboreando el momento ya que prácticamente había sido testigo ocular—, ¿conocías a Madame Desrosiers? Estaba cenando en La Métairie la otra noche, y se desplomó muerta en el baño.

—¡¿En serio?! —exclamó Manette—. Debo ser la última en enterarme. ¿De qué murió?

Molly hizo una pausa. Con cierto esfuerzo, decidió no divagar sobre su teoría del envenenamiento. —Probablemente un ataque al corazón.

Manette asintió. —Una gran dame del pueblo, o al menos así se consideraba ella. En realidad, tenía orígenes bastante humildes:

era hija de un tendero, vivía cerca de las vías del tren. Pero se casó con un inventor que acabó ganando montones de dinero por una especie de transistor que se le ocurrió.

—Interesante. Entonces, ¿era realmente rica? ¿Tenía hijos?

—No, no tuvo hijos. Espera, creo que tuvo uno, pero nació muerto. Siempre es triste. Su hermana es Murielle Faure, que da clases en el *lycée*, tiene dos hijos, ya adultos. No puedo decir que los conozca, aunque de vez en cuando me compran una o dos berenjenas. —Manette le guiñó un ojo a Molly y señaló una pulcra pirámide de las hortalizas moradas—. Bueno, por supuesto que son importadas, ¡estamos en diciembre! Pero son muy buenas cortadas en tiras finas y fritas, con una salsa marinara.

Molly compró dos. Era incapaz de resistirse a las técnicas de venta de Manette, pero apenas le importaba ya que Manette le facilitaba el trabajo de decidir qué preparar para la cena.

—Oh, mira —dijo Manette en voz baja—. Hablando de los reyes de Roma...

—¡Bonjour! —canturreó Murielle Faure a Manette.

—Hola, Molly —dijo Adèle, practicando su inglés—. Es un placer verte.

Molly sonrió. Había algo en Adèle que le agradaba, aunque no podía precisar qué. Ciertamente vestía bien. Su abrigo de pelo de camello parecía recién cepillado, y sus botas de cuero eran clásicas sin ser en absoluto anticuadas. —Bonito bolso —dijo Molly, notando que era diferente al que Adèle llevaba en La Métairie.

—¡Gracias! —dijo Adèle alegremente—. Lo acabo de comprar. Confieso que tengo debilidad por los bolsos bonitos. No lo entiendo, ni siquiera tengo nada tan importante que llevar conmigo, pero parece que me importa mucho tener la posibilidad de llevar todo tipo de cosas.

—Tal vez tengas espíritu de exploradora —dijo Molly—. Quieres estar lista en cualquier momento por si te llaman para ir al Ártico.

Adèle se rio. —Eso es muy generoso de tu parte. La verdad es que probablemente solo quiero llevar algo hermoso que la gente admire.

Molly ladeó la cabeza. Estaba impresionada por la disposición de Adèle a decir una verdad que no la dejaba en una luz favorable. —¿Cómo está tu familia? —preguntó—. Seguro que la otra noche debió ser un gran shock.

—Sí, lo fue —dijo Adèle—. No sé si tienes alguna persona profundamente impopular en tu familia, Molly, pero creo que todos pensábamos que la tía Josephine viviría para siempre. Una tirana inmortal. Ninguno de nosotros puede creer que se haya ido, y ninguno de nosotros está ni un poco triste.

—Ah —dijo Molly—, entiendo a qué te refieres. ¿Era horrible con todos vosotros?

—Bueno, esa es una cosa que se puede decir a su favor —se rio Adèle—. Era más o menos igualmente horrible con cualquiera, amigos o familia, gente en la calle, cualquiera. Una insultadora de igualdad de oportunidades. Hacía que fuera más fácil no tomárselo personalmente.

Molly asintió. —Y, perdona si estoy haciendo demasiadas preguntas, ¿hubo una autopsia? ¿Murió de un ataque al corazón como pensaba Dufort?

—*Merci et à bientôt* —dijo Manette a Madame Faure, quien asintió a Molly y tiró del brazo de Adèle.

—Hasta luego —dijo Adèle, poniendo los ojos en blanco hacia su madre.

Molly las vio alejarse, Adèle cojeando ligeramente como si algo no estuviera bien con su pierna izquierda. Su madre vestía un par de pantalones desaliñados que habían conocido mejores días. Molly se preguntó si Adèle tendría un trabajo bien pagado que le permitiera comprar ropa y bolsos tan bonitos, cosas que su madre no podía permitirse.

—Ahora hablemos de tu menú de Navidad —dijo Manette—. Si hay algo en particular que quieras, voy a necesitar que me avises con tiempo, ¿sabes? Dime, ¿qué cosas extrañas come la gente de Massachusetts para la cena de Navidad?

Molly observó a regañadientes cómo los Faure desaparecían al doblar la esquina de la iglesia. Tenía tantas preguntas, pero las mejores eran demasiado indiscretas como para formularlas, incluso a Manette.

10

Dufort casi nunca se sentaba en su escritorio si podía evitarlo, pero allí estaba el sábado por la mañana, poniéndose al día con el papeleo, cuando llamó el forense.

—Bonjour, Ben —dijo Florian Nagrand con su voz profunda, áspera por los cigarrillos—. Tengo noticias sobre Desrosiers. Pensé que querrías saberlo de inmediato. Aún estoy esperando algunos resultados, pero no parece ser un ataque al corazón.

Dufort arqueó las cejas.

—Fue envenenada. Lamento lanzarte esto en fin de semana. Sabré más cuando el laboratorio me envíe los resultados.

—Espera, ¿veneno? Estoy... no esperaba eso en absoluto. ¿Estás seguro?

—No, no estaré seguro hasta que lleguen los resultados del laboratorio, por supuesto. Pero los signos no eran consistentes con un fallo cardíaco. Los órganos mostraban una lividez rosada... ¿no notaste que su piel estaba rojiza, mucho más que cualquier otro cadáver que me hayas enviado?

—Sí, lo noté. Pensé que quizás porque llegué rápido... ¿tienes ideas sobre qué tipo de veneno es?

—Cianuro. Pero de nuevo, Ben, paciencia. Deberíamos saberlo en un día o dos, tal vez incluso hoy más tarde.

—¿Puedes decirme cuándo fue envenenada? ¿Justo antes de morir? ¿La semana pasada? ¿Puedes acotarlo de alguna manera?

—Hay que esperar al laboratorio. Lo siento.

Colgaron. Dufort se levantó y caminó por su oficina. ¿Por qué había insistido en que la anciana había muerto de forma natural? ¿Simplemente porque deseaba que fuera así? Un lapso de juicio asombroso. Sintió una oleada de vergüenza y luego se enderezó, se aclaró la garganta y llamó a Perrault para que viniera a su oficina.

—Hay noticias. Nagrand acaba de llamar. Cree que Josephine Desrosiers fue envenenada.

Los ojos de Perrault se iluminaron y sonrió, y luego dominó sus emociones e hizo una expresión neutral. —¿Hay alguna posibilidad de que fuera accidental?

—Es posible. Sabremos más cuando el laboratorio nos diga de qué tipo de veneno estamos hablando. Pero debemos actuar rápidamente aunque no tengamos toda la información que necesitamos. Voy a enviar a Maron a La Métairie. Perrault, ve a la oficina del forense y acosa a Nagrand para obtener ese informe del laboratorio. Lo quiero en nuestras manos en el instante en que llegue.

Dufort contactó a Maron en su móvil y le dio la noticia. —Ve a La Métairie y habla con Nathalie Marchand. Ella administra el lugar. Es una posibilidad remota, pero pregunta si todo: platos, cubiertos, incluso manteles y servilletas, ha sido lavado desde el jueves por la noche. Necesitamos comenzar a analizar cualquier cosa que podamos encontrar en busca de residuos, trabajando hacia atrás desde el último momento en que Desrosiers estaba viva.

—Si era su cumpleaños —dijo Perrault—, probablemente hubo regalos, ¿no? O tal vez no. Sé que a mi *grand-mère* no le gustaría abrir cosas en un restaurante. Pero a algunas personas les gusta.

Dufort le dio una pequeña sonrisa y un asentimiento. Perrault estaba mejorando. Su pensamiento se estaba volviendo más claro.

—Gracias —dijo—. Ahora ve a la oficina del forense. Si no lo vigilamos, se irá a casa a almorzar y no volverá a la oficina. Cuídalo hasta que consigas ese informe.

Perrault asintió. —Sí, señor —dijo, agarrando su abrigo pesado mientras se dirigía a la puerta—. ¿Jefe? ¿Hay alguna posibilidad de que esto esté relacionado con los casos Boutillier y Martin?

—Desafortunadamente para aquellos de nosotros que amamos la lógica y encontrar patrones, los eventos en el mundo tienden a ser más desorganizados y desconectados de lo que nos gustaría. En otras palabras: es muy poco probable.

Perrault asintió y la puerta se cerró detrás de ella.

Un envenenamiento, pensó Dufort, reclinándose en su silla. Nunca había habido uno en Castillac, no que él recordara de niño, y no desde que había llegado a la gendarmerie hacía tres años.

Al menos, no uno del que hayamos tenido conocimiento.

❧

—¿Volviste a casa con *berenjenas?* ¿Eso es todo? Dios mío, Molly, pensé que tenías sentido de las prioridades.

—Lo sé, y estaba a dos pasos de la Pâtisserie Bujold, también. En mi defensa, esto nunca había pasado antes.

Frances dio un largo trago a su café. Parecía malhumorada y su cabello, normalmente liso, estaba erizado en la parte de atrás. —Eh, lo siento, Molls. Estoy atascada con un jingle y la fecha límite es dentro de dos días.

Alguien golpeó la puerta y Frances se levantó de un salto para abrir. —Es el albañil —dijo Frances, haciéndole un gesto para que entrara. Dijo *bonjour* con un acento espantoso, y luego gesticuló de una manera que ella creía que era un saludo amistoso—. Nos vemos, Molls. Voy a juguetear con el piano a ver si puedo terminar ese estúpido jingle en la próxima hora.

El albañil parecía confundido, sin duda en parte debido a que Frances seguía agitando los brazos y moviendo las manos.

—Por aquí —le dijo Molly al albañil, Pierre Gault—. Como le estaba diciendo, me gustaría convertir mi pigeonnier en un espacio habitable. Tengo algunas ideas y me gustaría que me dijera si van a funcionar.

Pierre asintió, aliviado de poder entender el francés de la estadounidense, que era un poco inconexo pero transmitía su mensaje. Su esposa había estado bromeando y actuando escenas durante el desayuno en las que Pierre estaba completamente perdido mientras la mujer estadounidense parloteaba en un sinsentido que sonaba a francés y luego se enfurecía cuando él no hacía lo que ella pedía.

Pero Molly no sabía de la esposa de Pierre y sus bromas, y caminó con él hasta el prado donde se alzaba el pigeonnier, desmoronándose un poco por un lado, pensando solo que esperaba que Pierre no cobrara demasiado por sus servicios, ya que las reservas habían sido inexistentes durante más de un mes.

No pensó en el cadáver que había encontrado en el baño de La Métairie, ni en Benjamin Dufort, pero la tarde en el prado con Pierre fue la última vez que pudo pensar en otra cosa durante bastante tiempo.

Sabrina Lellouche se cubrió el rostro con la bufanda mientras caminaba rápidamente las últimas manzanas antes de llegar a la mansión de Madame Desrosiers. Era el atardecer del sábado, y apenas había gente en las calles. Hacía frío. Metió la mano en su bolso y sacó una llave antigua para entrar por la puerta de la cocina.

Las contraventanas estaban cerradas y la casa estaba a oscuras. La calefacción seguía encendida, así que hacía suficiente calor, demasiado, según Sabrina, aunque probablemente los ancianos se enfriaban con facilidad. Se quedó de pie en la cocina e inhaló profundamente el olor familiar de la casa. Era extraño estar allí sola, pero había estado yendo durante varios años y no le parecía correcto no volver nunca más.

Podía sentir la presencia de la anciana. Podía sentir su crueldad, su personalidad invasiva, su maldad, como si aún estuviera viva, arriba, meditando su próximo acto de malicia.

Quien compre esta casa, pensó Sabrina, se verá afectado por lo que ocurrió aquí. ¿Cómo no iba a ser así?

No podía imaginar tener suficiente dinero para permitirse comprar un lugar así. Castillac no era un pueblo que atrajera a muchos turistas o expatriados, y la clase alta de Castillac no era aristocrática ni especialmente rica, pero aun así, tenía un nivel de riqueza más allá de lo que Sabrina podía comprender. Su familia se había mudado allí desde Argelia hacía casi quince años y desde entonces apenas habían logrado salir adelante. La mansión de los Desrosiers, con sus cuatro plantas, su gran vestíbulo y su puerta azul violácea... Sabrina creía que podría alcanzar el millón de euros.

Un millón de euros.

Dejó su bolso sobre la mesa metálica de la cocina donde solía picar las verduras para Madame Desrosiers y se dirigió al vestíbulo. Mirando hacia arriba, buscó el rostro de la anciana en la barandilla, riéndose de ella.

Por supuesto que no está ahí, está muerta.

Sabrina sabía muy bien que estaba muerta, pero una parte de ella se resistía a aceptarlo, como si temiera bajar la guardia. Pero comenzó a subir las escaleras, lentamente al principio y luego corriendo, hasta el segundo piso. Había limpiado estas habitaciones durante años, pero era la primera vez que entraba en ellas erguida, tomándose su tiempo, sin arrastrar una aspiradora o un cubo y una fregona. Todo parecía diferente: la ornamentada decoración ya no era una serie de tareas de limpieza que esperaban su atención, los cuadros podía mirarlos y considerarlos a su antojo.

Fingió que era parte de la familia (quizás la hija de Madame Desrosiers) sola en la casa, lamentando la muerte de su madre. Al entrar en la sala de estar con el avestruz disecado, Sabrina tocó sus plumas, algo que no se había atrevido a hacer con la anciana en la casa. Madame era capaz de aparecer de la nada para gritarte si tocabas algo de manera incorrecta.

Sus pasos crujían en el suelo de madera y se detenía constantemente para escuchar, como si esperara que los gritos comenzaran en cualquier momento, o que se oyera el televisor en el tercer piso. Pero la casa estaba en silencio, excepto por algún suspiro ocasional de los radiadores.

Madame Desrosiers siempre le había pagado a Sabrina en efectivo. Dos veces al mes y nunca fallaba, lo cual era sorprendente en cierto modo, considerando lo aficionada que era la anciana a incomodar a la gente. Sabrina tenía que reconocerle eso: pagaba puntualmente. Por supuesto, no había forma de saber dónde estaba la caja del dinero, si es que había una caja, pero debía seguir en la casa, ¿no? ¿En algún lugar? Y aparte del efectivo, seguramente habría otras cosas... ¿interesantes?

Sabrina volvió a la escalera y subió corriendo otro piso hasta el dormitorio de Madame Desrosiers. Las pocas veces que se le había permitido entrar en la habitación para limpiar, había visto la caja de joyas sobre el tocador. Era larga y plana, y Sabrina supuso que dentro habría collares raros y valiosos.

Albert Desrosiers era famoso en Castillac, tanto por la invención del transistor especial (cuyo uso nadie entendía) como, especialmente, por el río de dinero que la invención le había proporcionado. Recordaba a sus compañeros de escuela hablando de él con reverencia, ¡un hombre local que se había hecho rico solo por tener una buena idea! Y pensar que esa buena idea había hecho posible esta casa y esta caja de joyas. Estaba sobre el tocador de madame, larga y plana tal como la recordaba. Sabrina pasó la mano por la tapa de terciopelo, y luego la tomó entre sus manos y abrió la tapa.

Dentro había un collar de perlas. Bastante bonito, pero no lo que Sabrina había estado soñando. Había creído que habría diamantes, esmeraldas, quizás zafiros, algo con más brillo. Decepcionada, dejó caer la caja de nuevo sobre la mesa y comenzó a abrir todos los cajones y cajas que pudo encontrar en la habitación de Madame Desrosiers, buscando el tesoro que estaba segura que la anciana había escondido allí.

❧

EL DOMINGO ERA MÁS cálido pero sombrío. —*La grisaille* —dijo Molly a Frances, señalando el cielo gris por la ventana—. ¿Quizás un día para leer junto a la estufa de leña? Lluvia fría. Puaj.

—Si me quedo sentada junto a la estufa de leña todo el día, me convertiré en un montón depresivo —dijo Frances—. Vamos, ¿no hay algún lugar al que podamos ir a desayunar?

—El brunch no es algo muy francés.

—Bueno, podríamos ir a sentarnos en la barra del Chez Papa y mirar fijamente a Nico.

—Y comer *frites*.

—Ahora estás hablando mi idioma.

Lavaron sus tazas de café y se pusieron los abrigos y sombreros. Una vez fuera, Molly reconoció que el aire era vigorizante en el buen sentido, y no le importó la ligera llovizna. Se sentía bien salir y respirar.

Desde lejos podían ver más tráfico del habitual en la rue des Chênes. Había coches aparcados en la carretera junto al cementerio y brotaban paraguas negros. Al acercarse, vieron un viejo coche fúnebre Citroën detenerse junto a las puertas.

—¿Crees que van a enterrar a la anciana? —dijo Frances, demasiado alto.

Molly le lanzó una mirada a Frances. Escudriñó a la gente que salía de sus coches y caminaba bajo los paraguas, buscando a Adèle y su hermano, pero no los vio.

Las amigas caminaron lentamente, observando al conductor del coche fúnebre abrir la parte trasera del vehículo, que era una auténtica belleza, con las elegantes líneas del Citroën perfectamente apropiadas para un coche fúnebre. Algunas personas se detuvieron y miraron el ataúd.

—Creo que debería decir «Rezad por los vivos» —dijo Frances, mirando la inscripción de hierro forjado sobre la puerta—. Quiero decir, nosotros somos los que necesitamos ayuda. ¿De qué sirve rezar cuando ya estamos muertos?

—Calla —dijo Molly—. Háblame de eso cuando estemos en

Chez Papa. —Pensó que debía ser el funeral de Madame Desrosiers, y no quería distraerse mientras observaba, por si acaso algún tipo de información caía en su regazo. Vio a Rémy, el agricultor ecológico, vestido con un traje oscuro, y se preguntó qué relación tendría con la anciana, y allí estaba Pierre Gault, el albañil, casi irreconocible con un sombrero fedora y traje negro. También estaba la joven morena que había estado en La Métairie, y su novio o marido, con el brazo firmemente alrededor de su cintura, igual que la otra noche durante la cena.

Molly observaba. Sabía que era supersticioso, pero tenía la idea de que, ya que ella había encontrado el cuerpo, era responsable de alguna manera de arreglar las cosas si, de hecho, estaban mal. No tenía ni un solo indicio de que algo *estuviera* mal. Lo más probable era que Desrosiers hubiera muerto de un ataque al corazón, tal como había dicho Dufort.

Pero aun así.

El hombre con el brazo alrededor de la mujer morena no estaba haciendo nada, no se movía ni hablaba, pero Molly tenía la clara impresión de que estaba hirviendo de rabia. Podía sentir las oleadas de ira a treinta pies de distancia.

¿Por qué está tan furioso? ¿Y por qué siempre está agarrando a su esposa de esa manera, tan protectora? ¿Es súper celoso y controlador?

Entonces se oyó de repente el sonido de una risa, como algo vivo liberado de una jaula. Molly y Frances miraron hacia la carretera y vieron a Adèle y Michel caminando hacia el cementerio, con las cabezas descubiertas sin paraguas, y sonriendo y riendo como si fueran a pasar una noche divertida en el teatro, casi como si fueran una joven pareja.

Extraño, pensó Molly.

No los culpo, pensó Frances.

—¿Sería terriblemente grosero que entráramos a la ceremonia? —susurró Molly.

—¿*Quieres* ir a un funeral?

—Bueno, a este. Sí.

Frances miró a Molly como si tuviera dos cabezas. —Vale. Adelante, diviértete, chiflada. Yo me adelantaré a Chez Papa y me zamparé esas frites. Nico me hará compañía.

Molly asintió y Frances se marchó sin mirar atrás. Adèle y Michel vieron a Molly y la saludaron con la mano mientras se acercaban.

—Bonjour, Molly —dijeron ambos, besándola en las mejillas.

—Solo estaba caminando hacia el pueblo —dijo ella vacilante.

—Vamos al funeral de nuestra tía —dijo Michel, sonriendo.

—Sí. Me preguntaba… ¿sería raro? ¿O descortés? Me gustaría asistir, si no os importa.

—¡En absoluto! —dijo Michel. Adèle lo miró fijamente, pero él no se dio cuenta—. Nos encantaría tu compañía —dijo, aún sonriendo. Llevaba un traje negro de lana muy bonito que le quedaba bien a su figura esbelta. Un mechón de pelo le cayó sobre los ojos mientras caminaban. Qué encantador, pensó Molly. Adorable, en realidad. Aunque quizás un poco alegre para un funeral.

Atravesaron la puerta y pasaron bajo la inscripción, los tres se unieron al grupo de personas cerca de la tumba. Cuatro hombres se separaron del grupo y volvieron al coche fúnebre, levantaron el ataúd y regresaron con Madame Desrosiers. El ataúd estaba ornamentalmente tallado, una obra de arte que Molly no pudo evitar pensar que era una lástima meter en una tumba. Le sorprendió ver que el ataúd iba a ser enterrado y no depositado en uno de los mausoleos dispersos por el cementerio, ya que según todos los indicios, Madame Desrosiers había sido una mujer de posibles.

Rémy la miró y asintió. Un rubor le subió por el cuello, aunque su única cita meses atrás no había llegado a nada. Observó lo más de cerca que pudo a los otros dolientes sin llegar a mirar fijamente. La madre de Michel y Adèle estaba allí, secándose los ojos con un pañuelo. Llevaba el pelo recogido en una coleta sin adornos, un peinado poco favorecedor y demasiado severo. Algunas caras le resultaban familiares de Castillac, pero no conocía sus nombres ni quiénes eran.

Cuando el sacerdote empezó a hablar, Molly observó a los demás. La joven morena enterró la cabeza en el cuello de su marido, y él miró con furia al sacerdote y luego al ataúd.

Michel y Adèle, por otro lado... la emoción que Molly percibía de ellos era toda ligereza, alivio, incluso alegría. Michel especialmente.

Si asesinaras a alguien, pensaba Molly, ¿irías al funeral si la persona fuera alguien que conocías? Observó a cada doliente por turnos, intentando ver alguna verdad en sus rostros o en la manera en que se comportaban. Al principio pensó que ciertamente sí, y luego pensó que quizás se sentiría como una trampa, que ir al funeral sería exactamente lo que un detective esperaría y estaría allí esperando con las esposas.

Sacudió la cabeza para alejar tales pensamientos. De verdad, a veces su imaginación le ganaba y actuaba como si estuviera viviendo en un episodio de La Ley y el Orden: *En France*. Un ataque al corazón tiene más sentido. Seguramente fue un ataque al corazón.

Absolutamente.

Gilles Maron nunca había comido en La Métairie; los precios estaban completamente fuera del alcance de un gendarme novato sin más dinero que su salario. Le sorprendió descubrir que el interior del restaurante era bastante sencillo, en realidad. Había esperado lámparas de cristal y pan de oro por todas partes.

Nathalie lo recibió en la puerta. Era morena y esbelta, prácticamente sin caderas, justo el tipo de Maron. Tuvo que hacer un esfuerzo para mantenerse profesional y no dedicarle La Mirada. Su piel resplandecía, y su cabello casi negro brillaba, recogido hacia atrás en una cola baja que le llegaba hasta los omóplatos.

—Cualquier cosa que pueda hacer para ayudar —dijo ella cuando Maron entró—. Permítame su abrigo. —Maron se quitó el pesado abrigo y miró alrededor, observando las paredes y la alfombra gris paloma, y el cuadro del mar. No entendía por qué todo era tan sobrio, y no le gustaba no entender.

—Esta situación ha sido muy perturbadora para nosotros —dijo Nathalie, y Maron pudo ver la tensión en su rostro ahora que la observaba con más atención—. El chef... Sé que suena como un cliché, diablos, *es* un cliché, pero es un hombre sensible. Temperamental. Estaba trabajando en un nuevo menú, todos teníamos grandes esperanzas en él, pero ahora... ahora viene para el servicio de la cena y se va directamente después. No creo que esté pensando siquiera en el nuevo menú. No quiero decir que un menú sea más importante que la vida de una persona, solo quiero decir...

—Entiendo, y lo siento —dijo Maron, y *de verdad* lo sentía, sentía que algo pudiera haber causado problemas a esta hermosa criatura. Hizo un intento por recomponerse—. Estoy aquí para preguntar, en primer lugar, si existe alguna posibilidad de que quede algo de la otra noche: vasos, platos o algo similar. Le diré en confianza —dijo impulsivamente—, que Madame Desrosiers no murió de un ataque al corazón como pensó inicialmente el Jefe Dufort. No, fue envenenada —dijo en voz baja aunque no había nadie más alrededor. Disfrutó enormemente cómo los ojos de Nathalie se agrandaron y su mano voló a su boca cuando habló.

—¿Veneno? —dijo ella, sin poder asimilarlo del todo.

—Sí. Estoy aquí por la remota posibilidad de que algo, una copa de vino, un plato, cualquier cosa, ¿podría haber escapado al lavavajillas? Estamos tratando de averiguar cómo se administró el veneno —añadió, una vez más diciendo más de lo que debería.

—Me temo que no hay posibilidad de eso —dijo Nathalie, apartándose un mechón de pelo de la cara—. La fiesta fue hace días. ¿El jueves por la noche, verdad? Todo se ha lavado varias veces desde entonces. No dejamos platos sucios por ahí en la cocina —dijo, casi riendo ante la idea.

—Eso pensaba —dijo Maron—. Pero tenemos que preguntar. ¿Me mostraría el comedor?

—Por supuesto.

Caminaron por el corto pasillo hasta el comedor con su relajante monocromo gris, el pequeño bar, la pila de soportes plegables que los camareros a veces usaban para sostener grandes bandejas.

—¿Puedo ofrecerle un café? —preguntó Nathalie.

Maron negó con la cabeza, concentrado en su trabajo. Caminó alrededor de las mesas, agachándose en un momento dado y mirando todo desde abajo—. Era una fiesta grande, ¿verdad? ¿Puede mostrarme cómo habrían estado dispuestas las mesas y aproximadamente dónde estaba sentada Madame Desrosiers?

Nathalie hizo lo que le pidió. Maron quería formarse una imagen clara y objetiva en su cabeza de cómo había estado la sala la noche del asesinato—. ¿Conoce los nombres de los invitados? —preguntó.

—Me temo que no, y la fiesta no era tan grande. ¿Cinco, quizás seis? Su sobrino, Michel Faure, hizo la reserva. Él se encargó de las invitaciones también, por supuesto, ya que era una fiesta sorpresa. Debo decir que parecía un sobrino muy atento, queriendo celebrar el cumpleaños de su tía de esa manera.

—¿Y Michel pagó la fiesta?

—Bueno, no. En realidad, fue Madame Desrosiers quien la pagó. Le confieso que me sentí un poco extraña al pasar su Carte Bancaire por la máquina, sabiendo que estaba muerta en el baño. Pero Michel me había entregado la tarjeta cuando llegaron todos, y después de lo sucedido, pregunté a la familia si debía cancelar el cargo, pero dijeron que no. Bastante vehementemente.

Maron asintió, sin sorprenderse—. ¿Puedo echar un vistazo?

—Por supuesto. Hágame saber si hay algo en lo que pueda ayudarle.

Maron miró a los cálidos ojos marrones de Nathalie, notó sus suaves mejillas y tuvo un repentino impulso de besarla—. De acuerdo —dijo—, gracias. Ha sido de gran ayuda. Una cosa más: ¿puede mostrarme dónde va la basura al final de la noche?

—Está justo detrás. Hay una cerca de madera que lo oculta, pero si rodea el edificio no puede perdérselo.

Maron le sonrió, y ella volvió a su oficina. Después de dar un último vistazo al comedor, caminó sobre la suave alfombra hasta el baño, llamó y entró en el de damas. Estaba impecablemente limpio y olía a gardenias. Miró el suelo embaldosado, pero no había señales de que algo hubiera ocurrido allí, ningún indicio de los últimos momentos de vida de Josephine Desrosiers. ¿Habría intentado pedir ayuda? ¿Sabría lo que le estaba pasando?

¿Sabría quién la había envenenado?

MOLLY apenas se había acomodado en un taburete de la barra de Chez Papa cuando recibió un mensaje de texto de su amigo Lawrence Weebly:

he oído que JD fue envenenada. ¿estás en el caso? Besos y abrazos

Molly se quedó mirando fijamente su móvil. Parpadeó.

—¿Lo de siempre, Boston? —preguntó Nico.

Molly levantó la cabeza de golpe. —No respondo a ese nombre —dijo, más severamente de lo que pretendía—. Qué demonios —añadió, sin dirigirse a nadie en particular.

—¿Qué pasa? —preguntó Frances.

—Un amigo, mi mejor amigo en Castillac de hecho... Lo siento, no lo has conocido, pero ha estado fuera. El caso es que aquí en el pueblo, Lawrence siempre sabe lo que está pasando. No es un cotilla exactamente... solo es el tipo de persona que siempre está al tanto de todo. Cómo lo hace, no sabría decirte. En fin, me acaba de enviar un mensaje diciendo que Madame Desrosiers fue envenenada. —Los ojos de Molly estaban muy abiertos y su boca entreabierta, atónita.

Nico deslizó el kir de Molly hacia ella y se apoyó contra un pilar. —Entonces, ¿cómo va todo? ¿Estás disfrutando de Castillac, Frances?

—Hasta ahora todo han sido cadáveres y funerales. Me encanta.

Nico se rio.

—¿Has oído algo en particular sobre Madame Desrosiers? —le preguntó Molly.

—Muerta. Eso es todo lo que sé, y que tú la encontraste. He

oído hablar de imanes para las chicas, Boston, pero tú, amiga mía, ¡eres un imán para los cadáveres! —Y se carcajeó de su propio chiste.

Molly no se estaba riendo. —Acabo de recibir un mensaje de Lawrence diciendo que fue envenenada.

—Sinceramente, no me sorprendería. Era conocida por ser una arpía insoportable, perdón por la expresión —dijo, asintiendo y guiñando un ojo a Frances.

—Esa impresión me estaba dando —dijo Molly. Dio un sorbo a su kir.

—¿Qué tal un plato grande de frites, guapo? —le dijo Frances a Nico. Él le guiñó el ojo de nuevo y desapareció en la cocina—. ¿Cómo es que habla tan bien inglés? —le preguntó a Molly.

—Estudió en Estados Unidos. Es prácticamente un profesor. Por qué está trabajando de camarero en un pueblo pequeño, no sabría decirte. No conozco su historia.

—Ya lo averiguaré —dijo Frances, con indiferencia.

—Sin duda —dijo Molly—. Pero no le rompas el corazón, ¿vale? Este lugar es demasiado pequeño para malos rollos.

Chez Papa estaba vacío salvo por Molly y Frances. Probablemente todo el pueblo estaba o bien cenando en domingo con sus familias o en casa recuperándose del funeral de Josephine Desrosiers. Alphonse mantenía el local abierto los domingos por la mañana porque tenía debilidad por las personas sin familia, que necesitaban un lugar donde ir. Lapin solía estar allí, pero se había mantenido más retraído después del caso de Amy Bennett.

Frances se deslizó de su taburete y se dirigió a la cocina para hablar con Nico. Molly se quedó sentada bebiendo distraídamente su kir y dibujando círculos en una gota de agua que había caído de la base de su copa. Estaba pensando en el veneno e intentando separar la información real de las quizás menos sustanciales recopilaciones que había almacenado de lecturas aleatorias. Era el tipo de tema que podía captar su atención tarde en la noche cuando debería haber apagado el ordenador e irse a dormir: un perfecto agujero de conejo de internet cuando estás posponiendo el sueño.

Quería pasar por la comisaría y pedirle a Dufort que la pusiera al día, pero por supuesto eso estaba fuera de cuestión. Se preguntaba si los contactos de Lawrence serían lo suficientemente buenos como para averiguar qué tipo de veneno era. Porque sin eso, sin saber si era de acción lenta o rápida, no podía saber si la lista de sospechosos se limitaba a los invitados de La Métairie o no.

Incluso podría haber sido un camarero, pensó, teniendo cuidado de no asumir nada y tomando notas en el nuevo archivo que estaba tomando forma en su cabeza, con el título *Desrosiers: Asesinato*.

Últimamente se había sentido mucho mejor. Las largas carreras de invierno, la relativa calma en Castillac, sus citas con Marie-Claire... Dufort ni siquiera había ido a ver a su herborista en más de un mes. La ansiedad era tan baja que había dejado de notarla.

Ahora, otra muerte, y se estaba palpando el bolsillo del pantalón en busca de su frasco de tintura, sintiéndose decepcionado al no encontrarlo. Esta muerte no se parecía en nada a las otras. No era una joven abatida y brutalizada en la flor de la vida, ni estaba relacionada con los casos sin resolver de Boutillier y Martin, sino una anciana a la que nadie apreciaba. Sin embargo, la idea de verla tendida de lado sobre las baldosas del baño de La Métairie le provocaba náuseas.

Tenía que preguntarse, incluso después de tantos años: ¿estaré en el trabajo equivocado? Sabía que otros gendarmes con su experiencia se habían endurecido mucho antes. Habían ganado algo de resiliencia, algunas formas de compartimentar, bromear, cualquier cosa para hacer la muerte más soportable. Pero de alguna manera él no había logrado adquirir esas habilidades ni siquiera después de diez años en el trabajo.

Entonces Benjamin Dufort, jefe de gendarmes de Castillac, se recompuso y dio un paseo por el pueblo antes del amanecer. No se apresuró, sino que observó el pueblo en el solitario estado de una fría mañana de diciembre. Père Noëles de tamaño natural emergían de las chimeneas, y árboles decorados se erguían frente a la mayoría de las tiendas. Un enorme copo de nieve que recordaba de su infancia colgaba de un cable que atravesaba la calle principal, luciendo un poco deshilachado en los bordes.

Florian Nagrand, el forense, no había llamado con los resultados del laboratorio, pero Dufort sabía lo que iban a decir. Iba a ser cianuro, como sin duda había sabido en el momento en que vio el rostro enrojecido de Josephine Desrosiers, con la mejilla presionada contra la baldosa blanca del baño. Lo había sabido pero no quería enfrentarlo. ¿Por qué? ¿Era tan simple como el miedo a no poder encontrar al asesino y fallar en su trabajo? ¿O había algo más que eso?

Vio las luces encendidas en la comisaría aunque apenas eran las seis de la mañana y supo que Perrault estaba dentro, tratando de encontrar algo que hacer. Envidiaba su entusiasmo por el trabajo, y esperaba que a medida que avanzara la investigación, él captara algo de su entusiasmo en lugar de sentirse tan melancólico sobre el estado de la humanidad.

Y de sí mismo.

—Salut, Perrault —dijo, colgando su pesado abrigo en un gancho junto a la puerta. Podía ocultar fácilmente su estado emocional, pero no estaba seguro de que eso fuera realmente una virtud.

—Aún no hay resultados —dijo ella, con la boca torcida hacia abajo.

—No importa —dijo Dufort—. Creo que tengo una idea bastante buena de lo que van a decir, ahora que lo he pensado un poco. —Quería hablar con Perrault, decirle que había evitado la idea del asesinato y no podía entender por qué, pero sabía que no sería una conversación apropiada para tener con una oficial subordinada—. Necesitamos empezar a hablar con la familia de Desrosiers. ¿Mencionaste que conocías a la sobrina? Ese sería un excelente lugar para comenzar; y —añadió, mientras se dirigía a su oficina— la mañana temprano suele ser el mejor momento para hablar. Las defensas de la gente aún no están del todo levantadas. Especialmente antes del café —dijo con una pequeña sonrisa.

—¡Sí, señor! —dijo Perrault. Sin querer perder un minuto, se puso el abrigo y salió hacia el apartamento de Adèle en la calle Tartine, planeando rondar por fuera y tocar en el momento en que viera las luces encenderse.

Dufort se sentó en su escritorio, con la postura erguida pero la mente en turbulencia. Florian debe haberme considerado un tonto, pensó, sintiendo la inquietud en su estómago que señalaba vergüenza.

&

A LA MAÑANA SIGUIENTE, Molly se sorprendió al entrar en la cocina y encontrar a Frances, ya levantada y bebiendo café.

—¡Buenos días! —dijo, alcanzando una taza.

—Estoy despierta —dijo Frances.

—Ya lo veo —dijo Molly.

Molly llevaba una gruesa camisa de franela forrada de vellón, pantalones de chándal y unas acogedoras zapatillas de L.L. Bean que tenía desde hacía años. Pero aún tenía frío. Tomó un gran sorbo de café, complacida de que Frances lo hiciera fuerte, y dirigió su atención a la estufa de leña.

—Voy por más leña —dijo, y salió por las puertas francesas a la terraza. El primer pensamiento que había tenido al despertar fue sobre el asesinato de Desrosiers; había soñado que su nueva amiga Adèle era culpable. Su segundo pensamiento fue *no, Adèle no*. Si pudiera encender la estufa de leña y entrar en calor, quería cerrar los ojos y pensarlo todo, repasar cada momento de la otra noche en el restaurante, así como las otras veces que había visto a los hermanos.

La mañana estaba helada, y se detuvo un momento para notar la belleza de las ramas y las briznas de hierba con puntas blancas antes de estremecerse y caminar rápidamente hacia la pila de leña. Apiló tres troncos en su brazo y se volvió hacia la casa, preguntándose si debería impedir que Pierre Gault trabajara en el pigeonnier a favor de gastar el dinero en un sistema de calefacción diferente o en algo de aislamiento en la casa principal. Las reservas extra no importarán si muero de frío, pensó.

—Así que anoche soñé que Adèle mataba a su tía —le dijo Molly a Frances, mientras metía un nuevo tronco en la estufa de leña y temblaba.

—Interesante. ¿Crees que eres psíquica, o eso fue solo tu cerebro lanzando chispas?

—No creo haber tenido un sueño así antes. Mis sueños suelen ser una locura, un sinsentido incoherente. Tal vez este también lo fue. —Molly se quedó de pie, observando el fuego, luego se agachó y metió otra astilla debajo del tronco—. No quiero que sea Adèle, eso es seguro.

Frances se envolvió en una manta y tomó un sorbo de su café.

—Bueno, sabemos que algo malo estaba pasando en esa familia. La tía era una tirana, de acuerdo, pero ¿cuál es el resto de la historia?

—Sí —dijo Molly, con voz apagada—. Lo que pasa es que ella y Michel parecen tan normales cuando estás con ellos. Se sienten como... como personas que ya conozco, de alguna manera. Familiares, en cierto modo.

Frances tarareó la melodía de *La dimensión desconocida*.

—Sé que en Estados Unidos es más probable que te asesine un familiar que un extraño —dijo Molly—. ¿Crees que eso también sea cierto en Francia?

—Las familias —dijo Frances con tono de disgusto—. *Uf*. Es horrible decirlo, pero en cierto modo, tienes suerte.

Molly simplemente asintió. Tenía un hermano menor y un surtido de primos, pero eso era más o menos toda su familia. Su padre había muerto en una residencia de ancianos el año anterior a su mudanza a Francia, pero en la bruma del Alzheimer, no había sido capaz de reconocerla durante al menos tres años antes de eso. Su madre había fallecido en un accidente de coche hacía quince años. La relación de Molly con ellos había sido decente, aunque no especialmente cercana, y aunque su dolor por sus muertes se había suavizado hace tiempo en otra emoción menos dolorosa difícil de describir, aun así, nunca olvidaba que era huérfana.

Sabía que las personas que no eran huérfanas, como Frances, no podían entender cómo era. No importaba la edad que tuvieras ni lo cercano que hubieras sido. No importaba que fuera el orden natural de las cosas perder a tus padres eventualmente.

—Me aterroriza pasar la Navidad con mi familia —dijo Frances—. Es solo un largo y tedioso evento con un montón de comentarios sobre cómo mi peinado está todo mal, cómo pude divorciarme de mi segundo marido porque era *tan agradable*, y muchos otros momentos especiales dignos de una tarjeta Hallmark.

Molly se rio. —¿Dudas de mi capacidad para organizar una Navidad que supere cualquier cosa que puedas tener en casa? Franny, escucha: tengo pasteles, tengo pato, tengo a *Pascal*. Cuando termine esta celebración, nunca querrás irte.

—¿Tienes a Pascal? ¿Puedes ser más específica, por favor?

Molly se rio. —Quiero decir que puedo invitarlo. Eso es todo lo que necesitas para hacer tu magia, ¿no?

Frances miró hacia el techo y una lenta sonrisa se dibujó en su rostro. —Eso bastará —dijo—. ¡Caramba, hace frío aquí! ¿No puedes subir la calefacción?

—*Esta* es la calefacción —dijo Molly, señalando con tristeza la estufa de leña, donde el nuevo tronco no había prendido—. Voy a tener que sacar los troncos y empezar de nuevo. ¿Podrías recordarme que traiga las astillas por la noche para tener algo seco con qué empezar el fuego?

—Oye, ese pequeño calentador eléctrico en la cabaña funciona bien, ¿por qué no vamos allí?

Molly vertió el resto del café en un termo, y las dos amigas caminaron del brazo hasta la cabaña, donde Molly habló sobre qué plantar en el jardín delantero en primavera, y Frances habló sobre cómo había descubierto recientemente que la limonada la ayudaba a escribir mejores jingles, y nadie mencionó el veneno o los vínculos familiares tóxicos ni nada más que pudiera descarrilar sus ánimos elevados.

❧ 14 ❧

—Estuve esperando fuera de su casa prácticamente todo el día —le contaba Perrault a Dufort—. Ni rastro de ella. Pensé que tal vez se había mudado o algo así, pero lo comprobé con algunos amigos y me dijeron que Adèle definitivamente vive allí. Un apartamento en una casa convertida en la rue Tartine.

—Solo te pedí que hablaras con ella, no que montaras una vigilancia —dijo Dufort con una ligera sonrisa.

—¿No crees que sea sospechosa? Yo pensaba que cualquier persona relacionada con Desrosiers estaba en la lista hasta que pudiéramos descartarla. Quién sabe cuánto podría heredar, ¿no?

—Aplaudo tu persistencia —dijo Dufort—. Como Desrosiers no tenía hijos, no hay *légitime*, la parte que la ley exige que se dé a cada hijo. Sin embargo, no habría podido dejar cada céntimo a quien quisiera; la familia extendida recibirá algo. Por supuesto, tendremos que encontrar el testamento, si es que existe.

» Sin embargo, empezaremos abordando este rompecabezas desde el otro extremo. No mirando el motivo primero, sino la oportunidad, porque el momento de su muerte es limitante, afortunadamente para nosotros. ¿Ya llegó el informe del laboratorio?

Perrault pareció apenada y corrió a comprobarlo. —¿Por qué

diablos lo enviarían por correo postal? —gritó desde la otra habitación, donde estaban los escritorios de Maron y el suyo, y donde se encontraba la cesta para la entrega del correo.

—Quizás Monsieur Nagrand pensó que ya me había dado suficiente información previa —dijo Dufort. Abrió el sobre y examinó la nota de Florian y luego el informe del laboratorio—. Como pensaba. Cianuro. —Estaba a punto de poner los papeles en su escritorio cuando lo último llamó su atención—. Bueno, esto es interesante. Las rutas habituales para el envenenamiento por cianuro son la ingesta, o incluso más rápidamente letal, la inhalación de gas de cianuro, como bien sabían los nazis. Ya había descartado el gas como posibilidad porque no habría forma de que solo Desrosiers lo hubiera respirado en un restaurante lleno de gente. Supuse que su comida había sido alterada, ya sea en La Métairie o en algún momento anterior del día.

» Pero parece que la opinión del forense es que la exposición al cianuro fue a través de su piel. Su cara, de hecho.

—Hmm —dijo Perrault—. ¿Alguien le regaló alguna crema facial por su cumpleaños?

—Perrault, creo que tienes madera de verdadera detective —dijo Dufort—. La crema facial es un excelente punto de partida.

Perrault se iluminó. Ella también pensaba que estaba mejorando y se sentía maravilloso escuchar a su jefe decirlo. —¿Podría Nagrand decirnos qué tan rápido actuaría el cianuro en una crema facial? ¿Podría habérsela puesto antes de ir al restaurante?

—Lo llamaré para discutir precisamente eso. Ahora, ¿dónde está Maron? Espero que haya encontrado algo en el restaurante. No residuos en un vaso, nunca tendríamos tanta suerte de encontrar algo así tantos días después, no en un lugar tan impecable como La Métairie. Pero quizás haya encontrado tarjetas de regalo para que podamos averiguar quién trajo regalos —dijo Dufort, pensando en voz alta.

—Si hubo regalos, me pregunto qué pasó con ellos —Perrault sacó una pequeña libreta de su bolsillo trasero y comenzó a garabatear notas de cosas que preguntarle a Adèle cuando la encontrara.

Dufort sacó su móvil para comprobar la hora. —Vayamos ahora a la casa de Desrosiers. Necesitamos echar un vistazo antes de que la familia entre allí y cause estragos.

Tomaron sus abrigos de los ganchos y se los pusieron mientras salían. La casa de Madame Desrosiers no estaba lejos de la comisaría, un paseo fácil, y Dufort estaba contento como siempre de estirar las piernas. Ahora que la investigación estaba en marcha y se había confirmado el cianuro, se sentía robusto y optimista, como si tuviera los pies firmemente plantados de nuevo.

—Es un poco raro matar a alguien tan mayor —dijo Perrault, mientras caminaban por la calle.

—¿Porque crees que ya tenía un pie en la tumba? Hablas como una persona joven —dijo, afectuosamente—. Setenta y dos años es viejo, sí, pero no muy viejo. Hay personas en Castillac décadas mayores que eso. Madame Gervais, que vive en esa casita cerca de la tienda que vende lámparas antiguas, tiene más de cien años. Ciento dos, creo.

Perrault sacudió la cabeza, incapaz de imaginar durar tanto.

—¿Qué, así que prefieres pensar que te apagarás en tu apogeo, o alguna tontería romántica por el estilo? —dijo Dufort, bromeando.

—No, y no hablaba tanto de que estuviera casi muerta, sino que generalmente pienso en las ancianas como inofensivas. Quiero decir, mi *grand-mère* armará un escándalo si no lavas la lechuga correctamente; te lo recordará durante semanas si muerde un poco de arena, y supongo que a veces cuenta la misma historia seiscientas veces al día. Pero obviamente no he llegado al punto del asesinato.

—Perrault, como te he dicho antes, tu vida y experiencias serán valiosas para tu trabajo, así que no quiero que suene como si las estuviera menospreciando. Pero al mismo tiempo, debes esforzarte por tener cierta objetividad. El hecho de que tu *grand-mère* sea una persona agradable no significa que todas las mujeres de su edad lo sean. No puedes generalizar a partir de un ejemplo específico de esa manera.

—Sí, señor —dijo Perrault, diciéndose una vez más que debía pensar antes de hablar.

Pasaron por la puerta y llegaron a la entrada principal. —Vaya lugar —dijo Dufort, mirando hacia arriba la enorme mansión—. ¿Sabes sobre Albert Desrosiers?

—Todo el mundo sabe sobre Albert Desrosiers. Es como la única persona semi-famosa nacida en todo Castillac.

—¿Algún tipo de resistencia o transistor? No sé qué tenía de especial, la ciencia nunca fue uno de mis puntos fuertes.

—La escuela en general no era uno de mis puntos fuertes —rio Perrault—. ¿Cómo podemos entrar?

—Bueno, antes de que empieces a romper ventanas, intentemos llamar a la puerta. Tal vez haya un ama de llaves dentro. Tú has eso, y yo echaré un vistazo alrededor, a ver si hay un jardinero o alguien en el jardín trasero.

Perrault pensó para sí misma que la jardinería tampoco debía ser uno de los puntos fuertes de Dufort, ya que estaban en diciembre y hacía un frío que pelaba, y los jardineros probablemente estarían dentro bebiendo algo caliente en lugar de andar por un jardín helado sin nada que hacer. Usó la aldaba de latón varias veces y escuchó, pero no pudo oír a nadie dentro de la casa. Las ventanas estaban cerradas a pesar de ser por la tarde, así que si había alguien dentro, tendrían que encender las luces para ver. Perrault estiró el cuello intentando ver si salía alguna luz por debajo de las contraventanas, pero no pudo ver nada.

Dufort tuvo más suerte. Cuando rodeó el lateral de la casa, creyó oír el sonido de una puerta cerrándose. Era lo suficientemente alto para ver por encima del muro de piedra que rodeaba el jardín, y vio a una mujer de pelo oscuro saliendo por la puerta trasera, llevando varias bolsas de plástico grandes.

POR LA TARDE, Molly dejó a Frances sola en el piano, donde esperaba componer un nuevo y lucrativo jingle. Lo único que Frances pidió fue un vaso de limonada muy ácida y un montón de servilletas, que según ella eran lo mejor para anotar ideas y fragmentos de letras.

Molly le dijo a Frances que iba al pueblo a comprar unos cuantos croissants de almendra (por supuesto), además de una botella de vino en la *épicerie*, y un filete en la carnicería. Planeaba hacer esas cosas, junto con todo el fisgoneo que pudiera encajar mientras Frances estuviera ocupada. No era que Frances desaprobara de su curiosidad, exactamente; más bien que quería la atención de Molly para ella en ese momento, y se cansaba rápidamente de tener conversaciones con su amiga durante las cuales los ojos de Molly se quedaban en blanco mientras se distraía con pensamientos sobre veneno, motivos y muerte.

Ya en la rue des Chênes, Molly se subió el cuello del abrigo para protegerse del viento gélido. No hacía ni la mitad de frío que en Massachusetts, pero ya se había aclimatado a la Dordoña, y sus parámetros de lo que era frío y lo que era agradable habían cambiado considerablemente. En cualquier caso, hacía el frío suficiente para que los habitantes del pueblo estuvieran mayormente dentro, excepto por un granjero que pasaba lentamente en un tractor. Molly podía oír a alguien partiendo leña en la distancia, el ritmo constante del hacha levantándose y luego bajando con un potente *¡zas!* sobre el tronco.

Primera pregunta, pensó, organizando sus ideas. ¿El envenenador mató a Desrosiers por su dinero o por alguna otra razón? No había sido una fiesta de cumpleaños feliz, eso seguro. La tensión y el resentimiento habían sido palpables. Se preguntó si Dufort la interrogaría. Seguramente querría conocer sus impresiones, ¿no? Repasando la mesa, lugar por lugar, Molly intentó recordar a todos los que habían estado allí. Se detuvo y rebuscó en su bolso su móvil, y tecleó algunas notas:

Desrosiers

Michel

mujer de pelo oscuro y su marido enfadado

madre de Adèle

Adèle

otra señora mayor, moño blanco

Podría consultar con Frances para ver si recordaba a alguien más. Ahora lo único que tenía que hacer era averiguar algo sobre cada uno de los participantes y descubrir cuál de ellos había cometido el acto. Se dio cuenta de que estaba actuando como si todo no fuera más que un rompecabezas interesante que resolver, cuando en realidad una persona había muerto, y el asesino, a menos que el veneno resultara ser de acción lenta, había estado en ese comedor, sentado cerca de Molly y Frances, el jueves por la noche.

Esto no era un programa de televisión. No era una broma.

Molly nunca se había considerado a sí misma como alguien con un sentido de la justicia especialmente fuerte, al menos no más fuerte que cualquier otra persona típica y respetuosa de la ley. Pero quizás se había equivocado en eso. Sentía una especie de indignación cuando pensaba en un asesino sentado en el comedor gris paloma de La Métairie, decidiendo por sí mismo quién debía vivir y quién debía morir. La arrogancia era indescriptible. Molly quería ver caer la expresión de suficiencia en el rostro del asesino mientras lo llevaban a prisión.

De repente, Molly se dio cuenta de que había llegado hasta la épicerie sin fijarse por dónde caminaba. Entró, agradecida por el calor, y eligió un par de botellas de vino tinto. Añadió un puñado de caramelos en la caja registradora, pero no conversó porque la joven de la caja tenía un acento extraño y Molly no podía entender ni una palabra de lo que decía. ¿Era un impedimento del habla o un acento regional lo que hacía que sonara como si tuviera la boca llena de nubes?

Lo que quería era un habitante del pueblo con quien hablar sobre los invitados a la fiesta. Pero ¿dónde encontraría a alguien en una fría tarde de lunes? Todo Castillac estaba metido en algún lugar cálido, fuera de la vista. No había mercado, ni lugar de reunión público en diciembre. Mientras esperaba que se le ocurriera una idea, Molly salió de la épicerie y se dirigió, como si estuviera en piloto automático, a la Pâtisserie Bujold. Dentro hacía un calor agradable y sentía como si los aromas celestiales fueran casi sólidos, envolviéndola en una deliciosa manta de vainilla.

—Bonjour, monsieur —murmuró al propietario, quien como de costumbre miraba encantado su pecho en lugar de hacer contacto visual.

—¡Madame Sutton! Me alegra mucho verla hoy. ¿Quiere lo de siempre?

No estaba segura si alegrarse o entristecerse por tener un pedido "habitual" en la pastelería. Era cierto que se daba un atracón. Pero estos croissants de almendra, hoy, eran estrictamente medicinales. Tenía un asesinato que resolver, pero ninguna forma de encontrar a las personas con las que necesitaba hablar. Seguramente un croissant de almendra ayudaría.

Entonces, después de tantos pensamientos divagantes, Molly tuvo un momento de claridad: era con Adèle Faure con quien necesitaba hablar.

Pero ¿cómo encontrarla?

❧ 15 ❧

1969

Josephine había estudiado cuidadosamente las revistas de moda y había practicado mucho en su tocador. Ahora lo tenía, delineando sus párpados con la perfecta técnica de ojos de gato, la línea negra engrosándose y curvándose hacia arriba al pasar el extremo exterior de su párpado: una línea segura y firme, el epítome de lo moderno. Llevaba puestas unas bragas de seda que Albert le había enviado cuando estaba de viaje de negocios, con un sujetador a juego, todo en el más favorecedor color melocotón rosado. Se levantó y caminó hacia la puerta de su dormitorio, luego giró para verse en el espejo del tocador; sí, era prácticamente Jean Shrimpton. ¿Cómo podría resistirse?

Josephine se puso un vestido Pucci ceñido. Iba descalza y su pelo castaño estaba recogido en un moño en cascada igual que el de la modelo en la portada del *Vogue* de ese mes. Iba descalza porque se le había ocurrido que a Albert le gustaban sus pies. Bajó sigilosamente las escaleras hasta el despacho de él, se detuvo un momento en los escalones, observándose como si estuviera en una película: viéndose deslizar por la amplia escalera, sus piernas bien formadas, su maquillaje perfecto. Viéndose ir hacia la puerta de su marido y abrirla lentamente.

Fascinada por su visión, imaginó a Albert saltando de su escritorio, su rostro enrojeciendo de deseo con solo verla, tornillos, cables y tuercas cayendo al suelo en su prisa por llegar a ella.

Josephine se acercó a su despacho, sus pasos silenciosos. Aun así, era como si una cámara estuviera grabando, como si no fuera una sola persona sino varias, una de las cuales siempre estaba observando. Siempre era su propio público y nunca estaba completamente entera.

—Albert —dijo, tan dulcemente como pudo.

Albert no levantó la vista.

—Dame un momento, si no te importa —dijo. En su escritorio había un aparato de aumento y estaba mirando a través de él algo diminuto. Manteniendo el resto de su cuerpo lo más quieto posible, alcanzó con unas pinzas minúsculas y luego las retiró, apoyando su mano en el borde del escritorio, mirando intensamente a través del aparato.

—¡Albert! —exclamó Josephine, su fantasía desmoronándose, sintiendo como si los trozos irregulares de esta giraran alrededor de su cabeza y entraran en su boca, amenazando con ahogarla—. ¿Ni siquiera vas a levantar la vista cuando entro? ¿No vas a dejar tu trabajo ni por un solo instante? —Por un momento se quedó temblando, con la mandíbula apretada, y entonces, en su rabia, alcanzó su escritorio y cogió un libro con olor a moho—. ¡Esto es lo que pienso de ti y tu estúpido trabajo! —Arrojó el libro directamente al aparato de aumento, tirándolo al suelo, aunque Albert se había movido rápidamente y había cubierto con sus manos los circuitos en los que estaba trabajando, que permanecieron a salvo.

Después de eso, Josephine no pudo hacer más apariciones sin anunciar en el despacho de Albert, porque él cerraba la puerta con llave. Un hombre diferente podría haber divorciado a su violenta esposa, aunque por supuesto el divorcio era mucho menos común entonces de lo que es ahora, y además habría matado a su profundamente católica madre. Pero Albert Desrosiers era un hombre que cumplía con sus compromisos, incluso si esos compromisos resultaban ser horribles errores, y así Josephine y Albert vivieron todos los años de su matrimonio en formas separadas de abyecta miseria.

Aunque *eran* ricos, lo que para Josephine al menos, proporcionaba casi suficiente compensación por todo lo demás.

❧　16　☙

—Mi Sabrina trabajó para ella dos años. Te digo, Desrosiers era un demonio —dijo Jean-François a su amigo en la barra del Chez Papa. El amigo asintió y bebió su cerveza.

—¿Ves cómo mi chica tiene que llevar una férula en la mano? ¡Esa vieja bruja puso trampas para ratas, intentando hacerle daño!

—¿Tal vez la casa tenía ratas?

—¡No! Y la trampa que atrapó a Sabrina estaba en un cubo, ¿quién pone una trampa en un cubo? Te lo digo, a esa arpía le daba placer hacerle daño. Sabía que Sabrina realmente necesitaba ese trabajo. No es fácil para los inmigrantes encontrar un trabajo decente, ya lo sabes. ¡Demasiadas de nuestras mujeres acaban teniendo que limpiar para los capitalistas!

—Bueno, la vieja ya está fuera de escena de todos modos —dijo el amigo, mirando de reojo a Jean-François—. Entonces, ¿te vas a casar con Sabrina ahora?

—Bah. Sabrina y yo somos almas gemelas. Los documentos del

estado o de la iglesia no nos importan. Esto es algo que tú no entiendes.

—Oh, creo que sí lo entiendo. Ya sé, ya sé, casi nadie se casa más. Pero lo único que digo, Jean-François, es que a las chicas les gusta que les pidas matrimonio. No me importa lo políticas que sean. Socialistas, comunistas, da igual. Pueden ser anarquistas hasta la médula, pero aun así les gusta.

—Solo dices eso porque tu madre es más religiosa que la Virgen María.

—No, Jean-François, para nada. Lo digo porque es verdad.

—¿Y hablas desde tu larga experiencia pidiendo a las mujeres que se casen contigo? ¡Estás soltero, cretino!

El amigo sonrió con suficiencia y bebió su cerveza.

—¿Otra? —preguntó Nico, acercándose a su extremo de la barra.

—Ya está borracho —dijo Jean-François, señalando a su amigo —. Está soltando más tonterías de las que puedas creer.

Nico se alejó hacia el otro extremo, donde una atractiva mujer holandesa estaba coqueteando con él.

El rostro de Jean-François se ensombreció. —Amo a Sabrina más que a mi propia vida —dijo—. ¿Por qué crees que trabajo tan duro por la causa? Es porque quiero una vida mejor para mi chica. Esto es amor, ¿no?

—Bueno, no, no en mi opinión. Pero eh —dijo el amigo, enco-giéndose de hombros y lanzando otra mirada de reojo. Jean-François adoraba discutir de política y siempre lo había hecho, y podía usarla para justificar cualquier cosa que quisiera hacer o no hacer—. De todos modos, Desrosiers la palmó de un ataque al corazón, eso es lo que oí. Entonces, ¿para quién va a trabajar Sabrina ahora? Un mal trabajo es mucho mejor que ningún trabajo.

—Ah, no —dijo Nico desde el otro extremo de la barra, habiendo escuchado ese último comentario—. Lo que yo oí fue veneno. Al final no fue un ataque al corazón.

Jean-François no pareció sorprendido. —Bueno, el veneno es un arma de mujer. Te puedo decir ahora mismo que ningún hombre con pelotas va a envenenar a alguien, especialmente a una vieja débil. —Pensó por un momento—. No es que no se lo mereciera.

&

MOLLY ACABABA de salir de la Pâtisserie Bujold con un poco de azúcar glas en el labio superior cuando vio a lo lejos a una mujer con una elegante gabardina, caminando con una ligera cojera. Tiene que ser Adèle, pensó, y se apresuró, agradecida de que en un pueblo donde la gente caminaba casi a todas partes fuera posible encontrarse con alguien a quien estabas buscando. Las piernas de Molly no eran largas, pero Adèle caminaba lentamente, casi meditativa, y a Molly no le costó alcanzarla.

—Oh, vaya —dijo Molly, sin aliento—. Te vi...

—Salut —dijo Adèle, divertida por Molly jadeando—. ¿Estás entrenando para algún tipo de evento?

—Sí. Los cincuenta metros lisos sosteniendo una bolsa de croissants de almendra —dijo.

Adèle sonrió, pero Molly se detuvo, con los ojos muy abiertos. —Vale, sé que no ha sido el mejor chiste del mundo. Ni siquiera ha sido gracioso. Pero creo que puede ser el primer chiste que he hecho en francés, sin pensarlo. Quiero decir, las palabras simplemente salieron como lo hacen las palabras en inglés, o solían hacerlo, porque me doy cuenta de que ya no puedo hablar inglés tan bien, pero eso es otra cosa.

Adèle aplaudió ligeramente y dijo: —*¡Félicitations!* Mi inglés no es el mejor y estoy de acuerdo en que los chistes son lo más difícil. Lo cual es una verdadera lástima, ya que los chistes, me refiero, ya sabes, reír juntos, el humor, eso es la alegría de la vida, ¿no?

—Lo es —asintió Molly. Caminaron parte de una manzana en silencio, Molly tratando de encontrar una manera de preguntarle a

Adèle sobre los invitados a la fiesta de cumpleaños de su tía sin parecer una tremenda entrometida. Aunque se admitió a sí misma que eso era exactamente lo que era.

—Así que Adèle, sé que apenas nos conocemos, y es un tema algo delicado para hablar, pero me enteré de las noticias sobre tu tía.

Adèle miró a Molly sorprendida. —¿Qué? —dijo, confundida.

—Ya sé, parece que hay un sistema de comunicación subterráneo o incluso mágico en Castillac donde la gente se entera instantáneamente de las noticias de todos los demás. Yo no formo parte de él, realmente, pero tengo una amiga... en fin, estoy segura de que tu familia está conmocionada. Yo sé que lo estuve —añadió, con fingida ingenuidad. Se sentía bastante orgullosa de haber pensado en el veneno antes de oír hablar de ello, pero no podía decírselo exactamente a Adèle.

Adèle se detuvo. —Lo siento. No te entiendo. Yo... quiero decir, entiendo las palabras que estás diciendo, ¿pero no el significado?

—¿Debería hablar en inglés entonces?

—No creo que eso mejore las cosas —dijo Adèle. Empezó a caminar de nuevo—. Oh, mira, adoro esta pequeña boutique. La mujer que la posee tiene un gusto impecable, ¿no crees? ¡Mira esos sombreros! —dijo, señalando el escaparate.

Molly no estaba segura de si la habían ignorado o si no se había explicado bien. Ambas cosas eran igualmente posibles. En ese momento, Adèle parecía ser la respuesta a todo: tendría historia y detalles sobre todos los que estuvieron en la fiesta. Pero ¿cómo lograr que hablara?

Molly hizo sonidos de aprobación sobre los sombreros sin prestarles realmente atención. Luego sacó su móvil para ver la hora—. Oh, mira, son más de las cinco. Espera, déjame pensar... son más de las diecisiete. ¿Es correcto?

Adèle sonrió. Le caía bien esta mujer que se esforzaba tanto por adoptar todo lo relacionado con la vida francesa: mírenla con su cesta de mercado, su bufanda y ahora usando el reloj de 24 horas. Los pantalones deportivos no tanto, pero Adèle estaba dispuesta a perdonárselo por esta vez.

—¿Te gustaría ir a algún sitio a tomar un kir? —preguntó Molly.

—*Bon* —dijo Adèle con un asentimiento, y guio a Molly por una calle que no había visto antes, hasta un pequeño bar sin letrero en el exterior.

—Algo misterioso —comentó Molly—. Interesante. —Lo que quería decir era: *¿Qué demonios de lugar es este?*

El lugar estaba oscuro con iluminación púrpura. Las mesas, la barra, incluso las servilletas eran negras. Se sentía rebelde y juvenil, y en la mente de Molly no encajaba con la bien vestida y madura Adèle. Claramente necesitaba conocerla mejor.

—Bueno, aquí va una pregunta típica de una estadounidense —dijo mientras esperaban sus bebidas—. Pero no pretendo ser grosera. ¿A qué te dedicas?

—Ah, sí —dijo Adèle, haciendo un gesto al camarero.

—Espera, no... déjame adivinar. ¿Tiene algo que ver con la moda?

Adèle se rio—. Ni siquiera un poquito. ¿Por qué en el mundo supondrías eso?

Molly se encogió de hombros—. Siempre estás tan bien arreglada. Tu ropa es realmente, realmente bonita.

—Eso es más costumbre que otra cosa. Era importante para mi madre, cuando crecía, que mi apariencia fuera... que tuviera cierta elegancia. Lo cual es un poco extraño, en realidad, porque a ella no le importa un bledo la ropa ni su propia apariencia. ¡Como habrás notado! —añadió, riéndose.

Molly también se rio, un poco nerviosa porque ¿cuán temprano en una amistad se puede reír de lo anticuada que es la madre de la otra persona? En Estados Unidos, habría tenido una idea de ello, pero aquí en Castillac, no estaba tan segura—. Bueno, sea cual sea la razón, cada vez que te veo, adoro tu atuendo.

Dios, ¿parezco la aduladora más ridícula?

—Estoy confundida por lo que dijiste antes —dijo Adèle. Se alisó la falda de lana con ambas manos—. Mencionaste algo sobre recibir noticias de mi tía. ¿A qué te refieres? Después de todo, fuiste tú quien la descubrió.

—Oh, me refiero a las nuevas noticias —dijo Molly, preguntándose cómo era posible que Adèle no hubiera oído hablar del envenenamiento. ¿Acaso Dufort aún no se lo había dicho a la familia? ¿O es que la familia no se hablaba entre sí? —. Em, ¿nadie ha dicho nada sobre...? —Molly lanzó una mirada suplicante al camarero para que se diera prisa con los kirs, pero este estaba apoyado sobre sus codos en una profunda conversación con un hombre que tenía seis perforaciones en las orejas—. Bueno, esto es incómodo. Pero escuché que tu tía fue envenenada.

Adèle se quedó muy quieta. Sus ojos se agrandaron y apartó la mirada de Molly. Molly notó que respiraba rápidamente y sus fosas nasales se dilataban.

Ciertamente parecía que Adèle estaba sorprendida, pero el sentimiento principal que Molly percibió en su nueva amiga fue miedo.

—¿**E**nvenenada? —dijo Adèle, casi demasiado bajo para que Molly la oyera.

Molly asintió. —Sí. Lo... lo siento mucho. Da un poco de miedo pensar que quien lo hizo probablemente estaba en esa fiesta de cumpleaños. Tu tía parecía estar bien al principio de la noche, ¿verdad?

—Siempre decíamos que nos sobreviviría a todos. —Adèle se aferraba a la barra con ambas manos—. Lo siento —dijo—. Estoy... estoy en shock, para ser honesta. ¿Has dicho envenenada?

—¡Lo sé! Es decir, ¿quién querría matar a una ancianita?

—Ese es el problema, Molly. Con la tía Josephine... posiblemente mucha gente.

—¿No era muy popular?

—No. No creo que tuviera amigos. Michel dijo que tuvo que rascarse la cabeza para encontrar invitados para su fiesta sorpresa. En cuanto a la familia, mamá es su única hermana y no podrían ser más diferentes. Mamá es trabajadora y no se queja. No ha sido una madre perfecta, pero ¿quién lo es? Nos crio a Michel y a mí ella sola, y salimos bastante bien: adoptó a Michel cuando era solo un bebé, porque le gustan mucho los niños. Pero ¿Josephine? —Adèle negó con la cabeza y soltó una risa amarga—. Toda su vida se ha dedicado a tratar de fastidiar a los demás. En el mejor de los casos, era una molestia. En el peor... en el peor, algo cercano a sádica. No, no cercano. Absolutamente sádica. La pobre gente que ha trabajado para ella lo ha pasado muy mal estos últimos años. Se deshace de amas de llaves y jardineros a un ritmo bastante bueno, como te puedes imaginar.

Molly escuchaba atentamente, esperando que elaborara más. Finalmente dijo: —¿Cómo... qué tipo de cosas hacía?

—Bueno... —Adèle cerró los ojos por un momento, recordando—. ¿Qué tal aquella vez que cambió todos los productos químicos de jardinería? Vació todo de botellas y cajas, y créeme, no estamos hablando de productos orgánicos no tóxicos, y luego lo volvió a poner todo pero en los envases equivocados. El jardinero pensó que estaba usando una solución de harina de pescado, pero en su lugar era ácido muriático. Estuvo en el hospital durante un mes con quemaduras desfigurantes por ese pequeño truco.

—Vaya —dijo Molly, buscando qué decir cuando alguien acaba de anunciar que su pariente es un monstruo—. ¿La arrestaron o algo por eso?

—Qué va. El jardinero solo quería recuperarse y alejarse de ella lo más posible. La gente le tenía miedo, Molly. Sé que parece una locura, parecía bastante inofensiva. Pero la tía Josephine era todo menos inofensiva. Vivía para lastimar a la gente y no solo soñaba despierta con ello, actuaba según sus horribles impulsos retorcidos, y la historia de los productos químicos de jardinería es solo un ejemplo de algo que yo conocía. No quiero ni pensar en lo que hizo y nadie llegó a descubrir. —Adèle se estremeció y se bebió el resto de su kir.

El camarero se alejó del tipo con el que estaba hablando y se acercó. —¿Quieres otro? —dijo, cogiendo un pequeño cuenco de patatas fritas de un recipiente bajo la barra y poniéndolo delante de Adèle.

—Sí —dijo Adèle—. Por favor.

—¿Alguna vez te hizo daño? —preguntó Molly suavemente.

Adèle se echó su largo cabello rubio hacia atrás. —No realmente. Nada como lo que les hacía a las personas que trabajaban para ella. No me quería: me miraba con el ceño fruncido, me pellizcaba cuando era pequeña para hacerme llorar, siempre lista con un comentario hiriente... pero por suerte para Michel y para mí, nuestra familia no se reunía con la tía Josephine muy a menudo. Breves eventos en días festivos, ese tipo de cosas. Pasaban meses sin que la viéramos.

Molly sorbió su kir, deseando haber pedido un chocolate caliente en su lugar, algo hogareño y reconfortante. Metió las manos bajo su bufanda y cruzó los dedos. —¿Te importaría hablarme de los otros invitados? Esa noche cuando todos entraron, sentí mucha curiosidad por saber cómo estaban relacionados.

—No, no me importa —dijo Adèle, un poco mecánicamente —. No fue una fiesta grande, como pudiste ver. La tía Josephine solía hablar de cómo todos sus amigos estaban muertos, pero la verdad es que creo que nunca tuvo muchos amigos. Ella... era difícil, ¿entiendes?, no solo como persona mayor, sino desde hace mucho tiempo.

Molly asintió.

Hubo una larga pausa mientras Adèle se giraba en su taburete y miraba por una ventana sucia hacia la calle, y Molly se sintió tensa, preguntándose cómo hacer que la conversación avanzara un poco más rápido.

—¿Había una mujer de pelo oscuro allí? Francamente, no parecía muy feliz. ¿Con un chico?

—Sabrina. A eso me refiero cuando digo que Michel tuvo dificultades para encontrar suficientes invitados. Ella es el ama de llaves, ha estado trabajando para Josephine durante un par de años, lo que debe ser un récord. El chico es Jean-François, su novio. Fue el jardinero allí brevemente, pero no era de los que aguantaban el trato de Josephine, no creo que durara ni una semana. Tiene talento con las plantas, así que fue una pena. No es que Josephine pasara ya tiempo en el jardín de todos modos. Michel dijo que apenas bajaba las escaleras, y mantenía las persianas cerradas todo el día. Como un mausoleo, dijo.

—Hmm —dijo Molly—. ¿Crees...? quiero decir, Jean-François parecía *realmente* enfadado... Lo siento —dijo, tratando de reír con gracia—. No quiero sonar como si los hubiera estado acechando a todos. Pero me gusta la gente, me gustan las fiestas, y no pude evitar mirar esa noche y preguntarme cómo encajaban todos.

—Muy incómodamente —dijo Adèle con una leve sonrisa—. Recién estoy empezando a entender a lo que te refieres. ¿Estás diciendo que... alguien en esa mesa, en La Métairie, mató a mi tía?

Molly se encogió de hombros. —Eso parece, pero no soy experta. Tal vez fue envenenada con algo de acción prolongada, que tomó horas o incluso días antes. Pero parecía estar bien al principio, ¿verdad?

—Sí —dijo Adèle lentamente—, y luego, de repente... ya no. Tomamos los primeros platos y ella abrió algunos regalos. Recuerdo que miré hacia su extremo de la mesa y vi que su cara se había puesto roja, lo cual solía ocurrir cuando se enfadaba mucho por algo, y me dije a mí misma que tenía suerte de estar en el otro extremo, fuera del alcance del fuego. Poco después, se levantó para ir al baño. Ya nos habían servido los platos principales, pero aún no habíamos empezado con ellos.

—¿Alguien se ofreció a acompañarla al baño?

—¿Ir al *toilette* con la tía Josephine? ¡Ja! ¡No si querías evitar que te lanzara insultos como un enjambre de avispas durante el resto de la noche! Josephine no se tomaba nada bien que se aludiera a su edad o fragilidad. No es que *fuera* frágil, como dije, todos pensábamos que era fuerte como un roble.

—Supongo que alguien se impacientó.

—Es terrible decirlo, y apenas nos conocemos, no debería agobiarte con estas confidencias —dijo Adèle—. Pero para serte sincera, me alegré cuando me enteré de que había muerto. ¡Me alegré! Y Michel... ¡estaba a punto de empezar a cantar!

Molly no pudo evitar sonreír, pero luego su expresión se tornó seria. De alguna manera se sentía protectora con Adèle. —¿Alguno de vosotros se beneficia de su muerte? No quiero meterme en vuestros asuntos, pero si es así, quizás bailar en las calles podría dar la impresión equivocada.

—No lo entiendes —dijo Adèle—. Tener a Josephine en la familia significaba que nos veíamos obligados a pensar constantemente en las apariencias. Creo que por eso mi madre siempre me vestía tan bien, sin duda más allá de su presupuesto. Porque así le daba a la tía Josephine una cosa menos que criticar. Aunque la veíamos con poca frecuencia, caminábamos sobre cáscaras de huevo, sin querer incurrir en su ira. Una vez me puse algo un poco atrevido para ir a la escuela; era una adolescente y me compré una minifalda roja con dinero que había ganado. Josephine se enteró y me hizo ir a su casa para despotricar sobre el daño que había hecho a la reputación de la familia.

» La muerte de Josephine significa que ya no tenemos que preocuparnos. No más tener que mantener esta fachada falsa solo para mantenerla alejada. No más temor a las fiestas y vernos obligados a soportar sus insultos viciosos. Nos sentimos libres, Molly —dijo Adèle intensamente, tomando las manos de Molly y apretándolas, con una sonrisa beatífica en su rostro perfectamente maquillado.

CLAUDETTE MERCIER PASABA la mayor parte de cada martes por la mañana en el mercado de Bergerac. Por supuesto, iba al mercado de Castillac los sábados, pero había algunas cosas particulares que solo podía conseguir en Bergerac, y aunque sentía que era una imposición, las deseaba tanto que permitía que el hijo adolescente de su vecina de al lado la llevara. Era un buen chico y la dejaba de camino a la escuela y la recogía durante su hora de almuerzo. Ella le pagaba con tartas de cereza, que él adoraba con pasión, ganándose así completamente su afecto.

Algunas de las cosas particulares eran setas, especialmente *cèpes* y *girolles*. No había setas en diciembre, pero Claudette se había acostumbrado al mercado de los martes en Bergerac, tenía amigos allí con quienes charlar, así que el martes después de que su antigua compañera de escuela Josephine Desrosiers muriera, Claudette fue como de costumbre. Marc era un conductor cuidadoso, y se le ocurrió que realmente no tenía ninguna preocupación en el mundo; esperaba con ansias una charla y luego volver a casa para tomar una copa de jerez por la tarde, y tenía pinta de ser un día excelente.

El mercado estaba encantador, aunque hacía frío. Después, Marc llegó puntual para recogerla, como casi siempre, y ella estaba pensando en ese jerez mientras llegaban a casa. Claudette se despidió de Marc con la mano y abrió la puerta de su casa. Entró. Se quedó inmóvil, con la boca abierta. Emitió un débil pitido apenas audible. La cesta cayó al suelo. Su sala de estar, siempre impecable, parecía como si un huracán hubiera pasado por allí. Cojines del sofá en el suelo, pantallas de lámparas torcidas, papeles sacados de los cajones y esparcidos por la alfombra.

Su primer impulso fue ponerse de rodillas y comenzar a limpiar el desastre. Pero entonces tuvo el aterrador pensamiento de que quien fuera responsable podría seguir en su casa, ¡posiblemente al acecho! Lentamente, retrocedió hacia la puerta principal y corrió tan rápido como pudo a la casa de la vecina de al lado. Solo Marc estaba allí, pero llamó al número de emergencia e incluso le preparó una taza de té.

Gilles Maron recibió la llamada y se subió a su nuevo scooter. Había convencido a Dufort de gastar el dinero en él, diciendo que un vehículo policial no era suficiente y que, con Castillac creciendo como lo estaba haciendo (no rápidamente pero de manera constante) la fuerza policial necesitaba actualizarse si querían ser receptivos a las necesidades del pueblo. Maron podía leer a Dufort lo suficientemente bien como para saber que palabras como "receptivos" probablemente tendrían un efecto, y al final, consiguió su scooter.

Condujo directamente a la casa de Claudette después de recibir la llamada. Encontrando la puerta abierta, entró, alerta y escuchando. Un gato atigrado y rechoncho estaba acurrucado en un sillón, durmiendo. Un reloj antiguo hacía tictac. El suelo de la sala de estar estaba cubierto de papeles, ropa, un proyecto de tejido enredado y chucherías. Pasó con cuidado por encima del desastre y fue por el pasillo hasta la cocina, obviamente el corazón de esta casa, con las sartenes bien fregadas y brillantes, todo ordenadamente guardado, no saqueado como había sido la sala de estar. Caminó hasta el dormitorio de la pequeña casa y vio que la mesita de noche había sido volcada, una lámpara rota, los cajones de la cómoda sacados y revueltos, pero no había nadie en el armario ni debajo de la cama.

La ventana del dormitorio había sido forzada y una brisa fría se colaba por ella.

Maron fue a la casa del vecino de al lado y llamó a la puerta.

—Bonjour, madame —le dijo a Claudette, que estaba parcialmente detrás de Marc—. Soy el oficial Maron. ¿Está usted bien? ¿Vio a alguien cuando entró en su casa?

—¡Oh, no! —dijo Claudette—. No quería ver a nadie. ¡Corrí directamente aquí, a casa de la vecina!

—Quienquiera que fuese, ya se ha ido. Pero le pido que me dé unos minutos para buscar evidencias antes de que regrese.

—¡Por supuesto! Gracias por venir tan rápido —dijo Claudette, tratando de esbozar una sonrisa—. ¿Quién haría algo así? Nunca me ha pasado nada parecido en toda mi vida. Es terriblemente perturbador.

—*Oui*, madame, lo entiendo —dijo Maron, aunque su tono no era cálido—. Me temo que su casa no es la primera. En el último mes, hemos tenido otros dos casos similares. ¿Puedo hacerle algunas preguntas?

—Por favor, pase —dijo Marc, quien en secreto estaba emocionado ante la idea de que un ladrón entrara justo en la casa de al lado, a plena luz del día.

La temperatura había subido un poco, pero el viento seguía siendo cortante. Maron asintió y entró. —Primero, ¿tiene algo de valor en su casa que alguien conozca?

—Cielos, no. A menos que te refieras a mi colección de ollas de cobre. Sé que ahora valen muchísimo, he ido añadiendo poco a poco a lo largo de los años, ¿sabes? El mes pasado conseguí una preciosa cacerola de un cuarto de litro para reemplazar una cuyo mango no era tan agradable, ya sabe, cómo se sentía en la mano.

—Creo que la cocina no fue tocada —dijo Maron, suspirando para sus adentros. ¿Por qué no había tomado Perrault esta llamada? —. ¿No hay reliquias familiares, nada por el estilo, que la gente pueda conocer?

—No. No me van las frivolidades, monsieur. Mi padre solía comprarme collares y cosas de ese tipo, pero le dije que parara, no me gustaba. Lo que yo quería era una cuchilla Sabatier en su lugar. Estaba muy decepcionado conmigo.

Marc miró a su vecina con nueva admiración. Pensaba que las cuchillas eran geniales.

—Muy bien, Madame Mercier. Me gustaría recorrer la casa con usted después de que termine, y quizás pueda decirme si parece faltar algo. El ladrón probablemente buscaba objetos fáciles de vender: televisores, ordenadores, cosas de ese tipo.

—Bueno, tengo un pequeño televisor. ¡Hay tantos programas de cocina ahora, no se lo creería! Sigo varios de ellos. ¿Ha visto a ese Gordon Ramsay? ¡Qué lenguaje! Y por supuesto no es francés, pero creo que sí sabe cocinar. Mi inglés no es tan bueno y no puedo seguirlo todo. Pero aun así, lo veo. —Se encogió de hombros y le dio a Maron una sonrisa traviesa—. Pero ordenador no, oh no. Soy demasiado vieja para esas tonterías.

Marc se rio por lo bajo y luego dio unas palmaditas en el hombro a Madame Mercier.

—Mi siguiente pregunta: ¿tiene un horario predecible? ¿Sale regularmente los martes por la mañana, por ejemplo?

—Bueno, por supuesto que tengo un horario. ¿Quién no lo tiene? Los martes, Marc me lleva al mercado de Bergerac. El hombre que vende nueces en el lado norte de la iglesia tiene las mejores nueces del Dordoña. Intento no perderme ningún mercado de los martes, y afortunadamente, aunque como habrá notado no soy joven, todavía tengo salud, así que es bastante raro que tenga que llamar a Marc para decirle que no puedo ir. Espero algún día caer muerta de un ataque al corazón, como lo hizo Josephine Desrosiers: ¡aquí un minuto, al siguiente ya no! Esa es la forma de hacerlo, ¿no cree, oficial Maron?

Maron asintió lentamente. Notó cómo la expresión de Madame Mercier se iluminó cuando mencionó la muerte de Desrosiers, como si fuera la noticia más feliz que había escuchado en mucho tiempo.

—Muy bien, gracias, madame. Volveré a su casa y veré si puedo encontrar algo útil para la investigación. Si pudiera quedarse aquí por el momento, le agradezco su paciencia. — Maron se dio la vuelta y regresó a la casa de Mercier.

Estaba bastante seguro de que el ladrón era un adicto, buscando algo para vender y conseguir dinero para drogas, y esperando quizás encontrar un fajo de dinero bajo el colchón de una anciana. No era un crimen que requiriera forenses; ni siquiera estaba claro que se hubiera robado algo. Castillac no había visto mucha actividad relacionada con drogas a lo largo de los años, pero había habido esos otros dos allanamientos similares, y basándose en su experiencia en los suburbios de París, todos ellos parecían robos para conseguir dinero para drogas: chapuceros y no muy exitosos.

Maron se agachó en la sala de estar y revisó algunos de los papeles en el suelo. Miró alrededor de la habitación, tratando de no buscar nada en particular sino dejando que sus ojos vagaran, confiando en que detectarían cualquier anomalía.

La habitación era tan típica que rayaba en el cliché: antimacasares de encaje en los brazos de las sillas y del sofá, el gato dormitando, el reloj haciendo tictac, la pequeña fotografía familiar enmarcada en una mesa lateral. Parecía una habitación donde nunca había sucedido nada emocionante. Se puso de pie, listo para volver a la estación y hacer su informe. Echando un último vistazo al desorden en el suelo, sus ojos se posaron en un sobre de papel de carta pesado, que yacía sobre algunos papeles. Lo recogió y vio que tenía un matasellos reciente. Se dijo a sí mismo que podría dar una pista sobre el allanamiento, aunque sabía que era poco probable.

Sacó la carta del sobre y la leyó. Sus ojos se abrieron al leer las palabras cáusticas y amenazantes. La carta era corta y sin firma, pero no había duda de que el escritor tenía una gran mala voluntad hacia Claudette Mercier.

Bueno, pensó Maron, tal vez hay más en este allanamiento de lo que pensaba, y quizás *sí* ha pasado algo en esta pequeña habitación sofocante después de todo.

❧ 18 ☙

—Lo siento, jefe, pero no creo que pueda descartar esto así como así —dijo Maron, que había regresado a la comisaría después de mostrar a Dufort y Perrault la carta que encontró en casa de Claudette.

—Es un asunto desagradable, no cabe duda —dijo Dufort—. Entonces, ¿qué estás diciendo? ¿Que crees que el ladrón escribió la carta? ¿En qué te basas? ¿Quizás en tu intuición? —añadió, burlándose de Maron, ya que este jamás utilizaría la palabra "intuición" sin una mueca de desdén.

—Mercier ha sido víctima de dos actos violentos, uno físico y otro emocional. No es descabellado pensar que podrían estar relacionados. *Podrían* —recalcó Maron con cierta vehemencia—. Pero en realidad, no es el intento de robo lo que me preocupa. Hay una conexión entre Mercier y Desrosiers. Resulta que Mercier estuvo en la fiesta de cumpleaños. Lo único que encontré en La Métairie fue una tarjeta en el suelo, cerca del contenedor de basura. Parece que era de un regalo de cumpleaños. —Sacó del bolsillo de su abrigo un pequeño rectángulo de cartulina fina decorado con flores moradas en la parte superior—. "De tu amiga, Claudette".

—¿Claudette Mercier estuvo en la fiesta? —preguntó Dufort, levantando la vista rápidamente.

—Sí —respondió Maron—. Menuda coincidencia, ¿eh? Y de hecho, ella mencionó a Desrosiers... dijo que también quería morirse de un ataque al corazón cuando le llegara el momento.

—Tenían más o menos la misma edad, probablemente fueron juntas a la escuela —comentó Perrault—. Ambas crecieron en Castillac, ¿verdad?

—Así es —confirmó Dufort—. Los Mercier solían tener una ferretería en el centro del pueblo. Eran una familia bastante próspera, y por lo que sé, aún lo son.

—¿No crees que es significativo que una señora muera y luego otra de la misma fiesta sufra un robo en su casa *y* además reciba cartas anónimas de acoso?

—No podemos decir si es significativo o no —respondió Dufort—. Permítanme advertirles a ambos que no intenten buscar un orden donde no lo hay. Los tres sucesos podrían no estar relacionados, y aún estamos en las etapas preliminares de la investigación, Maron. Por el momento, parece que Desrosiers era despreciada por todos los que la conocían, al menos por su familia y las personas que trabajaban para ella. Cualquiera de ellos podría haberla matado. Mercier podría haber sido su única amiga.

—Tal vez el resto de sus amigas ya estén muertas. Al fin y al cabo, tenía setenta y dos años.

—Como le dije a Perrault, setenta y dos años no es tan viejo. Ambos deben hacer un esfuerzo por no ver todo a través del prisma de su propia juventud. Quizás... no tenía amigas. Eso sucede, ¿saben? Aunque no suele ser porque alguien sea odioso con cada persona que se cruza; generalmente se trata de alguna enfermedad mental que interfiere, como una ansiedad social elevada o algo por el estilo.

—Desrosiers odiaba a la gente —dijo Perrault.

—¿Quién sabe qué ocurrió para torcer su personalidad de esa manera? Hay misterios que nunca desentrañaremos, al menos no sin una comprensión mucho mayor de la mente y de las cosas que la afectan. ¿La hermana de Desrosiers no es de la misma calaña? —preguntó Dufort.

—No —respondió Perrault—. Pregunté por ahí. Es una respetada profesora de ciencias en el instituto, lleva una vida ejemplar por lo que he podido averiguar. Crio a dos hijos ella sola con poco apoyo de sus parientes ricos.

Maron intervino: — Volviendo a Mercier, solo digo que las apariencias pueden engañar. Parece una anciana dulce, claro, pero hizo algo que enfureció al autor de esas cartas. No veo cómo tenemos pruebas reales para eliminarla de la lista de sospechosos.

—Está bien, investígalo, eres como un perro con un hueso. Ve a hablar con ella de nuevo. Pero no la culpes por recibir esas cartas. Por lo que sabemos, es la víctima, no la autora. —Dufort se encogió de hombros—. Desde luego, no ha sido la mejor semana para las señoras de setenta y dos años de Castillac. Ahora, sobre el otro asunto, Perrault y yo sorprendimos a Sabrina Lellouche saliendo de la casa de Desrosiers ayer, llevando algunas bolsas. La interrogué; dijo que había vuelto a la casa una última vez para recoger algunas cosas que eran suyas, así como algunas cosas que Desrosiers le había regalado.

—Si está mintiendo, es realmente buena haciéndolo — comentó Perrault.

—Estaba bastante tranquila y serena —coincidió Dufort—. Le pregunté qué había en las bolsas, y se ofreció a vaciarlas en la acera, pero le dije que no era necesario. Puede ser una testigo útil para nosotros más adelante, y no quiero que piense que está bajo sospecha. Según ella, las bolsas estaban llenas de ropa vieja, cosas de segunda mano que Desrosiers le había dado, nada más. Le pregunté si había una llave de la casa, y me dijo que hay una extra debajo de una maceta en el jardín trasero. Nos interrumpió una llamada de Madame Vargas, pero Perrault y yo volveremos allí para buscar el testamento y ver qué podemos encontrar. ¡Quizás más cartas! —dijo, burlándose de Maron nuevamente.

Había algo en una persona que se tomaba tan en serio que tentaba a Dufort a provocarlo. No admiraba esta cualidad en sí mismo.

Maron se apoyó contra el escritorio de Dufort. Sus cejas oscuras parecían más espesas y sombrías de lo habitual, frunciéndose mientras miraba al suelo. Dufort sintió una punzada de remordimiento. —Entonces Maron, ¿nada más que informar de La Métairie? No tengo muchas esperanzas —dijo.

—No mucho —respondió Maron, sin que su rostro se iluminara—. Todos los platos, vasos, cubiertos... habían sido lavados y guardados, y luego utilizados para otro servicio. Cualquier rastro de cianuro que pudiera haber estado en el vaso de Desrosiers, por ejemplo, habría desaparecido hace tiempo, sin contar que no había forma de distinguir qué artículos había usado ella. No quedaron regalos de cumpleaños.

Dufort asintió. —Nos vendría bien un golpe de suerte —dijo —. Bien, necesitamos encontrar el testamento, para ver quién heredará. Podría haber mucho dinero en juego. Sin hijos, así que presumiblemente la mayor parte se dividirá entre su hermana y sus sobrinos, aunque puede haber parientes más lejanos que desconozcamos y que tengan algún derecho. En cualquier caso, por ahora, eso definitivamente pone a la familia Faure en lo alto de la lista.

—Adèle y mi hermana solían salir juntas —comentó Perrault —. Eran mucho mayores que yo, pero siempre pensé que ella era una de las chicas realmente geniales. Me refiero a que destacaba, ¿sabes? Vestida de punta en blanco, pero con esa cojera.

Dufort ladeó la cabeza, imaginando a Adèle caminando por el pasillo de una escuela con la cabeza en alto.

—Tenía esta... esta discapacidad que nunca permitió que la frenara. Supongo que... muchas veces cuando las personas tienen algo así, no quieren llamar la atención, ¿sabes? Pero Adèle no dejó que ese pie malo la detuviera. Hay que admirarla por eso.

—¿Sabes qué le pasa en el pie, Perrault? Los pies zambos rara vez se ven hoy en día porque los corrigen. Perrault, averigua si es un pie zambo y si recibió tratamiento o no.

—Incómodo —dijo Perrault, agachando la cabeza por un momento. Pero luego una mirada de determinación apareció en su rostro abierto y pecoso, y dijo que obtendría la información.

—También tendremos que investigar al hermano y a la madre.

—Michel está sin trabajo, por lo que sé —dijo Perrault.

—Estar sin trabajo significa que una herencia podría ser oportuna —dijo Maron.

—Y más allá de los Faure, ¿a quién más tenemos? Maron, vuelve a La Métairie y consigue una lista de los invitados a la fiesta de cumpleaños. Cualquiera presente tuvo la oportunidad, si resulta que el veneno pudo haber actuado tan rápidamente. Sé que ya preguntaste, pero presiona a Nathalie. Puede que simplemente sea reacia a dar nombres. Yo pasaré a ver a Molly Sutton. Ella estaba en el restaurante la noche del asesinato; quizás vio algo.

El móvil de Dufort sonó. —¿*Oui?* —Asintió con la cabeza. Perrault y Maron pudieron escuchar una voz rasposa al otro lado y supieron que era Florian Nagrand, el forense.

Dufort dio las gracias y colgó. —Llamaba solo para confirmar que entendemos lo que decía el informe. Cianuro. La vía de entrada fue la piel de su cara, que estaba ligeramente abrasada, lo que permitió una rápida penetración. La mató rápidamente.

—Definitivamente alguien en la fiesta —dijo Maron.

—O en el restaurante, en todo caso —dijo Perrault.

Maron le lanzó una mirada fría, pensando que lo estaba criticando.

—Manos a la obra —dijo Dufort—. Perrault, encuentra a Adèle y sácale hasta la última gota de información. Quiero saber qué estaba pasando en esa familia: quiero saber por qué Michel no está trabajando, quiero saber qué tan bien se llevaban Murielle y su hermana; y, sé que lo sabes, pero lo mencionaré de todos modos: Adèle ya no es la chica genial que es amiga de tu hermana. Es una posible sospechosa de asesinato. No lo olvides.

Perrault dijo —Sí, señor —tomando el recordatorio en serio, pero deseando que no hubiera sentido la necesidad de decirlo.

—Maron, te vas de nuevo a La Métairie. No estoy convencido de que Nathalie no recuerde perfectamente quién estaba allí. Averigua quién les sirvió; como era una fiesta grande, podría haber sido más de una persona. Nombres y números, por supuesto.

Dufort se sentía energizado y confiado. Conocían el arma homicida, sabían cuándo se había utilizado, y tenían una sala con un número razonablemente pequeño de personas que podrían haber cometido el crimen, y testigos en abundancia.

¿Qué tan difícil podría ser el resto?

ADÈLE PASÓ aquella noche del martes en casa de su madre. No pensó en el porqué, era simplemente algo que hacía cada vez que se sentía inquieta, incluso ahora que tenía treinta y nueve años, era funcionaria del banco y tenía su propio apartamento desde hacía años. Era inconveniente porque el banco donde trabajaba estaba al otro lado del pueblo, y en diciembre, no siempre era un paseo agradable. Le dolía el pie y tenía que levantarse muy temprano para llegar a tiempo. Pero aun así, algunas veces al año, iba a casa de su madre de todos modos, porque su antigua habitación seguía igual que cuando era niña, y era reconfortante dormir en esa cama estrecha con el edredón familiar, y ver las ramas fuera de la ventana de su dormitorio en lo que parecía ser exactamente el mismo patrón que cuando tenía diez años.

Murielle siempre se levantaba temprano. En los días oscuros de diciembre eso significaba mucho antes del amanecer, y hacía café y leía revistas científicas y de jardinería hasta que era hora de ir al liceo donde había enseñado durante más de treinta años.

—Bonjour, Maman —dijo Adèle, bajando a la pequeña cocina en camisón y bata—. ¿Dormiste bien?

—Por supuesto que no —dijo su madre—. Cuando llegas a mi

edad, nadie duerme bien. A menos que se droguen, lo que muchos eligen hacer. Hay café —añadió, y volvió a leer su revista.

Adèle se sirvió café, añadiendo un buen chorro de crema y dos cucharadas de azúcar.

—Sabes que el azúcar carece de nutrientes —dijo Murielle.

—Sí, Maman, lo has mencionado una o dos veces. Escucha, quiero hablarte de Michel.

La cabeza de Murielle se levantó bruscamente de su revista. —¿Qué pasa con él? —exigió.

—Bueno, yo solo... todo el asunto con la tía Josephine...

—¿Qué pasa con eso, Adèle? Habla claro.

—¿Crees que está bien? Quiero decir, ¿*realmente* bien?

—Está tan bien como siempre lo ha estado. Tan bien como el día que lo recogí en el hospital cuando era un bebé. No creo ni por un momento que la muerte de Josephine vaya a tener ningún tipo de efecto negativo en él, si es eso lo que estás diciendo.

—No exactamente, Maman. Es que... ¿no te lo dijo la policía? La tía Josephine fue envenenada, y si eso es cierto, entonces Michel...

—Eso suena a tonterías —dijo Murielle—. ¿Quién en el mundo querría envenenar a Josephine?

Adèle se rio. —¿La mitad del pueblo?

—¡Adèle!

—Lo siento, Maman. Bueno, me enteré por lo que creo que es una fuente confiable de que definitivamente fue envenenada, y probablemente por alguien en la fiesta de cumpleaños. Entonces, me preguntaba... quería hablarte sobre... no podría ser... ¿estás *segura* de que no fue... Michel? Dime que no crees que pudo haber sido Michel.

Murielle la miró fijamente. —¿Por qué dirías algo así? ¿Por qué siquiera lo pensarías? Por supuesto que Michel no hizo tal cosa. Es cierto que aún no ha encontrado su camino, pero no sería capaz de hacerle daño ni a una mosca. ¿Michel, un *asesino*? —Murielle negó con la cabeza de manera decisiva.

—Por supuesto que no creo que pudiera hacerlo —dijo Adèle, sintiéndose mejor—. Pero me preocupaba, por el dinero...

Murielle volvió a negar con la cabeza y miró por la ventana la mañana gris, con expresión afligida. Adèle se preguntó si sentía más dolor por la pérdida de su hermana del que admitía.

—Maman, mencionaste que recogiste a Michel en el hospital. Creo que nunca me has contado realmente esa historia, Maman, me refiero a la adopción de Michel. Me alegro mucho de que lo hayas adoptado, es maravilloso tener un hermano con el que me llevo tan bien. Pero ¿qué te hizo decidir acogerlo?

Murielle parecía estar intentando decidir qué decir. —Estabas sola —dijo finalmente—. Eras una niña muy vivaz y, honestamente, yo no era suficiente compañía para ti.

Adèle se rio. —Podrías haberme simplemente comprado un perro.

Murielle se encogió de hombros. —Y además... recibí una llamada de un abogado que conocía. Me dijo que había habido un nacimiento, que la madre era joven y soltera, que la familia era católica y no estaba nada contenta, y me preguntó si consideraría... —se interrumpió, mirando por la ventana, recordando—. Tienes que entender que en aquella época ser madre soltera se consideraba algo escandaloso y vergonzoso. No era fácil superarlo.

—Tú lo lograste, Maman —dijo Adèle suavemente, comprendiendo por primera vez realmente que su nacimiento había causado verdaderas dificultades a su madre, incluso dolor.

Murielle no respondió al principio y siguió mirando por la ventana. —Michel vino de Bergerac, no de una familia del pueblo —dijo finalmente—. He olvidado el nombre.

Adèle no estaba segura de creerle. —Bueno, fue muy bueno de tu parte hacerlo. Sé que no fue fácil con nosotros dos y poco dinero.

—Y sin marido. No es que quisiera uno. Dan más problemas de lo que valen.

Adèle asintió. Ella misma nunca había estado muy interesada

en el matrimonio, ni en tener hijos tampoco, para el caso. Bebió su café. Su madre volvió a su revista. Después de quince minutos de silencio, Adèle subió y se vistió cuidadosamente para el trabajo con ropa que colgaba en el armario de su antigua habitación. La tela de la falda de lana era muy fina, y el suéter de cachemir.

—À bientôt, Maman —dijo al salir, besándola en ambas mejillas. Dejando su abrigo sin abrochar ya que el tiempo se había templado considerablemente durante la noche, Adèle se abrió paso por las calles empedradas de Castillac, pensando no en el asesinato sino en sus primeras tareas en el banco esa mañana, y preguntándose de nuevo sobre su madre y la adopción de Michel. No le había dado muchas vueltas antes, pero de repente era algo que la inquietaba. Era solo un presentimiento, pero aun así se sentía segura de que había más en esa historia de lo que su madre acababa de contarle.

Dufort regresó caminando a su casa desde la comisaría para poder ir en su propio coche a casa de Molly. Tenía disponible el coche patrulla, pero prefería un enfoque más discreto, ya que había descubierto que llegar en un vehículo oficial (incluso sin sirenas ni luces parpadeantes) solía poner a la gente incómoda. Incluso a personas que no eran culpables de nada. Incluso a alguien como Molly, quien, suponía, estaría ansiosa por ayudar con el caso.

Llamó a la puerta y se quedó esperando, observando la propiedad de La Baraque. Era un desastre, en realidad: el jardín delantero aún tenía altos tallos congelados de alguna planta inclinándose en todas direcciones. Una pila de leña yacía desordenada cerca del costado de la casa. El césped necesitaba rastrillarse. Sin embargo, el lugar le daba una buena sensación; no parecía descuidado sino más bien que había mucha actividad a la vez. Vio un carro cargado de piedras y una enorme caja de herramientas metálica a su lado. Probablemente Pierre Gault, adivinó correctamente.

Llamó de nuevo, más fuerte, y oyó ruidos en el interior. La

puerta se abrió y una mujer impactante con un corte de pelo a lo paje negro y piel pálida apareció.

—Tú no eres Molly —dijo Dufort, con sequedad.

—No tengo ni idea de lo que acabas de decir —dijo Frances—. Pero oye, me gusta un hombre en uniforme tanto como a cualquier otra chica. ¿Quieres pasar? Molly está en el prado de atrás hablando con el albañil.

Dufort consideró hacer un esfuerzo en inglés, pero ella era distractoramente guapa, y no soportaba cómo destrozaba el idioma. Así que simplemente asintió y sonrió y entró. Frances fue a las puertas francesas y le gritó a Molly que alguien estaba allí, y los dos se sentaron en la fría sala de estar, incómodos sin la lubricación de la charla trivial para hacer las cosas menos tensas.

Molly entró poco después, sin abrigo, con las mejillas sonrosadas por el frío y su pelo rojo formando una nube rizada alrededor de su cabeza. —¡Ben! —dijo con una sonrisa, acercándose para besarle las mejillas. Ben le apretó los brazos con firmeza y le devolvió la sonrisa.

—¿Así que ya os conocéis? —Molly cambió al inglés—. Frances, este es Ben Dufort, nuestro jefe de gendarmes. Ben, esta es mi vieja amiga, Frances Milton.

—¿Eres también de Massachusetts? —se aventuró él en inglés.

—*Oui* —dijo Frances, pero ese fue el final de su francés, y sonrió y se excusó. Dufort y Molly la oyeron tintinear en el piano de la sala de música.

—¿Asuntos policiales? —preguntó Molly, esperando fervientemente que así fuera.

—Bueno, estoy aquí de manera informal. ¿Podemos sentarnos? Hay algunas cosas de las que me gustaría hablar contigo.

Caminaron hacia los sofás frente a la estufa de leña y se sentaron. —¿Es sobre Madame Desrosiers?

—Sí. Estuviste en el restaurante, por supuesto, y hay algunas cosas que me gustaría aclarar, si tienes un momento para hablar.

—¡Por supuesto! Acabo de estar con Pierre Gault, el albañil.

¿Lo conoces? Claro que sí. Va a reconstruir mi pigeonnier para que pueda alquilarlo. Espero que esté listo a principios de verano, crucemos los dedos. —Molly siguió parloteando sobre el costo de la piedra y los muros de piedra seca, preguntándose al mismo tiempo por qué estaba retrasando el llegar al tema que la había estado consumiendo. Era un poco como guardar un grueso trozo de pastel de chocolate para comerlo en la cama al final del día.

Dufort se preguntaba lo mismo. ¿Sabía ella algo que no quería contarle? Curioso, decidió dejarla divagar.

Finalmente Molly dijo: —Así que sobre la otra noche. Frances también estaba allí. No dejaba de enojarse conmigo por observar la fiesta de cumpleaños. Ya sabes que soy incorregiblemente curiosa. En fin, ¿qué puedo contarte?

—Primero, los invitados a la fiesta —comenzó él.

—Sí, he estado pensando en eso —interrumpió Molly—. Bueno, estaba Desrosiers, por supuesto, en la cabecera de la mesa. Michel justo a su lado, a su izquierda. Ellos estaban allí antes que nadie.

—¿Cómo parecían estar juntos? ¿Notaste alguna... infelicidad entre ellos?

—Ninguna. Parecía un sobrino bastante devoto, para ser honesta. Aunque Desrosiers parecía alguien difícil de complacer.

—Según todas las versiones —dijo Dufort—. ¿Siguiente?

—Junto a Michel estaba su madre, sigo olvidando su nombre...

—Murielle Faure.

—Sí. Ella estaba al lado. Parecía bastante agradable. Una de las pocas personas en la mesa que no estaba enojada o pareciendo un lobo atrapado que con gusto se mordería una pata para escapar.

Dufort se rio.

—Junto a Murielle estaba Adèle. Luego, dando la vuelta al otro lado de la mesa, estaban Sabrina y su novio, Jean-François.

—¿Averiguaste todo esto solo sentándote en la mesa de al lado?

—Bueno, no exactamente. También salí a tomar una copa con Adèle.

Dufort levantó las cejas pero no dijo nada al principio.

—¿Te apetece un café o algo? Perdona por ser una pésima anfitriona —dijo Molly, levantándose de un salto y dirigiéndose a la cocina abierta.

—No, no, gracias. ¿Te importa decirme por qué saliste con Adèle? ¿Es porque estabas haciendo algo de, eh, investigación amateur?

Molly se movía atareada por la cocina preparándose un café. —Bueno, no exactamente, Ben. Es decir, sí, es cierto que tenía algunas preguntas. *Sí* tengo curiosidad sobre algunas cosas. Pero también... me cae bien Adèle. Tenemos cosas en común. —Se encogió de hombros, sin especificar que estaba pensando en sus gustos en bolsos.

—¿Puedo preguntar si hablas con ella en francés, en su mayor parte? Debo añadir que el tuyo ha mejorado bastante desde que te conocí.

Molly sonrió radiante. —¡Gracias! Por supuesto, estoy aprendiendo más cada día. Pero lo principal es que superé mi miedo a cometer errores. Simplemente los cometo y sigo adelante, y paradójicamente, eso significa que cometo menos.

Dufort asintió. —Ojalá pudiera decir lo mismo de mi inglés.

—La gente en casa piensa que los crucificarán si cometen un error al intentar hablar francés en Francia. Pero aparte de algunas risitas y alguna que otra carcajada por mis errores, he encontrado que la gente es extraordinariamente paciente al respecto. A veces me corrigen los géneros, pero parece más una corrección refleja que alguien tratando de ser prepotente y crítico.

Molly se acomodó en el sofá y dio un largo sorbo a su café. —Muy bien, ahora sé franco conmigo, Ben. Estoy captando algo en tu tono... ¿crees que Adèle fue responsable de envenenar a su tía? ¿O hay alguien más en quien estés pensando?

Dufort consideró eludirla, diciéndole «asuntos policiales *bla bla bla*». Pero aún le estaba agradecido por su invaluable ayuda en aquel caso anterior. Le caía bien, y quería ver su reacción a lo que tenía que decir.

❦ 20 ❦

—Todavía no les he dicho nada a Perrault y Maron —dijo Dufort—. Pero si consideramos los factores habituales de medio, motivo y oportunidad, la persona que encabeza la lista no es Adèle, sino su hermano, Michel Faure. —Observó a Molly con atención.

Ella dio un sorbo a su café y entrecerró los ojos, pensativa.

—No tenemos pruebas físicas, al menos todavía, pero Michel cumple con todos los requisitos. En primer lugar, organizó la fiesta —dijo Dufort—, lo cual creo que es un punto importante. Si vas a envenenar a tu tía con una crema facial (que es como creemos que se hizo), es inteligente invitar a tanta gente como puedas para tener una multitud en la que mezclarte. Si simplemente hubiera llevado la crema a su casa, la lista de sospechosos se reduciría a él y a Sabrina, la ama de llaves. Madame Desrosiers no recibía otras visitas y rara vez salía de casa.

» La familia de Michel heredaría el dinero, ya que Desrosiers no tenía hijos vivos, y quién sabe, tal vez él había logrado persuadirla para que lo favoreciera con una gran parte. Organizar fiestas de cumpleaños para ella podría ser amabilidad, o tal vez estaba tratando de ganarse su favor, ¿entiendes?

» Perrault está ahora en la casa buscando el testamento, y tengo a un contable trabajando en los libros de Desrosiers. Aún estamos esperando saber cuánto vale, pero posiblemente esté en el rango de cinco a diez millones de euros. No está en la misma categoría que tus multimillonarios tecnológicos estadounidenses —dijo con una sonrisa irónica—. Pero para un joven sin trabajo, sin carrera y sin dinero, ¿más que suficiente?

—Creo que para la mayoría de nosotros —dijo Molly. Se sintió alejándose de Dufort, sin querer dejarse convencer por su teoría. A ella le *caían bien* los Faure. Recordaba a los hermanos bajando por el camino hacia el funeral, riendo y caminando bajo la lluvia ligera; Molly había interpretado ese momento como una alegría inocente, no como culpabilidad.

Pero también sabía que tenía cierta debilidad por el encanto. Su exmarido era la Prueba A.

No es que el encanto fuera del todo malo. Lo que ella quería era que el encanto *significara* algo. Que Michel, con sus hermosos trajes y buen humor, fuera realmente su amigo, no solo un hombre en busca de una audiencia momentánea, y ciertamente no la fachada de alguien capaz de matar a una anciana, por desagradable que fuera.

Por su parte, Dufort no estaba tan decidido sobre Michel como pretendía estar. Quería ver la reacción de Molly, ver si podía convencerla. Especialmente ahora que parecía estar haciéndose amiga de Michel y su hermana.

—¿Y bien? —dijo, rompiendo un largo silencio. Oyeron un piano bastante frenético proveniente de la sala de música.

—Yo... no lo sé. Te diré que noté inmediatamente que algo no andaba bien en esa fiesta. La gente estaba tensa e infeliz, y se me ocurrió, probablemente por eso y por mi imaginación a veces fuera de control, que la habían asesinado. Una vez que la encontré, quiero decir. Pero ahora que me estás presentando quién podría haberlo hecho, mi cerebro está resistiendo y rechazando la idea con todas sus fuerzas. No quiero que sea Michel. Ni Adèle. Honestamente, Ben, creo que son encantadores.

Dufort se encogió de hombros. —No tengo que decirte que las personas encantadoras pueden cometer asesinatos. Las personas que parecen encantadoras, debería decir, pero creo que entiendes lo que quiero decir.

Molly asintió. Intelectualmente estaba de acuerdo con él, y sabía que había asesinos en serie que eran conocidos por ser especialmente carismáticos y atractivos... ¿Ted Bundy, verdad?

—Entiendo lo que dices. Me temo que no tengo nada, ninguna evidencia o conversación que informar, que te dirija hacia Michel o te aleje de él. —Suspiró—. Tengo algunas preguntas, si no te importa que las haga.

—Creo que se supone que ese es mi trabajo —dijo él, divertido.

Ella le sonrió. —Bueno, solo me preguntaba si el dinero es el único motivo que estás considerando. Sé que es un motivo bastante bueno, no digo lo contrario. Pero ¿qué hay de... qué hay de la venganza? ¿Y si Desrosiers hubiera sido absolutamente horrible con la criada, por ejemplo, y la criada hubiera estallado? Obviamente no heredaría, pero no estamos hablando de un crimen bien pensado con un premio gordo al final. Estamos hablando de la satisfacción de herir a alguien que ha hecho de tu vida una miseria.

Dufort asintió. —Por supuesto. Para la persona adecuada, ciertamente la venganza podría ser motivo suficiente —estuvo de acuerdo—. ¿Hubo algo en el comportamiento de Sabrina en la fiesta que te hiciera pensar que sería capaz de buscarla?

—Bueno, no. Nadie se comportó mal, al menos que yo viera. Pero realmente parecía que si tuviera que quedarse allí un segundo más podría matarla, y su novio intentaba calmarla, pero ella no lo aceptaba.

—¿Qué quieres decir con "calmarla"?

—Oh, le acariciaba el brazo y de vez en cuando la mimaba;

creo que en un momento Desrosiers le regañó por ello. Pero todo el tiempo Sabrina parecía estar en agonía. Pero... supongo que podría ser por cualquier cosa, ¿verdad? Como si tal vez algo en su vida que no tenía nada que ver con Desrosiers la estuviera molestando.

—Podría ser —dijo Dufort—. ¿Y Jean-Francois fue el último invitado? —preguntó, sabiendo que no lo era.

—No. Otra anciana estaba a su lado. Hermoso cabello blanco en un moño trenzado. Aunque no tengo idea de quién es.

—Claudette Mercier —dijo Dufort—. Una compañera de clase de Desrosiers. ¿Casualmente escuchaste alguna conversación entre ella y Madame Desrosiers?

—Me temo que no —dijo Molly—. Es decir, no estaba prestando atención a la mesa en todo momento, pero no estoy segura de que alguna vez se hablaran.

Ella y Dufort se sentaron en silencio durante un tiempo, bloqueando el tintineo del piano para pensar en el caso, pero ninguno de los dos tuvo la más mínima inspiración.

—Espero que no sea Michel —dijo Molly en voz baja.

Pero Dufort solo apretó los labios y no dijo nada.

Thérèse Perrault salió de la comisaría con el ánimo en alto. La tarea que Dufort le había encomendado probablemente no sería muy emocionante, se decía a sí misma, pero estaba encantada de que la hubiera elegido para hacerla, y por una vez, sola. Especialmente después de no haber logrado encontrar a Adèle ni averiguar nada sobre su pie lastimado. Le sonrió a un niño pequeño que salía de la épicerie con un paquete de gomitas Haribo. Saludó con un gesto a una madre que empujaba un cochecito, y luego a un obrero que entraba en una *boulangerie* para comprar pan para llevar a casa para el almuerzo. Su estómago gruñó.

A solo unas cuadras de distancia, la mansión Desrosiers se alzaba imponente, uno o dos pisos más alta que las otras casas de la manzana. Las persianas y la puerta eran de un azul violáceo; los topiarios gemelos en el rellano de la entrada habían comenzado a verse descuidados. Thérèse fue a la parte trasera para buscar la llave debajo de las macetas y la encontró fácilmente.

No fue hasta que entró en la casa que sintió escalofríos. No podía dejar de pensar que la casa pertenecía a una mujer muerta, una mujer asesinada, y ese pensamiento hacía que se sobresaltara ante cualquier pequeño ruido, un crujido del radiador o un pájaro cantando afuera.

Em, las casas viejas han pertenecido a montones de personas muertas, idiota. Muchas de ellas, y de todos modos, no la asesinaron aquí.

Respirando profundamente (sin darse cuenta de que estaba imitando al jefe Dufort, quien usaba ejercicios de respiración todo el tiempo para calmar su estrés) Thérèse se recompuso y exploró la casa. Primero echó un vistazo a la gran cocina, que parecía no haber sido usada para preparar una comida de verdad en mucho tiempo. Luego, poco más que una mirada al cuarto de lavado, el almacén, el armario de escobas y la despensa del mayordomo. La parte delantera de la casa tenía un salón a cada lado de la puerta principal, y ella los recorrió, buscando algo de interés, pero había poco que ver. Nada más que muebles, y en un salón, una licorera y algunas copas de aspecto frágil.

Ni revistas, ni libros, ni las señales habituales de ser habitadas. Las habitaciones estaban casi estériles.

Subió al siguiente piso. Los ojos de Thérèse se abrieron de par en par cuando encendió la luz y vio el avestruz disecado. Encendió una lámpara de mesa y vio un delicado escritorio que tenía un cajón central y varios más pequeños a los lados. Aquí vamos, pensó, deslizándose en la silla tapizada de cuero frente a él. Metódicamente, abrió los cajones, comenzando por el superior izquierdo y bajando. Dos vacíos. Otro con lápices, bolígrafos y restos de goma de borrar. El cajón central ancho, sin embargo, estaba repleto de papeles, tan lleno que muchos estaban doblados contra el fondo del escritorio. Con cuidado, sacó los de arriba y los colocó sobre el escritorio, buscando el membrete de un abogado o cualquier indicio de un testamento.

Sacó otro puñado y formó una pila. Era extraño que alguien guardara sus papeles valiosos así, pensó Thérèse, usando su mano para alisar un papel especialmente arrugado. Con el cajón vacío, hojeó la pila. Allí estaba la escritura de la casa, así como una nota que supuso había sido escrita por Desrosiers enumerando los himnos que quería que se cantaran en su funeral, listas de la compra y recibos de Chanel de hacía treinta años.

Pero ningún testamento.

El cajón superior del lado derecho estaba lleno de cartas. Paquetes de ellas, atadas con cintas. Papel caro y grueso sin dirección. Thérèse sacó la primera de debajo de la cinta y abrió la carta.

Ma Belle, comenzaba. Leyó el resto por encima. Bueno, puede que haya sido una vieja miserable, pensó Thérèse, pero tal vez fue porque había perdido a un marido que la adoraba.

Los otros cajones estaban vacíos.

Se levantó y registró las otras habitaciones de ese piso: una sala informal con un sofá y sillones menos bonitos que los de otras habitaciones, y un gran espejo y varios armarios y cómodas, todos llenos de ropa; un vasto baño con una enorme bañera de porcelana con patas de león; un dormitorio austero con una cama individual y una cómoda sencilla, otra habitación sin nada en absoluto.

Subió al tercer piso. No había duda de cuál era el dormitorio de Desrosiers: era la única habitación en toda la casa que parecía que alguien hubiera pasado algún tiempo en ella en los últimos diez años. Su tocador tenía maquillaje abierto encima, como si acabara de levantarse para salir de la habitación por un momento o dos en medio de prepararse para salir. Un vestido había sido arrojado sobre un sillón, y un par de zapatos estaban junto a la cama, uno de lado.

Thérèse podía imaginar a la anciana poniéndose el vestido y decidiendo que no era el adecuado, que no le quedaba como quería, y tirándolo a un lado para que la ama de llaves se ocupara de él más tarde. Podía verla quitándose los zapatos al meterse en la cama. Podía sentir a Josephine Desrosiers en esta habitación. No solo las señales obvias de su presencia física; había algo más también, algo de su personalidad estaba en el aire: su insatisfacción e infelicidad, quizás incluso desolación.

Un buen detective ve lo que no está presente así como lo que está, y Thérèse *era* buena. ¿Dónde está el joyero?, se preguntó. Seguramente la anciana tenía algunas joyas, y probablemente pasaba algún tiempo sentada frente al tocador mirándose con ellas puestas; Thérèse tenía razón en esto. Buscó en los cajones inferiores del armario con espejo, miró debajo de la cama, buscó en todas partes de esa habitación donde podría estar escondido un joyero, pero no encontró ninguno.

Sin embargo, en una caja de zapatos que estaba metida en un área de almacenamiento debajo de un asiento de ventana, encontró un sobre marrón con la dirección de una oficina de abogados como remitente (Blaise y Descartes, de París) y se sentó directamente en la cama de la anciana y lo leyó de principio a fin.

—Entonces, ¿el policía te dijo quién envenenó a la anciana? —preguntó Frances, mientras ella y Molly preparaban el almuerzo.

—No sabe quién lo hizo —dijo Molly.

—¿Cree que tú lo sabes?

—Nah, solo estaba haciendo un montón de preguntas sobre la otra noche en La Métairie. A veces la gente ve cosas, ¿sabes?, y no saben que lo que están viendo es importante.

—Claro, Nancy Drew —se burló Frances.

Molly picaba una lechuga romana, perdida en sus pensamientos. —No estoy de acuerdo con él, sin embargo. Simplemente no creo...

Frances esperó un momento a que Molly terminara su frase. —Em, entonces... ¿estás hablando contigo misma o conmigo?

Molly negó con la cabeza. —¡Perdona! Es solo que... Ben cree que Michel lo hizo. ¿Crees que es posible? ¿No parece un tipo totalmente agradable? Quizás no sea un alfa, un Señor Exitoso, pero decente, incluso de buen corazón, ¿no?

Frances ladeó la cabeza mientras cortaba rábanos. —Sí, a

nosotras nos parece así. Pero no somos su familia. Quién sabe qué tipo de locuras han estado ocurriendo entre bastidores.

—¡Bebés secretos! ¡Primeras esposas locas escondidas en el ático!

—Pues exactamente —rio Frances—. Los miembros de la familia pueden ser increíblemente crueles entre sí, y muy reservados.

—Sabes cuánto deseaba tener hijos —dijo Molly en voz baja—. Pero quizás sea porque la imagen en mi mente es toda color de rosa, como si nos lleváramos de maravilla y no tuviéramos más que risas y diversión juntos; y la verdad es que los pequeñajos podrían crecer y querer envenenarme, o yo me irritaría tanto que querría desheredarlos.

—Sin duda. Pero estoy bastante segura de que ninguno de vosotros haría realmente esas cosas. No es el *querer* hacerlo lo que te vuelve loco, es llevarlo a cabo.

Molly asintió.

—Entonces, ¿el poli siempre te pone al tanto de los asuntos policiales? ¿Y le has dejado visitar tu oficina de asuntos internos? —Frances movió las cejas sugestivamente hacia Molly.

—Cállate —rio Molly—. No es nada de eso. Solo que ayudé con el último caso, así que él... y además realmente escucha a la gente, lo cual, como sabes, no es tan común. En fin, escucha lo que tengo que decir, y si me preguntas, esa es una cualidad bastante maravillosa. No significa que quiera salir con él.

Frances asintió, sin creer del todo a su amiga. —¿Tienes algo de queso para poner en la ensalada? ¿Te importa si le echo unas sardinas?

—Para nada —dijo Molly—. Hay queso de cabra en la puerta de la nevera, lo compré en el mercado el sábado. ¡Maldita sea! Acabo de darme cuenta de que cuando estaba hablando con Adèle sobre los invitados a la fiesta sorpresa, nunca llegué a preguntarle por la señora del pelo blanco.

—¿La que estaba sentada más cerca de nuestra mesa? ¿Crees

que tramaba algo? No estoy segura de que las señoras mayores de pelo blanco sean las principales sospechosas de asesinato.

—No creo que puedas excluir a la gente basándote en el color del pelo.

—Quizás no —dijo Frances, masticando un rábano—. Pero ¿realmente? ¿De verdad crees que esa dulce anciana acabó con su amiga? Probablemente se conocen desde que eran niñas.

—Es posible. Ben dijo que el veneno estaba en su cara, creen que tal vez fue un regalo de cumpleaños de crema facial. ¿No te parece que una crema facial envenenada sería la forma en que una dulce señora de setenta y dos años asesinaría a alguien, si fuera a hacerlo?

—Hay una falacia en alguna parte de ese razonamiento, solo que no sé cómo llamarla. Yo diría que es altamente improbable, y con eso quiero decir jodidamente imposible, que la señora del moño trenzado haya matado a nadie. Simplemente no. Es mucho, mucho más posible que tu chico Michel lo hiciera. Probablemente se ganó a la vieja arpía para que le dejara todo.

—Pero no quiero que sea Michel —dijo Molly, casi quejándose.

—Es guapo, te lo concedo. Pásame la sal.

Molly sirvió una copa de vino a cada una, y se lanzaron a devorar sus gigantescas ensaladas.

Alguien golpeó la puerta.

—Probablemente sea el asesino —dijo Frances con sequedad.

Molly se levantó de un salto y le dio un ligero golpe en la cabeza a su amiga. Abrió la puerta, dejando entrar una brisa helada, y allí estaba Constance, saltando en el felpudo.

—Hola —dijo Constance, usando la única palabra americana que había aprendido de Molly. Entró, frotándose los brazos—. Mira, Molly, qué bueno verte... y hola a ti, quienquiera que seas —dijo en dirección a Frances—. Escucha, sé que debería haber llamado primero como me pediste, pero se me cayó el móvil en la calle y golpeó el bordillo justo así y toda la cosa se hizo añicos. Así que estoy totalmente incomunicada excepto en persona, lo cual realmente me gusta más aunque sé que eso me hace sonar totalmente Amish.

» En fin, ¡Molly! Me paso por aquí porque Thomas y yo nos morimos por ir a este concierto en Toulouse. Van a tocar como cuatro bandas y nos encantan todas con pasión, pero el problema es que estamos sin dinero y no podemos permitirnos la gasolina para ir hasta allí. Así que me preguntaba, esperaba en realidad, realmente esperaba, que pudieras permitirte que limpie hoy. Sé que tus reservas han bajado con el frío y todo, pero este concierto, es como nuestro sueño, el mejor sueño de toda mi vida, de verdad. Así que ¿qué dices?

Frances sonreía con suficiencia, capaz de adivinar más o menos lo que Constance estaba diciendo solo por el tono de su voz, y sabiendo que fuera lo que fuera lo que quería que Molly hiciera, se saldría con la suya.

—Constance, esta es mi amiga Frances —dijo Molly, tratando de ganar tiempo.

Las dos mujeres se sonrieron, sin estar seguras de qué otro saludo deberían hacer.

—Oh, está bien —dijo Molly, incapaz de decir que no—. Solo asegúrate de fregar bien la cabaña, ¿vale?

Constance se lanzó a los brazos de Molly. —¡Muchísimas gracias, Molly, eres la mejor! ¡Haré que ese lugar brille! Y quizás trabaje tan duro que quieras darme una propina extra. La gasolina está por las nubes últimamente.

—Blanda —dijo Frances, cuando Molly volvió a sentarse a la mesa.

—Bah, es joven y quiere trabajar. ¿Por qué no apoyar eso?

Frances se encogió de hombros. —Todos los grandes detectives tienen un lado frío —dijo—. Intrépidamente objetivos, algo así. Tú, amiga mía, eres un malvavisco.

Molly le arrojó un pedazo de pan a Frances y le dio en la frente. Hubo una breve pausa mientras ambas consideraban tener una verdadera guerra de comida, pero al final decidieron que estaban más interesadas en comer los alimentos, lo cual hicieron con mucho gusto, mientras continuaban hablando sobre los detalles del asesinato de Desrosiers pero sin llegar absolutamente a ninguna parte.

Después del almuerzo, Frances fue a tomar una siesta en la habitación contigua a la de Molly, ya que Constance estaba limpiando ruidosamente la cabaña. Molly estaba inquieta. Estaba leyendo un buen libro, pero se levantaba constantemente y encontraba tareas que hacer, hasta que finalmente se rindió y caminó hacia el pueblo, deseando estirar las piernas y posiblemente conseguir algunos pasteles para que Frances y ella comieran a media tarde. Sí, era glotón comer pasteles dos veces en un día, pero hacía frío y era invierno, y su mejor amiga estaba de visita y... bueno, podía inventar razones para comer pasteles todo el día. Era un verdadero talento, y uno por el que estaba agradecida.

Castillac le parecía triste a mediados de diciembre. Apenas había gente en la calle, por un lado, y las decoraciones navideñas parecían caídas y desganadas. Pero sus propios preparativos para la Navidad ni siquiera habían comenzado, se dio cuenta con un poco de pánico. Apresurándose a la Pâtisserie Bujold, habló con el propietario sobre reservar un *bûche de Noël* (el más delicioso de los postres navideños, un pastel enrollado hecho para parecer un tronco), lo cual él le aseguró que estaría encantado de hacer. Tan distraída por preocuparse por Michel y preguntarse cómo podría ayudarlo, Molly ni siquiera notó la habitual mirada fija de Monsieur Nugent, saliendo con una bolsa encerada de delicias vespertinas: un Napoléon, dos profiteroles y una tarta de fresa.

Mordisqueó uno de los profiteroles mientras deambulaba por el centro de Castillac. Ben le había dicho que Josephine Desrosiers era una de las personas más ricas del pueblo, y le había descrito su casa a Molly, una casa que reconoció ya que era la mansión más grandiosa del pueblo y una presencia imponente en la rue Simenon, una de las calles principales. Sin querer, se dirigió hacia ella hasta que se encontró de pie justo enfrente. Las contraventanas y la puerta eran del color azul perfecto, pensó Molly, aunque deseaba desesperadamente podar esos topiarios con unas tijeras.

Se preguntó qué había hecho que Josephine fuera tan mezquina, o tal vez eso era irrelevante. La pregunta era, ¿qué había hecho que alguien quisiera matarla? ¿Era solo por el dinero? ¿O era por rabia? ¿O algo completamente diferente, algo que nunca se sabría?

Molly entró en un café justo al otro lado de la calle y se sentó en una mesa desde donde podía mirar la casa. Sentía como si ver la casa la estuviera ayudando a entender a Josephine de alguna manera, como si algunos de sus secretos aún estuvieran escondidos dentro. Posiblemente habría renunciado a su bolsa de pasteles por poder entrar y echar un vistazo.

Un camarero le trajo un petit café y ella sonrió por el placer del primer sorbo. El café era muy fuerte y amargo, el acompañamiento perfecto para el profiterol dulce y esponjoso, que comió disimuladamente ya que adivinó correctamente que al gerente del café no le encantaría que comiera alimentos que había traído de otro lugar. Sus ojos estaban dirigidos hacia la casa, pero realmente no la estaba viendo. Perdida en el tipo de pensamientos aleatorios que chapotean en nuestras mentes cuando estamos solos, pensando en todo y nada, dando vueltas y vueltas: asesinato/ café/ topiario/ asesinato/ profiterol...

Al principio no se dio cuenta de lo que estaba viendo. Otro sorbo de café la sacudió al presente, y se dio cuenta de que había un hombre en la puerta principal de la mansión, de espaldas a ella, que parecía estar usando una llave. Vestía de azul, un mono de trabajo, y llevaba una bolsa de plástico con algo pesado dentro. Quería silbar, gritar, cualquier cosa para hacer que el hombre se diera la vuelta y poder identificarlo positivamente. Se parecía a Jean-François, el novio de Sabrina. Estaba casi segura de que era él.

El hombre finalmente logró abrir la puerta y entró sin darse la vuelta hasta el último segundo, cuando cerró la puerta, Molly vio su perfil contra la oscuridad del interior. Era Jean-François, sin duda.

Molly se levantó de un salto de la mesa con el impulso de hacer algo, pero una vez de pie, no tenía idea de qué. No podía ir corriendo y entrar en la casa de los Desrosiers... ¿o sí? Si Jean-François estaba tramando algo, eso podría ser peligroso. Además, no tenía ningún derecho a entrar allí, sin importar quién estuviera dentro. Ninguna conexión con Josephine Desrosiers excepto haberla encontrado muerta en el suelo de baldosas del baño de La Métairie y los inicios de una amistad con su sobrina y sobrino, lo cual, incluso con las habilidades de racionalización de Molly, no justificaba entrar en la casa de la anciana sin invitación.

Incluso si Josephine aún estuviera viva y Sabrina estuviera trabajando allí, sería extraño que su novio tuviera una llave de la casa, ¿no?, pensó Molly. Sí, lo sería. Si viniera a recogerla del trabajo, debería llamar a la puerta, y si Josephine era el tipo de mujer que Molly pensaba que era, estaría llamando a la puerta trasera y no a la delantera.

Molly pagó su cuenta y cruzó la calle. Las contraventanas de la casa estaban todas cerradas, así que no había forma de vislumbrar a Jean-François dentro. Caminó por el costado de la casa hacia la parte trasera, asomándose por encima del muro hacia el jardín. Era un poco difícil de decir en invierno, pero parecía que alguna vez había sido un lugar hermoso. Molly podía ver un árbol en espaldera en la pared trasera de la casa, y dos estanques circulares para peces dorados, con los bordes ribeteados en azulejos del mismo azul violeta que las contraventanas y la puerta principal.

Apuesto a que está robando o destruyendo evidencia, se dijo Molly, continuando por la cuadra y girando hacia su casa. Pero ¿qué? ¿Y cómo demonios puedo averiguarlo?

BENJAMIN DUFORT ESTABA de muy buen humor. En primer lugar, después de que Perrault le mostrara el testamento, estaba un ochenta y cinco por ciento seguro de que Michel Faure había matado a su tía para heredar su dinero, y todo lo que quedaba era encontrar suficientes pruebas primero para arrestarlo y luego para condenarlo; y en segundo lugar, iba a cenar a casa de Marie-Claire. No era miserable llevando su vida de soltero, pero apreciaba una comida cocinada por otra persona, especialmente alguien con tanto talento en la cocina como Marie-Claire, y por supuesto, disfrutaba mucho de *ella*, aparte de la comida: su inteligencia y franqueza, y la forma sexy de bibliotecaria en que se vestía.

Después de elogiar a Perrault por su buen trabajo al encontrar el testamento de Desrosiers, salió de la comisaría por el día, queriendo comprar algunas cosas en la épicerie y posiblemente pasar por la floristería para ver si había algo que pudiera llevarle a Marie-Claire. Iba silbando por la calle. Se detuvo a charlar con la mujer detrás de la caja en la épicerie y con el repartidor. Siguió silbando camino a la floristería, que quedaba un poco fuera de su ruta.

—¡Salut, Ben! —dijo Madame Langevin, la mujer diminuta que había dirigido la floristería desde que Dufort compraba flores—. ¿Ya has atrapado al asesino? ¡No puedo creer que alguien haya matado a la pobre Josephine! Por supuesto, digo "pobre Josephine" solo de la manera en que uno hablaría de los muertos, sin importar quién fuera. Porque mon Dieu, ¡esa mujer era execrable! Oh, vamos Ben, ¡no deberías apartar la mirada cuando alguien te está diciendo la verdad!

Dufort sonrió y negó con la cabeza.

—No es mi trabajo difamar a la víctima, Madame Langevin.

—¿Difamar? ¿Quién ha dicho nada de difamar? La difamación es mentira, ¿no? Escúchame. Tuve tratos con Josephine Desrosiers durante años. ¡Años! Era exigente, eso no me molestaba. *Yo* soy exigente. Las cosas deben estar justo así, lo entiendo completamente. Pero Ben, ¡guardaba un ramo durante varios días y luego lo devolvía! Lo devolvía, quejándose de que no se veía fresco. Bueno, todo el mundo entiende que las flores no van a mantenerse frescas eternamente. Su fugacidad es su gloria, como estoy segura de que entiendes. Madame Desrosiers lo entendía perfectamente también. Pero eso no le impedía intentar que le devolvieran su dinero.

» No estoy hablando de una vez, Ben, ni siquiera dos. Te estoy diciendo que se comportó así durante muchos años, de vez en cuando. Me habría negado a venderle, pero luego tenía una buena racha y todo iba bien durante unos meses. Como podrías saber, mi negocio tiene sus altibajos; a veces la gente puede permitirse flores, y en tiempos más difíciles, no pueden. No podía permitirme perder su negocio, aunque la despreciaba y apenas obtenía algún beneficio de ella.

—Te vas a poner en la lista de sospechosos si sigues hablando así —dijo Dufort con una leve sonrisa.

—Oh, *debería* estar en ella —dijo Madame Langevin—. De hecho, ¡me daría placer estar en ella! —Se desplomó de risa sobre el mostrador de acero inoxidable donde arreglaba las flores.

Dufort se alegró de que Desrosiers hubiera sido lo suficientemente rica como para que alguien la matara por dinero; si hubiera sido mucho más pobre, la lista de sospechosos se habría vuelto completamente inmanejable.

Seleccionó una flor de pascua blanca, aunque no le gustaban

mucho. Madame Langevin estaba esperando un pedido y no tenía mucho más en stock aparte de unos claveles de aspecto triste. Dufort pagó y se despidió, dejando a Madame Langevin preguntándose para quién era la flor de pascua, porque sabía muy bien que la madre de Dufort era alérgica a ellas, lo que la descartaba de la lista de posibilidades.

Dufort llegó a su apartamento en la gendarmerie y entró para guardar sus cosas y ducharse y cambiarse antes de ir a casa de Marie-Claire. En la ducha, permitiéndose cierta extravagancia con el agua caliente, sintió una punzada de incertidumbre. A menudo hacía sus mejores reflexiones en la ducha y había aprendido a prestar atención cuando algo se le ocurría mientras el agua caía sobre él.

Michel puede querer el dinero, pero ¿hay alguna razón en particular por la que no pudiera simplemente esperar? Es cierto, ella no era tan mayor, como Dufort seguía recordando a Perrault y Maron. Pero aun así, otros diez o quince años como máximo, y Michel habría obtenido los ocho millones de euros completos sin correr ningún riesgo. Estaba sin trabajo, pero podía arreglárselas con ayuda social y tiene una familia que lo apoya. No es como si estuviera viviendo en la calle sin nada que comer.

Algunas personas no pueden esperar, pensó Dufort mientras se secaba con la toalla, luchando por entender a un hombre que podía quitarle la vida a una anciana, incluso a una tremendamente desagradable, simplemente para hacer su propia vida más cómoda.

$$\text{❧} \quad 23 \quad \text{❦}$$

1967

Albert Desrosiers cerró de golpe el cajón de su escritorio y se puso de pie repentinamente, frunciendo el ceño. He sido un tonto, pensó. Un tonto ridículo y condenado.

Había estado trabajando en un proyecto durante los últimos dos años, y estaba casi terminado. Si lograba llevarlo a cabo, sin duda lo convertiría en un hombre muy rico. Había habido problemas, por supuesto: retrasos, muchas veces seguir un camino que resultaba infructuoso, muros de ladrillo que le llevaban una semana o incluso meses encontrar la manera de sortear, pero Albert tenía plena confianza en que tendría éxito. Aunque su invento aún no existía, podía sentirlo físicamente de alguna manera, su forma era tan clara en su mente. Su esencia estaba viva para él, y todo lo que tenía que hacer era concretarla con cables y soldaduras, y los inversores se pelearían por conseguir una parte. El dinero nunca fue su objetivo principal y tampoco era su enfoque entonces, aunque se encontraba pensando en cosas que podría comprar que nunca antes había podido permitirse. Instrumentos, principalmente.

También, ¿quizás la joya adecuada podría hacerla cambiar de opinión?

Albert se dirigió a la ventana y abrió las contraventanas, mirando hacia la acera frente a su modesta casa.

¿Dónde está? ¿Por qué no me habla? Ma belle, te necesito...

Con un suspiro tembloroso, volvió a su escritorio, tomó sus pequeñas pinzas y giró su lupa de vuelta a su lugar para ponerse a trabajar. Necesitaba tener un tremendo control sobre su cuerpo para hacer el trabajo porque era tan meticuloso, y el más mínimo temblor arruinaría toda la operación. Con el tiempo, se había entrenado para estar quieto, para evitar temblar, pero gran parte del secreto para hacerlo era mantener un equilibrio emocional que durante las últimas horas había sido imposible.

Le llevo flores, pero ella aparta la mirada. ¿Son las flores equivocadas? ¿Es todo inútil?

Albert tenía treinta y seis años. Demasiado mayor para estar tan enamorado, creía. Demasiado mayor para perseguir a una mujer que nunca iba a ceder.

$$\text{✤ } 24 \text{ ✤}$$

2005

El cuerpo policial de Castillac se encontraba en la oficina de Dufort el jueves por la mañana, examinando todo lo que Perrault había traído de la mansión Desrosiers: el testamento, un montón de cartas y un oso de peluche.

—Buen trabajo, Perrault, aunque no veo la importancia del oso.

—Bueno, yo tampoco —dijo Perrault—. No digo que signifique algo. Es solo que estaba apoyado en una almohada sobre su cama, y tuve la sensación de que era importante para la difunta, así que lo traje.

Dufort hizo una rápida inspección del pequeño oso, palpándolo para ver si había algo dentro además de relleno, y luego lo puso en un estante.

—Puede ser nuestra mascota durante el caso —dijo.

Maron puso los ojos en blanco cuando Dufort se dio la vuelta, y luego volvió a inclinarse sobre el montón de cartas, leyendo sin hacer comentarios.

—Como le deja casi todo a Michel Faure, obviamente es nuestro principal sospechoso —dijo Dufort.

Perrault asintió. Cuando se había sentado en la cama de Desrosiers y leyó el testamento, y vio que Michel era el principal beneficiario, una oleada de calor la recorrió. El hecho de que lo encontrara encantador y atractivo lo hacía parecer aún más culpable, aunque no compartió ese pensamiento con su jefe.

Maron había dejado las cartas a un lado y estaba estudiando la última página del testamento.

—Vaya, vaya —dijo, yendo a su escritorio y sacando la carta que había tomado del suelo de la sala de estar de Claudette Mercier y que aún no había incorporado como prueba—. Miren esto. —Alisó la carta manuscrita sobre el escritorio de Dufort y puso la última página del testamento justo al lado—. No puedo considerarme un experto, pero tomé un curso de análisis de escritura cuando estuve en París —dijo Maron—. Miren la "D" mayúscula aquí y aquí —dijo señalando lugares en cada documento—, y también la "s" minúscula, ¿ven cómo en cada una hay un pequeño garabato en la parte inferior, como si la mano del escritor hubiera dudado por un momento?

—¿Estás diciendo que Desrosiers escribió la carta anónima a Mercier? —dijo Perrault sin aliento.

—Parece que sí —dijo Maron, tratando sin mucho éxito de mantener sus sentimientos de suficiencia fuera de su voz—. Se conocían bien, no olviden que Mercier estuvo en la fiesta de cumpleaños.

—Pensé que la gente dejaba de hacer ese tipo de tonterías en la secundaria. Me dio escalofríos cuando la leí.

—Tal vez a Mercier también le dio escalofríos, o algo peor —dijo Maron.

—¿Por qué Desrosiers escribiría una carta así a mano, de todos modos? Todo el mundo sabe que la escritura se puede comparar, ¿no?

—No me la imagino sentada frente a un ordenador—dijo Maron—. Esa generación, ya sabes que es una lotería cuando se trata de habilidades informáticas, y máquinas de escribir, ¿quién las tiene todavía? —Hizo una pausa, mirando alternadamente del testamento a la carta—. Definitivamente hay algo aquí.

Perrault estudió la nota, luego añadió:

—Y escuchen esta parte: "tienes suerte de no haber terminado como una criada". O el escritor es bueno lanzando pistas falsas o es alguien mayor. ¿Quién usa la palabra "criada" hoy en día?

Dufort preguntó:

—Si Desrosiers odiaba tanto a Mercier como para escribir las cartas, ¿por qué estaba Mercier en la fiesta?

—Michel hizo las invitaciones —dijo Perrault—. Era una fiesta sorpresa, no algo que Desrosiers planeara. ¿Tal vez se horrorizó al ver a Mercier allí?

—O tal vez Mercier se las arregló para que la invitaran, para poder traer un regalo muy especial —dijo Maron.

—A Maron le gusta Claudette Mercier como la asesina—dijo Dufort, sonriendo, sin poder evitarlo. ¿Qué tenía Maron que le provocaba tantas ganas de burlarse?

—No es una idea ridícula —dijo Maron—. El envenenamiento es un arma de mujer, después de todo.

—Oh, por favor —dijo Perrault, poniendo los ojos en blanco—. ¿De dónde sacaste esa idea estúpida? ¿Tal vez de tu manual misógino?

—En realidad eso es incorrecto, Maron —dijo Dufort—. Una rápida mirada a la historia te mostrará que más hombres han sido condenados por envenenamiento que mujeres. Los hombres matan muchísimo más a menudo que las mujeres, sin importar el método empleado. Más del noventa por ciento.

—Está bien, de acuerdo. Dejadme decirlo de esta manera: si Desrosiers estaba acosando y amenazando a Mercier, y Mercier fue empujada al límite y quería matarla, ¿cómo creéis que lo haría?

No creo que vaya a la mansión Desrosiers y la estrangule, ¿verdad? ¿Os imagináis realmente a las dos forcejeando en el salón, en una lucha a muerte? No. No, va a usar veneno. Es más educado, es algo que puede manejar físicamente.

» Y solo porque los hombres son asesinos más probables, eso no significa que cada asesinato haya sido cometido por un hombre, como ambos sabéis bien.

—Pero las mujeres de setenta y dos años generalmente no son el primer grupo del que uno sospecha —dijo Dufort.

—De acuerdo —dijo Maron—. Pero aun así digo que no deberíamos descartar a Mercier. Estáis siendo sexistas, en realidad —dijo Maron, irguiéndose—. Estáis haciendo generalizaciones sobre ella por su género y edad, y creo que eso está mal. —Salió de la oficina de Dufort y fue a sentarse en su escritorio.

Perrault y Dufort intercambiaron miradas.

—¿Y tú? —preguntó Dufort—. ¿Cómo ves que ocurrió este asesinato? ¿Tienes alguna idea además de Michel?

Perrault pensó un momento.

—Para mí, tiene que ser por el dinero. Es fácil que la gente pierda la cabeza por una herencia, ¿sabes? Especialmente una tan grande. Podrían hacer algo que en el resto de sus vidas sería impensable, y en el caso Desrosiers, un asesino tendría la fácil racionalización de que al deshacerse de una vieja horrible, le estaba haciendo un favor al mundo. Un favor del que se beneficiaría, pero aun así.

Dufort asintió.

—¿Y si el contenido del testamento era desconocido para todos? ¿Hay otros miembros de la familia que podrían haber creído que recibirían algo si Desrosiers moría?

—No creo que quede mucha familia. Solo eran las dos chicas, Murielle y Josephine. Sus padres, por supuesto, fallecieron hace mucho. He buscado familiares lejanos y hasta ahora no he encontrado más que un par de primos en Franco Condado.

Dufort se acercó a la ventana y miró hacia afuera. Estaba gris y lloviznando, perfecto para salir a correr. Quizás saldría temprano del trabajo y haría otra carrera antes de que anocheciera. A veces tenía mejores ideas cuando corría que cuando estaba de uniforme.

—Sé que no es una carrera de caballos —dijo Perrault—. Pero si tuviera que apostar, pondría mi dinero en Michel. Incluso si no sabía nada del testamento.

Dufort estuvo de acuerdo.

—Tuvo la oportunidad. En cuanto a los medios, el cianuro no es algo que se pueda comprar en la tienda de la esquina, pero tampoco es tan difícil de conseguir. Como he dicho, el hecho de que organizara la fiesta definitivamente juega en su contra; parece como si quisiera aumentar la lista de posibles sospechosos.

—Exactamente —dijo Perrault—, y además, ha estado sin trabajo durante mucho tiempo. Nunca llegó a establecerse en ningún empleo, por lo que he podido averiguar. Puede que viera a su tía como a un ganso gordo, listo para el matadero.

❧

—No, por supuesto que esto no es un arresto —le decía Dufort a Michel Faure, a quien había encontrado tomando café en Chez Papa—. Solo me gustaría que me acompañare a la comisaría para hablar de algunas cosas. ¿Si tiene un momento?

Michel ladeó la cabeza. Nunca había conocido a Dufort antes y no estaba muy seguro de qué pensar de él.

—Creo que podría ser de una ayuda importante en el asunto de su tía —añadió Dufort, con expresión agradable.

Michel asintió y se deslizó del taburete.

—De acuerdo, estoy libre ahora mismo.

Arrojó unas monedas sobre la barra (no del todo suficientes para su cuenta, y mucho menos para la propina) y siguió a Dufort hasta la calle. Hacía frío, y ambos hombres se ajustaron más los abrigos y levantaron los hombros.

—¿Ha vivido en Castillac toda su vida? —le preguntó Dufort a Michel mientras caminaban.

—Sí. Bueno, en realidad no lo sé con certeza, pero creo que sí. Fui adoptado justo después de nacer, pero no tengo motivos para pensar que nací en otro lugar que no fuera Castillac.

—Ah —dijo Dufort—. Entonces, ¿no es pariente de sangre de los Faure o los Desrosiers?

—No.

Michel le lanzó una mirada al gendarme, preguntándose si Dufort sabía algo que él no. Lo que había estado pensando constantemente (pero no se atrevía a preguntar) era si se había encontrado o no el testamento de la tía Josephine. Todas esas cenas que había soportado con ella, todos esos Dubonnets vertidos en las copitas mientras él se moría de sed, todas las críticas y abusos que le había permitido amontonar sobre él... ¿había valido la pena? ¿Estaba nombrado en el testamento, aunque no fuera como el principal beneficiario? ¿Por favor, Dios?

Michel mantuvo la mirada en el pavimento. Su abrigo era delgado y estaba temblando, y uno de sus zapatos tenía un agujero que seguía posponiendo arreglar.

—Voy a hablar con franqueza —dijo Dufort—. Su tía no era muy querida por nadie, ¿he entendido correctamente?

Michel se rio.

—Ha dado en el clavo —dijo—. Era un personaje desagradable.

Dufort pensó que tal vez Michel estaba siendo astuto al admitir su desagrado por la mujer que había asesinado, porque ¿qué asesino admitiría tal cosa?

Michel notó que habían girado por la rue Simenon, alejándose de la comisaría, pero no quiso preguntar por qué. Podía ver la mansión de su tía alzándose más adelante en la calle, y sintió un fuerte deseo de no tener que entrar, especialmente con Dufort observándolo como un halcón. Tal vez un halcón un poco torpe, Michel no estaba seguro de eso, pero en cualquier caso, deseaba fervientemente estar en un bar en algún lugar con Adèle, tomando una copa y riéndose... o en cualquier lugar, realmente, menos allí.

Se detuvieron frente a la mansión. Las contraventanas de color violeta-azul estaban cerradas como lo habían estado durante años.

—No quiero entrar —dijo Michel, las palabras saliendo antes de que pudiera detenerlas.

—¿Alguna razón en particular?

—No. Bueno, sí. —Michel miró hacia la casa, sus ojos recorriéndola. El techo de pizarra estaba blanqueado por la escarcha y pensó que la mansión exudaba una especie de frío que era mucho peor que el clima—. ¿No lo siente? ¿No puede notar, solo estando aquí afuera, que este lugar tiene mala vibra?

Se pasó la mano por el pelo.

—Es una casa —dijo Dufort, encogiéndose de hombros—. Una casa bastante bonita, quizás la más bonita del pueblo. De principios del siglo XIX, ¿no es así? ¿Puede describirme el interior?

Michel se frotó los brazos en un intento fútil de calentarse. Deseaba desesperadamente ir a algún lugar con calefacción, pero estaba haciendo todo lo posible por parecer receptivo a cualquier plan que tuviera Dufort.

—Em, está bien, supongo que puedo hacer eso. Es bastante imponente por dentro, con dos salones que dan a la calle y un amplio vestíbulo entre ellos. Una escalera ancha con una barandilla de hierro forjado baja hasta el vestíbulo. La cocina es bastante grande, con una estufa antigua de leña además de una de gas. Creo que nunca me sirvieron una comida de esa cocina después de que mi tío muriera, cuando Adèle y yo éramos niños. Hay varias otras habitaciones en la planta baja: una lavandería, una despensa y tal vez más. No recuerdo realmente. No puedo hablarte del piso de arriba porque nunca lo vi.

» Mi tía era un poco recluida. Por lo que sé, durante los últimos cinco años más o menos, nunca salía a menos que yo la llevara. La ama de llaves, Sabrina, venía todos los días, limpiaba y cocinaba para ella, aunque no creo que mi tía comiera mucho. En fin, yo iba a visitarla porque no tenía amigos y el resto de la familia la evitaba tanto como era posible, y me daba pena.

Dufort levantó las cejas como diciendo: "¿De verdad crees que soy tan crédulo?"

—¿Te daba dinero? —preguntó Dufort, con un tono amistoso y conversacional.

Michel simplemente sonrió. —Oh, no normalmente. Un billete de cinco euros si tenía suerte. Ella pagaba la cena si salíamos, pero no es como si estuviéramos cenando en La Métairie todo el tiempo... solo una vez, de hecho. Normalmente quería que le consiguiera un plato de paella del tipo que se instala en la Plaza los martes por la noche, o me pedía que fuera corriendo a la *boulangerie* a buscarle una baguette fresca, y algo de queso de la épicerie. No lo comía delante de mí. Me dio la impresión de que escondía esa comida en su habitación y luego se negaba a comer lo que Sabrina le preparaba. La tía Josephine era así, pasaba el rato tramando formas de hacer infelices a los demás, por lo que pude ver. El término "reina del drama" fue inventado para ella, pero con un giro malvado, ¿entiende lo que quiero decir?

—No parece una persona muy agradable —dijo Dufort, pensando que era el eufemismo de la semana—. ¿Y tenía alguna idea de que ella era infeliz? ¿Que quizás estos actos suyos eran una indicación de que estaba cansada de la vida, cansada de... de lo que fuera en lo que se había convertido su existencia? No quiero sugerir suicidio, solo me pregunto si es posible que la persona que la mató pudiera haber creído que le estaba haciendo un favor de alguna manera.

—Haciéndole un favor al resto del mundo, diría yo —dijo Michel, riendo.

Dufort terminó la entrevista informal poco después, excusándose diciendo que tenía que ver a alguien. Se apresuró calle abajo y dio un rodeo para observar a Michel subrepticiamente. Lo que Michel hizo fue quedarse fuera de la mansión mirando de persiana en persiana, pisoteando de vez en cuando, y luego se dio la vuelta y no miró atrás, sacando su móvil y desapareciendo en el café al otro lado de la calle.

Quizás sí, quizás no, pensó Dufort. Ahora quiero encontrar a su hermana, y ver qué tiene que decir por sí misma... y por su hermano.

❧ 25 ❧

En la rue Simenon, a unas dos manzanas de la mansión Desrosiers, Lucas Arbogast se preparaba para servir la cena a su anciana madre. Ella estaba sentada a la mesa, recién bañada y vestida. En su plato, él puso cuatro lonchas de pechuga de pato, cortadas finas como a ella le gustaban, y llevó el plato a la mesa junto con una cesta de pan. Entonces se detuvo. La cesta de pan cayó al suelo en su prisa por dejar el plato y atender a su madre, quien de repente jadeaba en busca de aire y estaba muy agitada.

—¡Maman! —gritó Lucas quien, por suerte para Madame Arbogast, era enfermero en el hospital local. La anciana se levantó ansiosa de la mesa, aún jadeando, moviéndose con determinación como si tuviera que ir a algún lugar en ese mismo instante. Luego, por un momento, se quedó de pie, con los ojos parpadeantes y desenfocados.

—¡Maman! ¿Qué ocurre? Siéntate y déjame comprobar tus signos vitales —dijo Lucas, tratando de que volviera a sentarse en su silla. Se inclinó, pues era considerablemente más alto, la rodeó con un brazo, y ella se desplomó, hundiéndose en la silla como una muñeca de trapo.

Lucas estaba atónito, ya que acababa de hablar con su madre una hora antes y había sido la viva imagen de la salud. Pero su entrenamiento le ayudó a dejar de lado su conmoción mientras apartaba la silla de la mesa y colocaba los brazos bajo ella, levantándola y acomodándola en el sofá. Su cabeza se echó hacia atrás; estaba inconsciente.

Lucas acercó la cabeza a su rostro, y fue entonces cuando percibió el característico olor a almendras amargas, que solo había olido una vez antes, en la unidad sobre venenos, que había encontrado como una de las más interesantes en toda la escuela de enfermería.

Inmediatamente, sacó su móvil y llamó al hospital. Se aseguró de que su madre respiraba y le acomodó las piernas para que estuviera más cómoda. Luego corrió escaleras arriba hasta su habitación, buscando cualquier cosa que pudiera indicarle si estaba en lo cierto sobre una exposición al cianuro.

No podía ser gas, razonó, porque ella no habría llegado a bajar las escaleras. El gas de cianuro mata rápidamente, recordaba eso con claridad. No podía haber estado en la comida o la bebida, porque su madre nunca, jamás comía o bebía nada fuera de las horas de las comidas, y además, él mismo preparaba las comidas. En cualquier caso, ella no había probado un solo bocado desde el almuerzo.

Lucas no encontró nada fuera de lo normal en su habitación. Revisó debajo de la cama, abrió los cajones de su tocador: todo parecía igual que siempre, hasta donde podía ver. Sentía que era importante saber de dónde provenía el cianuro, pero no tenía tiempo para una búsqueda exhaustiva, no cuando su querida Maman estaba cayendo en coma.

Mientras bajaba corriendo las escaleras para revisarla, pensó, espera un momento. Un momento. ¿Cómo diablos está Maman sufriendo envenenamiento por cianuro cuando apenas ha salido de casa en todo el día, si es que lo ha hecho? ¿Es esto siquiera un accidente?

Lucas sacudió la cabeza, incapaz de creer que alguien en Castillac pudiera hacer tal cosa, o tener alguna razón para ello.

Maman seguía inconsciente. Su jadeo era muy difícil de presenciar. Su piel se estaba volviendo de un rojo cereza brillante, lo que por un instante le hizo pensar que estaba mejorando antes de recordar que era un síntoma de envenenamiento por cianuro. Inclinó la cabeza hacia ella de nuevo y olfateó ruidosamente. Sí, dilató las fosas nasales y volvió a inhalar, captando el aroma.

Su madre tenía una leve obsesión con las cremas y lociones rejuvenecedoras, demulcentes y emolientes de todo tipo; quizás el veneno estaba en su piel, ¿de un lote contaminado? Si *estaba* en una crema, entonces podría hacer algo por ella antes de que llegara la ambulancia, y si no lo estaba, lavarle la cara no iba a causarle ningún daño. Se precipitó a la cocina y cogió un cuenco de agua, una pastilla de jabón y un par de trapos, y luego se arrodilló junto a ella, mojando el trapo en el agua jabonosa y limpiando su viejo, arrugado y amado rostro.

—Maman —susurró con voz ronca—, vas a estar bien. Solo necesito quitarte esto de la piel. Creo que es la crema, Maman, ya sabes que te lo he dicho antes, no sabes lo que ponen en esas cosas...

Lucas fue minucioso. La limpió por completo, luego cogió un cuenco de agua fresca y trapos nuevos, y la limpió de nuevo, bajando hasta las clavículas. Repitió el proceso una tercera vez. El jadeo se hizo menos frecuente. Su piel estaba enrojecida donde había estado frotando, pero por lo demás su color parecía volver a la normalidad.

Lucas tenía treinta y ocho años y nunca había vivido en otro lugar que no fuera su casa, excepto por los tres años en que tuvo que ir a una ciudad más grande para estudiar enfermería. Él y su madre eran muy cercanos. Les gustaban los mismos tipos de programas de televisión, la misma comida, los mismos libros. Aunque su madre era mayor, nunca había contemplado realmente el hecho de que probablemente la perdería en algún momento del futuro; obviamente era consciente de que sucedería, pero esa realidad nunca había penetrado en su conciencia, sino que más bien patinaba por la superficie, sin prestarle atención. Este susto, imposible de ignorar, lo sacudió tanto que apenas podía hablar.

Se quedó arrodillado junto a ella, sosteniendo su mano y murmurándole, y levantándose para cambiar el agua del cuenco y conseguir aún más trapos limpios para limpiarla, hasta que por fin (¿dónde estaba esa ambulancia?) Madame Arbogast susurró a su hijo que parara antes de que le borrara la cara de tanto limpiar.

Sonó el timbre y, riendo y tremendamente aliviado, Lucas fue a abrir la puerta. Conocía al conductor y al médico, y rápidamente les contó lo que había sucedido. Madame Arbogast estaba ahora sentada en el sofá, pidiendo una copa de brandy, e iba a estar bien.

—Ya he llamado a la policía de camino, Lucas. Con un envenenamiento sospechoso, ese es el protocolo, como sabes.

Lucas asintió. —Eché un vistazo rápido, intentando averiguar de dónde venía aquello, pero tuve que quedarme con Maman, así que no pude hacer una búsqueda exhaustiva. Sabía que no había comido nada que yo no le hubiera preparado, así que pensé que debía ser algún tipo de crema facial o algo así. Efectivamente, al limpiarla se recuperó rápidamente.

—Lo has hecho bien —dijo el médico, señalando a Madame Arbogast, que se sentía lo suficientemente bien como para coquetear con el conductor de la ambulancia—. ¿Cómo supiste que era cianuro?

—Lo olí —dijo Lucas, riendo de nuevo y sintiéndose un poco eufórico.

—Tienes suerte entonces. No todo el mundo puede oler ese olor... ni siquiera el cincuenta por ciento, si mal no recuerdo.

Lucas sacudió la cabeza lentamente y soltó un largo suspiro. —Qué cerca estuvo. Se vuelve un poco loca con la crema facial —hizo una pausa—. Pero ¿por qué demonios tendría cianuro su crema facial?

—Sí, esa es la pregunta clave —dijo el conductor de la ambulancia, que normalmente no se interesaba mucho por los pacientes que transportaba, pero ¿veneno? Eso sí que daba para una buena historia para contar a los compañeros en el bar después del trabajo.

Unos golpes firmes en la puerta, y Lucas dejó entrar a Thérèse Perrault, que era la oficial a cargo aquel sábado por la noche. —Hola, Lucas, Madame Arbogast —dijo Thérèse, que los conocía —. ¿Sospecha de envenenamiento? Eso es lo que me han dicho.

—Sí. Ahora está bien, gracias a Dios. Pero ha sido por poco. Tuve la suerte de oler ese aroma a almendra amarga cuando me acerqué a su cara, así que la limpié y se recuperó. Pero vaya, por un momento pensé que la iba a perder. —Se inclinó y le dio una palmadita en el hombro a su Maman. Ella se sirvió otro dedo de brandy.

—¿Qué quieres decir con "la limpié"?

—Cuando la exposición al veneno es por la piel, como en este caso, el mejor antídoto es simplemente quitarlo —explicó Lucas —. Así que le lavé la cara con agua y jabón varias veces, y se recuperó enseguida. Estuvo inconsciente durante unos diez minutos, diría yo. También tenía la piel roja cereza, que es un síntoma típico de la exposición al cianuro.

—Bueno, suerte que sabes de qué va esto —dijo Perrault—. ¿Puedo subir y echar un vistazo a su dormitorio?

—Por supuesto —dijo Lucas, sin hacer ademán de alejarse de su madre.

Al conductor de la ambulancia le habría gustado ir también a buscar el veneno, pero sabía que no tenía ninguna razón creíble para acompañar a Perrault.

No tardó mucho en encontrar algo sospechoso. Se puso los guantes y cogió un tarro de crema facial, sin marca, sin etiqueta alguna. Pidió que le subieran una caja de cartón y, para ser minuciosa, metió en ella todas las lociones y cremas del tocador de

Madame Arbogast para llevarlas al laboratorio. Una segunda anciana atacada con crema facial mezclada con cianuro.

¿Tenía Castillac un asesino en serie entre manos?

Thérèse sintió un escalofrío recorrer su cuerpo y se reprendió por sentirse tan feliz cuando la gente estaba sufriendo y muriendo.

❦   26   ❦

—M e da igual el frío que haga —dijo Frances—. He estado encerrada todo el día, creo que acabo de escribir un jingle que hará que toda la gente de Estados Unidos me maldiga... un gusano auditivo masivo, ja ja... así que, en fin, me gustaría ver algo más que tu dulce cara.

—¿Estás pensando en Nico o Pascal, supongo? —dijo Molly, guardando los últimos platos del lavavajillas.

—Son *un gusto* para la vista —dijo Frances, sonriendo. Estaba frente al espejo del vestíbulo, intentando atarse la bufanda de esa manera tan chic que las francesas parecían lograr sin esfuerzo—. Cielos, Molls, ¿cómo lo hacen? —dijo frustrada, enrollando el extremo por encima, por debajo y alrededor, pareciendo medio estrangulada.

—Creo que es genético —dijo Molly. Se paró junto a su amiga y se enrolló la suya alrededor del cuello, hacia arriba y a través, y quedó mejor, aunque un poco torcida.

—A veces cuando te miro, me dan ganas de tirar a Donnie por la ventana —dijo Frances, mirando de reojo el pecho de Molly.

—¿Cuando me miras a *mí*?

—Esos pechos falsos que te convenció de ponerte, y no solo

estoy enojada con Donnie. También contigo, por aceptar esa tontería.

Molly reflexionó sobre lo que dijo Frances. —Supongo que yo también solía estar enojada conmigo misma. Sé que fue una decisión muy mala someterme a una cirugía solo para hacer feliz a alguien más. Qué tonta. Algún día, cuando tenga algo de dinero extra, me los quitaré. Pero ¿sabes qué, Frances? Todo eso pasó hace años ya. Lo he superado. Así que tal vez tú también puedas dejarlo ir.

—De acuerdo, pero aun así voy a empujarlo por una ventana si alguna vez tengo la oportunidad.

—Entendido —dijo Molly alegremente—. Entonces, ¿te parece bien Chez Papa? Lamento que Lawrence haya estado fuera de la ciudad durante toda tu visita. Definitivamente alegra las cosas cuando está por aquí.

—Sí, claro, cualquier lugar está bien para mí. Déjame solo... —rebuscó en una bolsa de maquillaje y sacó un lápiz corto con el que se hizo una línea ahumada y difuminada alrededor de sus ojos marrones oscuros. Parecían enormes y ligeramente intimidantes. Luego sacó un pequeño frasco de perfume, roció en el aire frente a ella y caminó a través de la neblina.

—Eres irresistible —dijo Molly con sequedad.

Poniéndose sus abrigos y gorros más gruesos, las amigas caminaron rápidamente hacia el pueblo en busca de compañía y kirs.

—¡Las Pálidas! —exclamó Nico cuando entraron con una ráfaga de aire frío.

—¿Qué...? —dijo Frances, mirando a Molly.

Molly se encogió de hombros. —Estuve aquí el otro día mientras trabajabas. Nico me preguntaba cómo nos conocimos y todo eso, y puede que le haya contado algunas historias de nuestros primeros años.

—¿Y también fueron a la misma universidad? Yo estudié en una universidad en Estados Unidos durante dos años —dijo Nico—. Sé todo sobre las locuras que ustedes, los estudiantes universitarios, hacen. —Le guiñó un ojo a Frances, y ella se subió a un taburete y le sonrió coquetamente.

—Cielos, yo era un *ángel* —dijo, y Molly y Nico se rieron.

Justo cuando Nico les puso los kirs delante, el móvil de Molly sonó con el tono de mensaje de un petirrojo trinando. Lo sacó del bolsillo y miró la pantalla con los ojos muy abiertos.

—Es Lawrence...

—Hola, Larry —dijo Nico, saludando al móvil de Molly.

—Esto es increíble —dijo Molly. Miró fijamente la pantalla, como si debiera haber malinterpretado lo que decía.

—¿Y bien? —dijo Frances, con los ojos puestos en Nico mientras este preparaba un café expreso para un hombre de mediana edad en el otro extremo de la barra.

—Dice que ha habido otro envenenamiento. Una mujer en la calle de Madame Desrosiers. Cianuro otra vez, pero sobrevivió.

—¡Santo cielo! ¿Es alguien que conoces?

—Estoy... me cuesta creerlo... tal vez Lawrence solo está jugando conmigo.

—¿Le gusta hacer eso?

—Bueno... —Molly lo pensó. A él le gustaba bromear, pero esto no era exactamente una broma. Sería una broma pesada nada graciosa si lo estuviera inventando—. Ojalá pudiera llamar a Ben y preguntarle qué está pasando.

—¿Qué pasa, mis bellezas? —dijo Nico, habiendo servido su café y oliendo una buena historia.

—Molly acaba de enterarse de que ha habido otro envenenamiento —dijo Frances.

—¿Larry te lo dijo?

—Sí. ¿Cómo es que siempre sabe todo? ¿Y cuando está en Marruecos?

Nico se encogió de hombros. —¿Quién era? ¿Está bien?

—¿Cómo sabías que era una "ella"? —dijo Molly, entrecerrando los ojos hacia él.

—No me mires con esos ojos de detective —dijo Nico—.

Mira, tenía un cincuenta por ciento de probabilidades, fue solo una suposición afortunada.

—¡Llama a Ben! —dijo Frances—. Sabes que está colado por ti.

—¿Sabes que la mitad de tus expresiones vienen directamente de *Lo que el viento se llevó*? No nos estamos preparando para ir a una barbacoa con los chicos Tarleton en Doce Robles. —Molly se puso de pie. Tomó un sorbo de su kir—. Esto es serio. ¿Una segunda mujer envenenada con cianuro en una semana? ¿Podríamos tener un *asesino en serie* entre nosotros?

—Solo llama al policía —dijo Frances—. No vas a poder pensar en otra cosa hasta que sepas los detalles, ¡así que llámalo!

—No creo que los civiles puedan simplemente llamar a los gendarmes y preguntar por los últimos chismes.

—No es *chisme*, Molly. Estás preocupada por tu seguridad y la de tu huésped, que es tremendamente importante para ti. ¿Verdad?

—Nico, ¿cuál es tu voto?

—Llámalo. ¿Qué es lo peor que puede pasar? Te dirá que no es asunto tuyo y adiós.

Molly sacó su móvil y casi marcó el número de la comisaría. Después de algunos eventos aterradores a principios de año, había guardado su número personal en sus contactos, pero no sentía que pudiera llamarlo a menos que fuera una emergencia, y aunque averiguar exactamente lo que había sucedido se sentía como una emergencia, entendía que no lo era.

¡Pero oh, cómo deseaba saber qué estaba pasando! Primero le envió un mensaje a Lawrence, pidiéndole más información.

—Tomemos un kir más —dijo Frances—. ¿Te unes, Nico?

—Nunca bebo en el trabajo —dijo él—. Pero hmm, está casi vacío aquí excepto por ustedes... Alphonse está en casa con un resfriado fuerte... bueno, nunca excepto solo esta vez —dijo Nico, sonriendo y alcanzando una botella de schnapps para servirse un trago.

—Está bien, voy a llamar —dijo Molly—. Pero iré a la habitación de atrás para hacerlo. Me pongo nerviosa si creo que alguien está escuchando mis conversaciones telefónicas.

Frances saludó con la mano mientras Molly se alejaba. —Sírveme otro, Nico —ronroneó—. ¿Fuiste a los Estados Unidos a actuar? Pareces que podrías estar en películas.

Nico se rio. —Eres una mentirosa —dijo—, y bastante entretenida. Continúa...

—Tengo muchas preguntas que quiero hacerte —dijo ella, sonriéndole—. A qué universidad fuiste, cómo tu inglés llegó a ser tan perfecto, cosas así. Pero mientras Molly está en la otra habitación, déjame preguntarte esto: ¿qué opinas de Ben Dufort? ¿Es un buen tipo?

—Sí, es un buen tipo. No puedo decir que lo conozca muy a fondo, ¿sabes a qué me refiero?

—¿No sabes qué lo motiva?

—Ja, no creo que sepa qué motiva a nadie.

—Sí —dijo Frances—. Eso es profundo, ¿sabes?

Nico solo sacudió la cabeza y se sirvió otro trago.

DUFORT ARROJÓ su móvil sobre el escritorio, irritado. Se levantó y caminó de un lado a otro frente a la ventana, mirando al suelo. La noche anterior, había llamado a Marie-Claire para invitarla a cenar, y ella lo había rechazado. Le dijo que le tenía cariño y que le gustaría ser amigos. Solo amigos.

Bueno, podía admitirse a sí mismo que no estaba enamorado de Marie-Claire, por mucho que le gustara. Pero aun así era una conclusión a la que hubiera preferido llegar por sí mismo, y le dolía.

Luego esta mañana, había llegado el informe del laboratorio: no había cianuro en el frasco sin marcar de crema facial. Había estado tan seguro de que esa era la fuente y estaba complacido de que Perrault lo hubiera traído. Esperaba encontrar huellas, y tal vez, si tenían mucha suerte, el farmaceuta del pueblo recordaría al asesino entrando a comprar un frasco vacío, junto con crema facial.

Pero no tuvieron suerte.

Dufort se pasó la mano por la cara y apretó los ojos con fuerza. Palpando sus bolsillos, encontró el frasco de tintura y dejó caer cinco gotas bajo su lengua, sin importarle si los otros oficiales lo veían. Bien, pensó, recomponiéndose, o Michel ha envenenado a alguien más para despistarnos, o no es Michel; y si no es él, no estamos en ninguna parte; y si no estamos en ninguna parte, el asesino seguirá actuando y más personas morirán.

Llamó a Perrault y Maron, quienes se apresuraron a entrar, percibiendo malas noticias en su tono. —El caso Arbogast: o el enfermero se equivocó sobre que fuera cianuro, o fue envenenada de otra manera. El frasco sin marcar está limpio.

—Maldita sea —dijo Perrault.

—Bien, esto es solo un contratiempo —dijo Dufort—. Pero avanzamos. Maron, ve a entrevistar al hijo de Arbogast. Tal vez sea síndrome de Munchausen por poderes, o tal vez intentó matar a su madre pero falló. Investiga y veamos qué piensas. Perrault, toca puertas y habla con los vecinos. Pregunta si vieron a alguien inusual llegando a la puerta de los Arbogast, y luego ve a ambas farmacias y pregunta sobre alguien que haya comprado crema facial y frascos de vidrio vacíos. Necesitarás obtener los números de teléfono de todos los que no estén en el trabajo cuando estés allí, y entrevistarlos por teléfono.

—Es poco probable que los dos envenenamientos no estén relacionados, ¿verdad? —preguntó Perrault, con la cabeza ladeada.

—Acabo de decirte, el laboratorio dice que no hay cianuro. Presta atención, Perrault. Tal vez fue envenenada de otra manera, pero necesitaremos hablar con el paramédico para ver si corrobora el informe del hijo sobre los síntomas de su madre, y procedemos con inferencias solo cuando tengamos más hechos. ¿Está claro?

—Sí, señor —dijo Perrault, sintiendo que las lágrimas se le acumulaban y ordenándoles severamente que desaparecieran.

—¿Crees que podría ser un asesino en serie? —preguntó Maron.

Dufort levantó las palmas al aire. —No lo sé —dijo—. Vosotros dos, poneos en marcha. Sed meticulosos. Este es un momento precario en la investigación; estamos lidiando con alguien que es extremadamente peligroso, especialmente porque no conocemos el motivo y estamos a oscuras para detenerlo. No me sorprendería recibir un informe de otro envenenamiento muy pronto.

Perrault y Maron se marcharon, con expresiones serias. Dufort tomó cinco gotas más, luego otras cinco, y luego arrojó la botella contra la pared.

Michel pasó la mañana limpiando su pequeño apartamento. Fue muy minucioso, sacando los libros de la estantería y quitándoles el polvo uno por uno antes de devolverlos a un estante limpio. Sacó todo lo que había debajo de la cama y también lo limpió, y abrió las dos ventanas a pesar del frío para renovar el aire de su apartamento de una habitación con cocina integrada. Cuando ya no quedaba nada más por ordenar o limpiar, se puso su fino abrigo y una bufanda y salió a dar un paseo.

Deambuló sin rumbo por Castillac, pero la mansión de los Desrosiers ejercía sobre él una fuerza magnética, atrayéndolo cuando no tenía intención de acercarse. Atravesó un callejón para llegar más rápido, luego saltó una valla y cruzó corriendo el jardín de alguien. Las calles estaban relativamente concurridas con gente que volvía del mercado, y Michel saludó con la cabeza a uno o dos al pasar, llegando finalmente a la casa de su tía. Agarró los helados barrotes de hierro de la verja y miró hacia arriba.

Nada había cambiado. Las mismas contraventanas azul violeta, cerradas, haciendo que la casa pareciera ciega. La misma topiaria deshilachada, la misma escarcha en la pizarra del tejado. Creyó ver una franja de luz bajo una de las contraventanas de arriba, pero al mirar más de cerca decidió que se había equivocado. Siguió caminando, aún sin intención de ir a un lugar u otro, solo queriendo estar fuera de su estrecho apartamento, y siempre con la esperanza de encontrarse con alguien que lo invitara a almorzar o al menos le comprara una buena taza de café.

Michel tenía hambre. De manera impulsiva, entró en una tienda de especialidades, el tipo de lugar que vende chocolates finos, exquisiteces importadas y, en este caso, trufas y foie gras. Todos alimentos que adoraba pero que no había tenido la oportunidad de probar en mucho tiempo.

—¡Bonjour, madame! —dijo calurosamente a la mujer de mediana edad detrás del mostrador.

—Bonjour, monsieur —respondió ella, notando su fino abrigo y también la encantadora manera en que le sonreía.

—Me preguntaba... su tienda está llena de cosas divinas —dijo, después de un momento de examen—. ¿Cree que podría decirme dónde puedo encontrar ostras?

—¿Se refiere a ostras frescas? Para esas tendrá que ir al otro lado de la ciudad, al local de Bedin. Recibe envíos de la costa todos los sábados por la mañana, así que este sería un buen momento para ir.

Michel asentía y sonreía. Un mechón de pelo le cayó sobre los ojos.

—¿Y si quiere ostras ahumadas? Justo al final del pasillo donde está parado, monsieur.

—Muchas gracias —dijo Michel. Caminó lentamente por el pasillo, mirando todas las botellas y latas, con la boca hecha agua. Al final del pasillo, hábilmente deslizó una lata de ostras ahumadas en su bolsillo, luego caminó lentamente por el siguiente pasillo—. Creo que iré a lo de Bedin ahora mismo, gracias de nuevo —dijo, sonriendo brillantemente mientras salía por la puerta.

—ESTA ES una invitación algo complicada —le decía Molly a Frances mientras estaban en el vestíbulo como de costumbre, tratando de anudar sus bufandas—. No todos los días vas a cenar con alguien que está bajo sospecha de asesinato.

—Bueno, ¿crees que hablarán inglés? Porque si no, voy a estar sentada ahí como una tonta.

—Tal vez no. Ambos hablan inglés conmigo, pero no sé su madre. ¿Estás segura de que quieres venir?

—Sí, sí, no me importa ser una tonta. Tal vez pueda crear una distracción para que puedas registrar la casa en busca de evidencia.

Salieron de La Baraque, Molly cerrando con llave detrás de ellas. —No hay evidencia allí —dijo—, porque no creo ni por un segundo que Michel tuviera algo que ver con eso. ¿Tú sí?

—¿Honestamente? Sí. Tal vez. Creo que es posible. Cinco millones son muchos euros, ¿sabes?

Molly se sintió irritada. En la oscuridad caminaron sin hablar todo el camino por la calle de los Robles, y luego por un callejón y una calle estrecha, más vueltas y más hasta que Frances se perdió por completo, de camino a la pequeña casa de Murielle Faure al otro lado del pueblo. Era pulcra, ordenada y gris. Molly llamó a la puerta, forzando una sonrisa a Frances que no sentía.

Una pausa, y luego la puerta se abrió y Murielle las recibió dentro. —¡Qué alegría que hayáis podido venir! —dijo—. Michel y Adèle no han parado de hablar sobre las interesantes estadounidenses que han llegado a Castillac. ¿Puedo ofreceros a ambas un kir?

Molly y Frances agradecieron y dijeron que sí, y entraron a una pequeña sala de estar donde Michel y Adèle las esperaban.

—Como siempre, me encanta tu ropa —dijo Molly mientras ella y Adèle se besaban las mejillas.

Adèle llevaba una falda corta de lana, medias gruesas y botas con forro de piel de oveja. —Merci, Molly —dijo—. Es bueno verte de nuevo. —Adèle y Michel saludaron a Frances con interés y Frances realizó sus gesticulaciones que ella creía que comunicaban buen humor y sentimientos amistosos, y los hermanos se rieron.

—Oh, Maman, traje algo para que tomemos antes de la cena, ¿tienes algunas tostaditas para acompañar? —Michel sacó de su mochila la lata de ostras ahumadas y se la entregó a su madre.

—¡Michel, qué maravilla! —exclamó ella, rodeándolo con un brazo y dándole un apretón—. Siempre lleno de sorpresas, mi querido. ¿Se imaginan cuántas ranas me trajo cuando era pequeño? —dijo a las invitadas, que rieron educadamente.

Molly vio que Adèle le lanzaba una mirada dura a Michel. Intentó interpretarla: ¿estaba celosa de la atención de su madre? ¿Deseaba tener algo que ofrecer también? ¿No le gustan las ostras?

Entonces, aparentemente de la nada, surgió la circunstancia más temida de cualquier cena: un largo e incómodo silencio que se prolongó más y más. Todos se quedaron de repente sin palabras, y la sensación se agravó cuanto más se alargaba el silencio. Lo único en lo que Molly podía pensar era en la tía Josephine muerta tendida en el suelo del baño, y luego en sus temores por Michel, pero por supuesto no podía mencionar nada de eso, y el no poder mencionarlo hacía que no pudiera pensar en otra cosa. Murielle volvió a apretar los hombros de Michel, luego se fue sin decir palabra y entró en la cocina. Adèle se acercó a la ventana y fingió mirar afuera, y Michel sonrió con pesar y negó con la cabeza.

—Me temo que todos estamos pensando en lo mismo —dijo—. Así que supongo que me toca a mí decirlo en voz alta. Es cierto, Dufort ha estado hablando conmigo. Nada formal, al menos todavía. Pero es bastante evidente que me considera sospechoso, posiblemente incluso el principal sospechoso. De hecho, vino a mi casa esta mañana, después de hablar conmigo ayer por la tarde. Según él, resulta que voy a heredar la fortuna de la tía Josephine, lo cual sería encantador si no me pusiera la soga al cuello.

Adèle soltó una risa sin humor y negó con la cabeza. —Si Dufort supiera algo, sabría que eres incapaz de hacerle daño a nadie. Simplemente no está en la naturaleza de Michel hacer algo tan... tan agresivo.

—Felicidades... y lo siento mucho —dijo Molly—. ¿Entiendes? —preguntó Molly a Frances, ya que todos habían hablado en francés.

—Por supuesto que no —dijo Frances alegremente.

Molly le tradujo. —Bueno, no sé —dijo Frances—. ¿Realmente podemos decir que alguien, y me incluyo absolutamente, nunca sería capaz de asesinar? *¿Nunca?* Yo más bien estoy del lado de que todos podrían hacerlo, si se dieran todas las condiciones. Algunos de nosotros tenemos más condiciones que otros, sí, claro, pero a menos que creas en los ángeles... —Se encogió de hombros.

Molly tradujo para los demás. Adèle le dirigió a Frances una mirada gélida. Michel le sonrió. —En realidad, estoy de acuerdo contigo, Frances —dijo en un inglés bien acentuado—. Yo no envenené a mi tía. Pero no puedo decir que nunca mataría a nadie, pase lo que pase. ¡Y me siento un poco ofendido de que me consideres un alma tan plácida, incapaz de actuar! —dijo, aún sonriendo, a su hermana.

—No creo que debas bromear de esa manera —dijo Adèle en voz baja.

Murielle regresó con kirs y un pequeño plato lleno de tostadas, y un platillo de ostras ahumadas en el centro. —Siempre he oído que estas son muy buenas para tu vida amorosa —dijo, mirando a Michel.

—¡Por el amor! —dijo Michel, levantando su copa y poniendo los ojos en blanco.

Molly observó a Adèle. Su rostro tenía una especie de expresión congelada, con la sonrisa plástica que se ve en los presentadores de noticias de televisión. Los cuatro se esforzaban por mantener una conversación, mientras que cada vez que habían estado juntos antes, habían charlado con facilidad. Molly miró alrededor de la habitación, que estaba casi completamente desprovista de decoración, excepto por un ramo de flores secas en una esquina. Nada en las paredes. Solo un sofá y cuatro sillas apretujadas en el pequeño espacio, una lámpara tenue y una alfombra de ganchillo. Todo impecablemente limpio.

Frances se comió la mayoría de las ostras. Como los otros tres apenas hablaban, comenzó a hablar en inglés, contando historias sobre su excéntrica madre que creía que los coches eran malvados y, por lo tanto, solo iba en bicicleta a todas partes, y divagando sobre qué pasteles les gustaban más a ella y a Molly y por qué. Molly finalmente comenzó a hablar sobre el trabajo que se estaba haciendo en el pigeonnier, pero como Pierre Gault estaba haciendo un trabajo perfectamente bueno, no daba mucho de qué hablar. Adèle siguió lanzando miradas a Michel hasta que finalmente él se movió en su silla para darle la espalda.

—¡*À table!* —llamó Murielle, y con alivio los cuatro fueron a la cocina y se sentaron a una rústica mesa de madera.

—Debo advertiros —dijo Michel con un brillo en los ojos— que Maman es una mujer muy talentosa, pero quizás no tanto en la cocina.

—Te reto a que digas eso en francés —dijo Adèle, riendo, su expresión descongelándose por un momento.

Murielle puso dos baguettes en la mesa junto con una olla de mantequilla dulce y otra de paté de campo. Molly y Frances, sintiéndose incómodas, se lanzaron a la comida con entusiasmo.

Una vez que Murielle también se sentó a la mesa, la conversación se reavivó un poco. Al menos fueron capaces de reunir algo de charla sobre el clima y varios otros temas sin complicación emocional o intelectual. Frances presionó el pie de Molly bajo la mesa y Molly le devolvió la presión, un método de comunicación que habían desarrollado en la infancia en el que la primera decía: "¿Puedes creerlo?" y la segunda respondía: "¡Lo sé! ¡Es una locura!"

La cena fue un estofado de cordero. La carne estaba dura y la salsa insípida, pero Molly y Frances cumplieron con su deber y se lo comieron todo, halagando a Murielle. No les ofrecieron café ni nada para beber después de la cena, por lo que estuvieron agradecidas, y después de unos momentos de besos de despedida y efusivos agradecimientos, estaban de vuelta afuera en el frío y la oscuridad, caminando rápidamente de regreso a La Baraque.

—Bueno, eso fue insoportable —dijo Molly.

—Empiezo a entender un poco más tu afición por investigar —dijo Frances, mientras se enrollaba la bufanda sobre la cabeza para protegerse las orejas—. Algo anda mal en esa casa, seguro. Tengo mucha curiosidad por saber qué es.

—Yo también —dijo Molly—, y voy a averiguarlo de alguna manera.

❧ 28 ❧

Era una cálida noche de primavera, el pueblo estaba lo suficientemente tranquilo como para que se oyera claramente el cucú marcando su territorio. Josephine se había vestido cuidadosamente con unas botas blancas y brillantes de imitación Courrèges y un vestido tan corto que apenas la cubría. Llevaba el pelo recogido en lo alto de la cabeza con mechones rizados cayendo alrededor de su rostro, maquillado de tal manera que se imaginaba prácticamente como Jean Shrimpton, a quien admiraba más que a cualquier otra modelo.

Tenía que verse perfecta. Tenía que seducirlo, atraerlo, tentarlo.

Josephine había prestado atención a su horario, y él era un hombre de costumbres regulares, así que no era difícil adivinar cuándo podría pasar por el parque de camino a casa desde el trabajo. Esperó detrás de un espeso arbusto, respirando los densos y complicados aromas del aire primaveral, temblando de emoción, sabiendo que su vida estaba a punto de cambiar.

Él era un hombre aburrido, en realidad, un electricista, probablemente la ocupación más tediosa que un hombre pudiera tener. Josephine no se entendía lo suficiente a sí misma como para saber por qué lo estaba eligiendo a él, de entre todas las personas, un hombre que inspiraba más desprecio que amor. Oyó pasos y contuvo la respiración. Apartando una rama a un lado, miró para asegurarse de que era él, y luego salió a la acera en su camino.

—¡Josephine! ¡Qué casualidad verte! —Albert se detuvo de repente para evitar chocar con ella. La miró de arriba abajo, sin poder evitar notar su cuerpo curvilíneo en el ligero vestido, y sus piernas tan dramáticamente expuestas. Jamás en un millón de años se lo habría dicho a nadie, pero tenía debilidad por las mujeres con botas.

—Me alegro *tanto* de haberte encontrado —dijo Josephine, sonriéndole a través de sus pestañas con rímel—. Eres *exactamente* el hombre que esperaba ver. ¿Crees que podrías... sé que estoy abusando, pero... si pudieras complacerme, solo un poquito? No tomará más que un momento.

La expresión de Albert se suavizó.

—Estaré encantado de ayudar —dijo, sin permitirse mirar sus piernas y el dobladillo de su escandalosamente corto vestido—. Sabes que aprecio mucho a tu familia.

El rostro de Josephine se endureció por un momento y luego el momento pasó. Miró a Albert coquetamente.

—Estoy siendo tonta, en realidad —dijo—. Pero ¿vendrías al parque conmigo, solo por unos minutos? Me encantaban los columpios cuando era niña... era mi cosa favorita y más feliz volar muy alto, y entonces... —bajó la mirada y movió la punta de su bota en un círculo a su alrededor.

—¿Quieres que te empuje? —dijo Albert, feliz de haber entendido—. ¡Por supuesto que lo haré!

Josephine se sintió inundada de satisfacción al ver que él había captado sus indirectas con tanto entusiasmo. Pasaron por la puerta y bajaron por el sendero de grava hasta la zona de juegos del parque. Estaba oculta de la calle por un amplio banco de viburnos, recién brotados. Era casi como si estuvieran solos en el campo, rodeados de vegetación, aunque estaban prácticamente en el centro de Castillac.

Josephine se acomodó en el columpio, su ropa interior casi visible por delante debido a lo corto que era su vestido. Albert puso sus manos en su espalda. Podía sentir el tirante de su sujetador, y tragó saliva y cerró los ojos con fuerza, tratando de no pensar en su cuerpo incluso cuando tenía las manos firmemente apoyadas contra ella.

—Empújame —dijo Josephine, sonando a la vez como una niña y una reina, y Albert empujó.

Voló cada vez más alto, volviendo su rostro hacia el cielo y viendo las estrellas esparcidas sobre el pueblo.

—¡Más fuerte! —le gritó, y chilló de felicidad cuando él la empujó aún más alto. Eventualmente sus manos se deslizaron hacia abajo, y no empujaron su espalda sino más abajo, y finalmente en la curva de su trasero. Albert permitió que el balanceo de Josephine disminuyera, más y más lento, y cuando se había detenido por completo y ella le estaba agradeciendo sin aliento, Albert se puso frente a ella. Levantó a Josephine del columpio y la besó, con más ardor del que se había creído capaz.

Había un cobertizo de equipamiento no lejos de los columpios, y al poco tiempo, Josephine estaba presionada contra ese cobertizo mientras Albert besaba su cuello, sus labios, su frente, y cuando le levantó el vestido, ella no protestó sino que echó la cabeza hacia atrás, miró las estrellas y sonrió, habiendo conseguido exactamente lo que había planeado.

$$\text{❧} \quad 29 \quad \text{❧}$$

La rutina del domingo por la mañana se había convertido en tomar café en Chez Papa seguido de patatas fritas, y Molly y Frances no perdieron tiempo en llegar allí, todavía sintiéndose un poco resacosas después de la incómoda cena en casa de los Faure.

—¡Bonjour, mis bellezas! —dijo Nico cuando entraron y comenzaron a quitarse la ropa de invierno.

Frances le dio una sonrisa torcida y se estiró por encima de la barra para tocarle el brazo.

—Deberíamos haber cenado contigo anoche —dijo.

—Una excelente idea —dijo Nico—. ¿Os aburristeis?

—No fue eso —dijo Molly, acomodándose en un taburete—. Café, ya. Por favor. Fuimos a casa de Adèle y Michel...

—¿Dufort irrumpió por la puerta y lo arrestó?

—No tiene gracia, Nico.

Nico le guiñó un ojo a Frances, quien se rio.

—En fin —dijo Molly—, simplemente... no sé por qué, pero ya

sabes cómo pasa a veces: vas a cenar a casa de alguien y todo sale mal. La conversación... se estancó.

—Ya lo creo —dijo Frances—. Claro, yo no podía entender nada de todos modos. Me alegro de estar aquí ahora. Mucho mejores vistas —dijo, mirando a Nico y devolviéndole el guiño.

—Dios mío —dijo Molly, poniendo los ojos en blanco. Se quedó mirando una mota de polvo en la barra, pensativa.

Una ráfaga de frío les golpeó la espalda cuando entraron dos hombres.

—¡Cerveza! —gritó uno a Nico, y se sentaron en una mesa cerca de la barra—. Siempre está haciendo el gesto más dramático que se le ocurre —dijo un hombre a su amigo—. ¡Y ahora puede disfrutar de toda la atención que una noche en la cárcel, con suerte, le traerá! —los dos hombres se rieron a carcajadas, uno de ellos golpeando la mesa repetidamente.

—¿Qué pasa? —dijo Nico, llevando dos jarras de cerveza helada a su mesa.

—Solo Jean-François enfriándose en la cárcel, nada más —volvieron a estallar en risas.

—¿Qué hizo?

—Estábamos en la manifestación ayer en Périgueux. Los recolectores de basura estaban en huelga. ¡Es horrible las condiciones de trabajo que soportan! Tenían mucho apoyo, estudiantes que salían, y todo tipo de trabajadores... y Jean-François, se emociona tanto que lanza un ladrillo por la ventana de una tienda. ¡Cristales por todas partes! Un gendarme vio todo y se lo llevó en segundos, Jean-François gritando todo el tiempo sobre liberté y fraternité. ¡Qué crétin! —Su amigo se sujetaba el estómago, que le dolía de tanto reír.

—Quizás es exactamente a quien Dufort debería estar investigando, en lugar de a Michel —dijo Molly a Frances, señalando disimuladamente detrás de ella.

—¿Quién? Ya sabes que no puedo entender ni una palabra de lo que dicen.

Molly acercó su boca a la oreja de Frances.

—Jean-François está en la cárcel. Lanzó un ladrillo en una manifestación. Ya conoces al tipo, es el novio de Sabrina. El tipo que siempre está enfadado por algo.

—¿Tiene antecedentes? —dijo Molly a Nico en voz baja.

—¿Jean-François? —Nico se rio—. Kilométricos, supongo. Ha estado en todas las manifestaciones en trescientos kilómetros a la redonda durante los últimos diez años. Normalmente hace todo lo posible por que lo arresten, así podría salir su foto en el periódico.

—Hmm —dijo Molly—. Sabes, lo vi volver a entrar en la mansión, después de que mataran a Desrosiers. Llevaba una bolsa consigo. Ahora, sabes que algo no está bien en eso.

—Su novia trabajaba allí, ¿no? Podría haber ido a buscar sus cosas. Probablemente dejó un suéter o algo así. Oye, comamos algunas patatas fritas —dijo Frances, sin perder de vista la mejor razón para venir a Chez Papa los domingos por la mañana—. Y dime, Nico, ¿el chef hace su propia mayonesa? Porque si es así, trae un poco con las patatas, ¿vale?

—Tus deseos son órdenes, princesa —dijo Nico con una sonrisa burlona mientras desaparecía en la cocina.

—Ni se te ocurra —dijo Frances cuando Molly estaba a punto de hablar—. Sé que vas a empezar a divagar sobre cómo Michel no mató a su querida tía Josephine y bla, bla, bla. El hecho es, Molly, que te atrae, y eso te está cegando a la realidad.

—¿Así que el caso está cerrado en lo que a ti respecta? Menuda detective estás hecha. ¿Simplemente te crees lo que dice Dufort y no cuestionas nada?

—No he dicho nada sobre cerrar el caso. Todo lo que digo es que tú, querida amiga, has perdido tu objetividad, y sabes, Michel me recuerda un poquito a Donnie...

—¿Quién es Donnie? —preguntó Nico, apoyando los codos en la barra y estirando la espalda.

—Olvídalo —dijo Molly.

—El ex de Molly —dijo Frances—. Un completo crétin —añadió—. Oye... ¿me has oído hablar en francés justo ahora?

Molly no se estaba riendo. Tal vez porque Frances había dado en el clavo, y ella había estado demasiado dispuesta a darle un pase a Michel. Además, ¿por qué demonios pensaría que el mechón de pelo que le caía sobre los ojos era encantador? Es solo un estúpido mechón de pelo. No significa absolutamente nada.

—Entonces, sobre Adèle y Michel, ¿lo he entendido bien, que nadie sabe quién es su padre? —le dijo Molly a Nico.

Nico miró al techo y lo pensó.

—Supongo que no. Honestamente, no soy la mejor persona para preguntar. Mis padres siempre tenían la nariz metida en los libros y no pasaban tiempo hablando de otros aldeanos, así que me perdí muchos chismes.

—Lo siento mucho —dijo Frances.

Nico se rio.

—Eres única —dijo.

Molly podía ver hacia dónde iba esto. No estaba del todo segura de que fuera una buena idea, pero estaba segura de que no era asunto suyo, así que pasó la siguiente media hora sin escuchar a Nico y Frances coqueteando, e intentó idear un plan para desviar las sospechas de Michel.

❦ 30 ❦

Maron esperó hasta el domingo por la tarde para pasar por la casa de Claudette Mercier, suponiendo correctamente que ella estaría en la iglesia por la mañana. También pensó que probablemente estaría almorzando en casa de alguien, ya que tenía una gran familia en Castillac, pero ese domingo en particular, Claudette había sentido que se estaba resfriando y se quedó en casa después de la misa. Maron llamó a su puerta, listo con una lista de preguntas.

—Vaya, agente Maron, ¡bonjour! —dijo Claudette, abriéndole la puerta—. ¡Qué sorpresa! Estaba preparando un poco de sopa. Tengo esa sensación de cosquilleo en la nariz como si estuviera a punto de resfriarme, ¿sabe cómo es eso? Espero que haya progresado. ¿Atrapó al ladrón? ¿Es por eso que está aquí? ¿Debo ir a la comisaría para una rueda de reconocimiento? —preguntó, con los ojos brillantes.

—No, me temo que no he avanzado en su caso —dijo Maron—. Pero me estoy ocupando, puede contar con ello.

—Oh, me alegra oírlo. Sabe, no es fácil vivir sola, una mujer de mi edad. Nunca me importó estar sola cuando era joven; de hecho, me gustaba, para ser honesta. Nunca fui de andar con chicos y esas cosas, excepto por mi Declan. Lo extraño terriblemente, como se imaginará, y ahora, sabe, puede sentirse terriblemente... terriblemente vulnerable, estar aquí sola. No creo que Diderot hiciera mucho para protegerme —dijo, señalando con el codo al gato atigrado, que estaba estirado en el respaldo del sofá, profundamente dormido.

—Estoy de acuerdo con usted en eso —dijo Maron, suspirando internamente. Los ancianos le daban ganas de bostezar, incluso esta, a quien consideraba que podría ser la asesina de Desrosiers. *Podría*, se dijo a sí mismo, defendiéndose contra Dufort.

—¿Puedo ofrecerle un café? Me temo que no tengo mucho más que ofrecer aparte de un poco de pan tostado y mermelada. A Declan le gustaba un desayuno abundante, como a muchos hombres, estoy segura. La sopa no estará lista por lo menos en otra hora.

—Estoy bien, Madame Mercier. Esperaba hablar con usted sobre algunas cosas, si se siente con ánimos.

—Oh, todavía no estoy enferma —dijo, guiñándole un ojo, lo que lo puso tenso—. ¡Pregunte lo que quiera, joven! —Hizo un gesto hacia una silla de respaldo alto con tapicería de terciopelo —. Y póngase cómodo.

Maron se sentó con cuidado en la silla de terciopelo. La habitación le hacía sentir un poco claustrofóbico. —Empecemos con Anne Arbogast. ¿La conoce a ella o a su hijo Lucas?

—No mucho —dijo Claudette, acomodándose en el cojín del sofá—. Era unos años más joven que yo. La conozco para saludarla en la calle, pero nada más.

Maron asintió. —¿Sabe que casi murió por envenenamiento con cianuro hace unos días?

Los ojos de Claudette se agrandaron y negó con la cabeza. ¿Qué estaba pasando en su dulce pueblecito?

—¿Y qué hay de Josephine Desrosiers? Fueron compañeras de escuela, ¿no es así?

—Sí, pero agente Maron, pensé que tenía preguntas sobre el robo.

—Llegaré a eso —mintió Maron—. ¿Cómo era su relación con Josephine cuando eran jóvenes?

Claudette miró fijamente a Maron. Le resultaba difícil de leer, nada parecido a Declan, o a cualquiera de los hombres de su familia, que eran todos bastante joviales y les gustaba reír. Este agente parecía como si no se hubiera reído en meses.

—Bueno —dijo—, éramos buenas amigas de niñas. Íbamos a la misma escuela, por supuesto. Al menos, fuimos buenas amigas por un tiempo.

—¿Y luego?

Claudette se encogió de hombros. No dijo nada. Miró hacia la puerta principal como si deseara que alguien entrara e interrumpiera la conversación, luego pasó una mano por el lomo de Diderot, despertándolo. —Ya sabe cómo es en el patio de la escuela. Los niños pueden ser crueles, realmente. La situación era que mi familia era próspera, mi padre tenía una gran ferretería en el pueblo, y oh, vaya, hacía muy buen negocio, se lo aseguro, pero la familia de Josephine... estaba bastante mal económicamente. Sus padres tenían una tienda de comestibles, pero creo que era un negocio en declive. Ya sabe cómo es, agente Maron: algunas personas tienen personalidades adecuadas para las ventas y otras no. Mi padre era servicial y popular, y la gente quería comprarle. El padre de Josephine, bueno, era un hombre de carácter agrio. ¿Quién quiere comprar su mermelada a alguien que los mira con cara de pocos amigos, sabe?

—¿Y esta desigualdad financiera se interpuso entre ustedes?

—A mí ciertamente no me importaba. No era importante para mí, aunque supongo que es fácil decirlo cuando nunca tuve que pasar necesidades. Mi interés siempre fue la comida. ¡Quería estar en la cocina todo el tiempo, aprendiendo a hacer de todo! Así que los lujos y esas cosas, eso era lo que le importaba a Josephine, pero a mí no. Eventualmente su envidia...

Maron esperó.

—Bueno, se volvió amarga y desagradable conmigo, y dejamos de pasar tiempo juntas.

—¿Y qué edad tenían cuando ocurrió esta ruptura?

—Oh, no lo sé. ¡Todo esto fue hace mucho tiempo, agente Maron! Antes del liceo, supongo. Doce, trece años, algo así.

Maron asintió. —¿Y Madame Desrosiers no estuvo bien económicamente hasta su matrimonio?

—Bueno, ni siquiera entonces, no al principio. Albert no tenía nada de dinero cuando se casaron. De hecho, me sorprendió que se casara con él; siempre pensé que iría tras alguien rico. Era ese tipo de persona.

Maron notó un toque de frialdad que se coló en la voz de Madame Mercier.

—Pero claro, estaba el bebé —dijo, encogiéndose de hombros y lanzando una mirada significativa a Maron.

—¿Bebé?

—Oh, sí. Ahora, permítame asegurarle que no los juzgo. Quizás no lo parezca al verme ahora, pero entiendo la pasión, oficial Maron. Declan y yo... bueno, volviendo a Josephine, sí, parecía estar embarazada desde el principio, si entiende lo que quiero decir.

Maron no estaba seguro de entenderlo. —Pero Madame Desrosiers no tiene hijos. ¿Me equivoco? ¿O pasó algo?

Claudette se puso de pie, frustrada con Maron, que resultaba bastante difícil para conversar. —Me temo que el bebé nació muerto —dijo Claudette—, pero ese no es mi punto. Lo que quiero decir es que era evidente para todos en el pueblo que Josephine estaba embarazada antes del matrimonio.

Maron solo la miró fijamente, incapaz de ver por qué esto importaba para el caso.

—Nunca se habría casado con Albert de otra manera, ¿no lo ve? En aquellos tiempos, la única opción en esa circunstancia era el matrimonio, si querías escapar de la condena de casi todos en el pueblo. Josephine quería ser admirada; no toleraba en absoluto ser rechazada o que pensaran mal de ella. Pero aún más importante, ¡Albert era pobre y ella quería dinero! Siempre estaba tan envidiosa de mí porque mi papá era generoso y me daba cosas bonitas, y sin embargo, como seguramente sabe, Albert terminó inventando algo y ganando montones de dinero después de todo. Josephine siempre fue la mujer más afortunada.

—No tan afortunada como para terminar envenenada en el suelo del baño de un restaurante —dijo Maron, observando su reacción.

Pero Claudette simplemente se encogió de hombros otra vez. —Eh, quién sabe. Lo que ustedes los jóvenes no pueden entender es que hay cosas peores que la muerte. —Se puso de pie, habiendo tenido suficiente de hablar sobre el pasado—. Lo siento, pero siento que me está dando un resfriado y me gustaría descansar. Gracias por venir a verme, y hágame saber si hay algún avance en el caso.

Maron se marchó rápidamente, notando que Mercier no especificó de qué caso estaba hablando, y pensando que nada de lo que dijo lo hizo menos propenso a creer que ella fuera capaz de cometer un asesinato.

❧ 31 ❧

Ahora, esto es mejor, se dijo Dufort cuando llegó el siguiente informe del laboratorio. El químico había analizado todos los tarros de crema facial que Perrault había traído, incluidos los comerciales que parecían estar sin abrir o apenas usados. El tarro sin etiqueta, efectivamente, había dado negativo en venenos (aunque en opinión de Dufort, los cosméticos y lociones solían estar cargados de todo tipo de sustancias químicas poco saludables, pero al menos eran legales y no inmediatamente letales). Uno de los tarros apenas usados era de Chanel, un producto de belleza monstruosamente caro en un pequeño frasco de vidrio: la crema Chanel había sido reemplazada por dimetilsulfóxido, que estaba cargado de cianuro. El químico señaló que el dimetilsulfóxido estaba fácilmente disponible para cualquiera y permitiría una absorción muy eficiente del veneno en la piel. Madame Arbogast podría haber salido fácilmente de su baño y haberse hidratado con la crema adulterada, y mostrar síntomas en quince minutos, tal como afirmó su hijo.

En una nota al margen, el químico dijo que tras realizar más pruebas, descubrió que ninguno de los tarros contenía lo que prometían sus etiquetas. La crema Chanel estaba en un tarro de

Guerlain, mezclada con lejía; la crema Guerlain estaba en el tarro sin marcar, mezclada con naftalina de bolas de naftalina trituradas. Es poco probable que alguna de estas fuera fatal, pero Madame Arbogast posiblemente habría tenido síntomas desagradables si se hubiera aplicado cualquiera de las cremas en la cara.

Así que: dos envenenamientos, ambas mujeres mayores. Sin relación entre sí, y posiblemente desconocidas la una para la otra aunque vivían en la misma calle, dado lo recluida que había sido Desrosiers. Curioso que no se hubiera usado uno sino una variedad de venenos, ¿y por qué mezclar los contenedores? Pero por supuesto, la pregunta importante, pensó Dufort, es si una o ambas víctimas fueron seleccionadas a propósito, o simplemente fueron las desafortunadas víctimas de alguien que quería causar destrucción y caos al azar.

Maron y Perrault llegaron a tiempo, y Dufort les puso al día sobre el informe del laboratorio. —¿Y qué tenéis vosotros para mí?

Perrault se encogió de hombros. —Ninguno de los vecinos vio nada. Pero si pensamos que el asesino es alguien de Castillac, alguien que los vecinos podrían conocer, entonces podrían haberlo visto y no haberle prestado atención. Además, fui al hospital y hablé con el médico. Dice que los síntomas de Arbogast habían desaparecido casi por completo cuando llegaron allí. Estaba consciente, no jadeaba, y su piel estaba sonrojada pero no de forma anormal. Informa que parecía haber pasado por algo, su cabello estaba despeinado y estaba sudando, pero en general, estaba como una rosa y disfrutando de un trago de coñac.

—No hay razón para pensar que el hijo estuviera involucrado —dijo Maron—. También hablé con algunos de los vecinos, y parece estar dedicado a su madre, y genuinamente aliviado de que esté bien. No hay informes de peleas o desavenencias ni nada por el estilo. Está molesto porque ella siempre gasta dinero en estas cremas ridículas que prometen hacerte lucir como Deneuve, y dice que ahora tal vez lo escuchará.

—Sin embargo —continuó Maron, preparándose—, también pasé por la casa de Claudette Mercier...

Dufort parecía exasperado. —¿Así que crees que ella envenenó a ambas? ¿Mercier y Arbogast se conocían? ¿Hay alguna evidencia de un motivo o has ascendido a la pobre mujer a asesina en serie? —El tono de Dufort era mordaz, y estaba claro que sus preguntas eran solo retóricas.

—¿Tienes otra forma en que esto pudo haber sucedido? —dijo Maron, apenas capaz de mantener el desprecio fuera de su voz.

Dufort le dio una larga y nivelada mirada. Maron desvió la mirada. Dufort caminó alrededor de su escritorio y volvió. —Muy bien. Michel Faure podría haber dejado una bolsa de cremas faciales en la casa de Arbogast. Tal vez con una nota diciendo ¡Ha ganado un gran premio! o alguna tontería por el estilo. Toca el timbre y se va. El hijo está en el trabajo y Madame Arbogast va a la puerta, ve la bolsa sentada en su escalón, tal vez es una bolsa elegante también, de Chanel, y dentro está su capricho favorito y otros caros y elegantes. No puede esperar para tomar su baño esa noche y probar sus nuevas delicias. Luego tenemos un segundo asesinato por cianuro, no relacionado con Desrosiers hasta donde sabemos, y la sospecha se aleja de la familia y se dirige hacia algún loco que elige víctimas al azar.

Caminó hacia la ventana y levantó los brazos, estirándose hacia un lado y luego hacia el otro. —¿Y bien? ¿Es plausible?

—Creo que sí —dijo Perrault—. Aunque a menos que Michel conozca a los Arbogast, no habría sabido que ella estaba loca por la crema facial. Pero en realidad, ¿qué mujer no probaría un poco de Chanel, si le cayera del cielo? El producto probablemente cuesta cerca de 300 euros el tarro.

—¿Esa cosita? —dijo Maron, incrédulo.

—La fantasía puede ser cara —dijo Dufort—. Muy bien entonces. Maron, primero has algunas llamadas y corre la voz de que nadie en Castillac debe usar ninguna crema facial que no haya comprado personalmente, y deben revisar cualquier tarro comprado recientemente en busca de signos de manipulación. Has que eso salga en la radio y en internet. Luego ve a buscar a Michel. Si te deja entrar en su apartamento, mucho mejor. Pregúntele sobre su paradero el sábado, vea si alguien puede corroborarlo. Perrault, tú y yo vamos a ver si podemos averiguar cuál es la fuente del cianuro. Hay algunas fábricas en las afueras de Périgueux, vamos a ir a echar un vistazo, hacer algunas preguntas. Alguien está siendo pagado para entregar una cantidad del veneno, o está siendo robado. —Dufort ya estaba en la puerta con su abrigo puesto—. Vamos, moveos —dijo, su voz aún dura—. Es lunes. Me gustaría tener a alguien bajo custodia para el final de la semana, no el próximo año.

Maron y Perrault intercambiaron una rara mirada de camaradería, ya que Dufort casi nunca estaba tan irritable.

❧ 3 2 ☙

—Sí, soy consciente de que no es asunto mío. También de que no estoy en posición de dar consejos sobre el amor. Todo lo que digo, Franny, todo lo que digo es... no le rompas el corazón al pobre hombre.

—Oh, qué graciosa eres. Nico no va más en serio que yo. Por Dios, solo vamos a pasar el rato esta noche y divertirnos juntos, no a fugarnos y tener un montón de hijos —dijo Frances—. ¿Tienes alguna buena máscara de pestañas? El estúpido de seguridad del aeropuerto me confiscó la mía y esta que compré no está funcionando. Creo que intentaba ligar conmigo o algo así porque la máscara de pestañas difícilmente puede considerarse un arma.

—En tus manos, de alguna manera lo es —dijo Molly, resoplando en su café.

De repente, el gato naranja apareció de la nada y saltó sobre la encimera de la cocina.

—¡Vaya, hola! —dijo Frances—. No sabía que tenías un gato. ¿Dónde te habías escondido, preciosa? —dijo, acercándose para acariciarlo.

—¡No! —gritó Molly—. ¡Muerde! Y no sé de dónde ha salido ese demonio. No lo había visto en más de un mes. Pero *no* es mi gato. Simplemente aparece de vez en cuando para morderme y huir riéndose.

—Soy una amante de los gatos —dijo Frances. Acarició los labios del gato y este se dio la vuelta sobre su espalda, ronroneando—. ¿Ves? Sabe que estoy de su lado.

—Yo también estaba de su lado hasta que me mordió.

—Ríndete y consigue un perro, Molls. No puedes obligarte a ser una persona de gatos cuando no lo eres por dentro. Los gatos lo saben.

Molly se rio entre dientes. —Sí quiero tener un perro. He estado pensando que uno simplemente aparecería.

—¿Desde cuándo te quedas sentada esperando a que las cosas ocurran? ¡Eres una chica de acción, Molly Sutton! ¿Hay algún refugio cerca?

—Ni idea. No estoy lista para asumir eso ahora mismo. De todas formas, hoy voy a pintar el pasillo, por fin. El terrible trabajo de pintura que hicieron los últimos dueños finalmente me ha superado. No soporto ver esas líneas onduladas ni un segundo más. Además, me volví un poco loca y compré pintura naranja mango.

—¿Qué, nada de investigar hoy? ¿Te encuentras bien?

—Sí. Bien. Bueno, quizás un poco desanimada.

Frances esperó una explicación, pero Molly se levantó y fue a su habitación a cambiarse por ropa vieja que pudiera manchar de pintura. —¿Desanimada por qué? —dijo Frances, siguiéndola—. ¿Estás realmente molesta por mi cita con Nico?

Molly estalló en carcajadas. —Dios, no, no es eso. Solo... tengo miedo por Michel. Tengo la sensación de que Dufort ya se ha hecho una idea, y lo de la herencia parece tan condenatorio. Realmente creo en el fondo de mi corazón que es inocente, pero ¿qué puedo hacer para demostrarlo? Nada. Solo estoy rezando para que la policía no encuentre una forma de relacionarlo con el segundo envenenamiento. Eso sí que lo hundiría definitivamente.

—Pero Molls, si está relacionado con el segundo envenenamiento, *debería* estar hundido.

Molly se encogió de hombros. —Aquí está mi máscara de pestañas. Oye, ¿no has comprado ninguna crema facial desde que estás aquí, verdad? Solo por si acaso el envenenador es como aquel asesino del Tylenol en casa, deberíamos tener cuidado con lo que nos ponemos en la cara.

—Entendido —dijo Frances—. Entonces, cuéntame todo sobre Nico. ¿Otras novias? ¿Otros trabajos? Sé que estudió en Estados Unidos, pero no dice mucho al respecto.

—No sé nada. Todo eso te tocará a ti averiguarlo.

—Vaya detective estás hecha.

—Sabes, una vez conocí a un investigador privado. La mayor parte de su trabajo consistía en vigilancias para atrapar a cónyuges infieles.

—Apuesto a que tenía mucho trabajo.

—Desde luego. O la gente es muy desconfiada o hay mucha infidelidad.

—O ambas cosas.

Vestida con su ropa de pintar, Molly fue al armario donde había guardado la pintura y los suministros y empezó a organizarlo todo en el pasillo: la lona protectora, el abridor de latas de pintura, la paleta para remover la pintura, los pinceles, el rodillo y la bandeja de pintura. Frances hablaba sobre Nico, sobre aquella vez cuando ella y Molly eran niñas y habían hecho una poción mágica mezclando todo el maquillaje de la madre de Molly en un bol, y sobre sus ideas para un nuevo jingle. Molly sumergió el rodillo en la bandeja, lo alisó por la parte superior y lo levantó hacia la pared.

—Pintar es quizás mi trabajo favorito —dijo, justo cuando Frances estaba gesticulando mientras hablaba del jingle y pisó la bandeja de pintura, volcándola. La pintura naranja mango salió volando por todas partes, incluyendo los pantalones de Frances y el pelo de Molly.

—¡Oh! —dijo Molly, con ganas de reír, pero sintiéndose demasiado deprimida por el río de pintura que se deslizaba por el borde de la lona y caía al suelo.

Después de una avalancha de disculpas, Frances volvió a la cabaña para cambiarse y Molly empezó a limpiar. Pero mientras limpiaba la pintura con una esponja y la escurría en un cubo de agua, finalmente, bendita sea, se le ocurrió: ¿qué había dicho Manette el otro día sobre que Josephine Desrosiers había tenido un bebé nacido muerto? Molly estaba segura de recordar que la ley francesa exigía que una parte sustancial de una herencia fuera para los hijos. Si ese bebé no había nacido muerto en realidad, y estaba vivo en alguna parte, entonces Michel no podría ser el principal beneficiario. ¿No sería eso suficiente para sacarlo de la nube de sospecha?

¿Era esta una idea brillante, la pista de su vida, o había visto demasiadas telenovelas de adolescente?

Por un instante, Molly se sintió eufórica pensando en las posibilidades. Un momento después, abatida (y cubierta de pintura), se dio cuenta de que para salvar a Michel de Dufort, este tendría que haber sabido sobre el niño. De lo contrario, aún tendría un motivo sólido, aunque fuera debido a su ignorancia de la verdadera situación. Pero no podía preocuparse por eso ahora. Lo primero era asegurarse por completo de que Josephine Desrosiers estaba tan sin hijos como todos pensaban.

Molly no tenía idea de cómo hacer eso. Pero mientras pasaba el rodillo de arriba abajo por las paredes del pasillo, estaba bastante segura de que se le ocurriría algo. Por fin tenía una pista que seguir, y todo lo que tenía que hacer era seguirla.

❧   33   ❧

Era tarde cuando Dufort y Perrault terminaron en las fábricas a las afueras de Périgueux. No hablaron durante el viaje de regreso, ambos desanimados por una tarde de callejones sin salida. Los gerentes de los tres lugares habían estado a la defensiva y habían sido poco cooperativos, insistiendo en que el cianuro en sus plantas se usaba únicamente para galvanoplastia, revelado de películas o producción textil. Se irritaron ante la idea de que alguno de sus trabajadores pudiera estar intentando ganar unos euros extra vendiendo el veneno a alguien, afirmando que el material estaba estrictamente controlado y todo estaba contabilizado.

No había manera de vincular el cianuro de las cremas faciales con el cianuro de las plantas; Dufort había descartado esa posibilidad con el químico antes de hacer el viaje. Su única esperanza había sido encontrar a alguien que hubiera notado algo sospechoso y estuviera dispuesto a hablar. No tenía pruebas de que los gerentes estuvieran mintiendo ni razones para no creerles.

Después de todo, el cianuro se encuentra de forma natural en las semillas de manzana, las raíces de yuca, los cigarrillos y muchos otros lugares. Qué conveniente habría sido que un gerente señalara a un trabajador y dijera que necesitaba dinero y lo habían visto manipulando el veneno en un área restringida... pero eso era algo propio de Agatha Christie, no de la vida real.

¿Es mucho pedir una pequeña pista?, pensó Dufort, sintiendo lástima de sí mismo mientras conducía un poco demasiado rápido por la colina que bajaba al sur de Périgueux. Perrault miraba por la ventana, ocultando su expresión melancólica. Ella había querido tanto destacar como gendarme mientras estaba en casa, antes de su primer despliegue a otro département. Ser la que resolviera el rompecabezas antes que nadie, notar algo fuera de lugar, la prueba crucial que se hubiera pasado por alto. Enorgullecer a su familia, después de todos los problemas que les había dado cuando era más joven y una estudiante inestable.

A ella y a Dufort se les acababa el tiempo. En cuestión de meses, serían reasignados, se irían de Castillac, y ninguno quería dejar atrás a un posible asesino en serie, con su deber sin cumplir.

Dufort la dejó en su apartamento, y Perrault murmuró "Gracias" y entró. Dufort sintió un doloroso martilleo en un lado de la cabeza. No tenía ganas de ir a casa, pero tampoco se le ocurría ningún otro lugar al que quisiera ir. Se alejó de la acera y condujo por el pueblo, hacia el norte por la rue des Chênes. Pasó por la casa de Molly y vio que el palé de piedras en su jardín delantero había sido movido, y se preguntó cómo iba su proyecto con el pigeonnier. Siguió conduciendo, tomando carreteras cada vez más pequeñas hasta que se encontró en un camino de grava apenas lo suficientemente ancho para su coche, en lo profundo del bosque. Detuvo el coche y se bajó.

El redoble en su cabeza no era sobre Desrosiers, aunque ella estaba en primer plano en su mente consciente. No, eran aquellos dos casos más antiguos: Valerie Boutillier y Elizabeth Martin, que habían desaparecido de Castillac y nunca fueron encontradas, cuyas presencias golpeaban su cerebro tan implacablemente.

El clima era suave y la luna estaba fuera. Dufort comenzó a

caminar por el bosque, abriéndose paso, dejando que las ramas le azotaran por detrás, sus ojos apenas registrando por dónde iba.

Imagina cómo se sentiría estar perdido y saber que todos han dejado de buscarte.

Ese era el pensamiento que no podía sacarse de la cabeza, sin importar cuántos otros casos hubieran surgido. Sin importar cuántos informes hubiera redactado o asuntos resuelto. Sabía que un hombre en su posición debería ser más duro, no dejar que los casos sin resolver le carcomieran de esa manera.

Pero lo hacían, y Dufort sentía que todas las tinturas de hierbas, ejercicios de respiración y carreras de ocho kilómetros del mundo no iban a cambiar eso.

O estaba en el trabajo equivocado, o necesitaba tener éxito el 100% del tiempo, y sabía perfectamente que eso era imposible.

De vuelta a su coche, Dufort se sentía algo mejor gracias al ejercicio, y quizás también porque había enfrentado la verdad. El camino era estrecho con altos terraplenes a ambos lados, y se vio obligado a retroceder todo el camino hasta una intersección antes de poder dar la vuelta al coche y dirigirse a casa. Planeaba prepararse una cena sencilla, beber una botella de cerveza y ver si podía repasar los detalles del caso Desrosiers y tener un destello de inspiración.

Pero cuando pasó cerca de La Baraque, Dufort redujo la velocidad y luego, impulsivamente, entró en el camino de entrada de Molly.

—¡Vaya, hola, Ben! —dijo Molly, abriendo la puerta de par en par. Estaba cubierta de pintura color mango—. ¡Pasa! Perdona que todo sea un desastre. Empecé a pintar el pasillo, como puedes ver... ¡y ha quedado bastante bien, si me permites decirlo, un color tan alegre! Antes era gris, lo cual no me molestaba tanto, y combinaba bien con las molduras blancas, pero los antiguos propietarios debieron contratar a un pintor con párkinson o algo así porque el gris estaba por todas las molduras blancas y el blanco se subía por la pared... en fin, se veía descuidado y horrible y cada vez que pasaba por el pasillo, que es como treinta millones de veces al día, lo notaba y hacía una mueca.

Dufort parecía ligeramente aturdido.

—Ya sé, estoy divagando. Por favor, siéntate. ¿Puedo ofrecerte algo de beber?

Dufort se sorprendió a sí mismo preguntando si tenía sidra.

—Claro, me encanta así que siempre tengo, te traeré un vaso. ¡Siéntate junto a la estufa! Se ha calentado bastante... lo cual obviamente sabes, ya que vienes de fuera... —Molly sacudió la cabeza, preguntándose por qué estaba parloteando como una tonta. Descorchó la sidra y sirvió vasos burbujeantes para ella y Dufort.

—Siento aparecer sin avisar —dijo Dufort—. Estaba conduciendo, tratando de ordenar mis pensamientos, y simplemente terminé aquí.

Hubo una pausa, durante la cual se miraron francamente y con afecto. Él dijo —¿Alguna vez te has preguntado si el camino que has elegido para ti misma ha resultado ser un gran error?

Molly soltó un resoplido poco elegante mientras le entregaba un vaso y se sentaba en el sofá junto a él. —¿Que si he cometido grandes errores? ¿Estás bromeando? ¿No te conté sobre mi matrimonio, mi trabajo, toda mi vida en Estados Unidos que dejé para venir aquí? Una larga cadena de elecciones desafortunadas. — Palmeó sus muslos y sonrió.

Dufort asintió. Molly esperó a que él elaborara, pero no lo hizo.

—¿Sería indiscreto de mi parte preguntar cómo va el caso Desrosiers? —dijo suavemente.

—No. Horrible —dijo Dufort, y por alguna razón empezó a reírse. Sintió como si admitir su fracaso ante Molly le quitara algo de peso de encima, y se rio con más fuerza por el alivio que le producía—. ¡No tenemos nada! —exclamó, y volvió a estallar en carcajadas, aunque cuando la risa se apagó, la mayoría de la presión había regresado.

—El caso tiene algunas características que no logro entender. Por ejemplo, el envenenamiento de Arbogast. El veneno estaba en un tarro de crema facial, al igual que suponemos que estaba el de Desrosiers. Pero a Arbogast le dieron varios otros tarros de crema muy cara, y la crema fue cambiada: Guerlain en el tarro de Chanel, por ejemplo. Estos otros tarros también tenían veneno, pero nada letal.

» No lo entiendo en absoluto. ¿Cuál sería el punto de tomarse tantas molestias?

Molly miraba al vacío, sin moverse. —Espera —dijo—. Eso me recuerda algo... —Chasqueó los dedos—. ¡Ya lo tengo! Adèle me contó que Josephine era realmente terrible con cualquiera que trabajara para ella, y que una vez tomó todos los productos químicos de jardinería y los cambió de envase, poniéndolos en los contenedores equivocados, y el jardinero resultó gravemente herido. Quemaduras por ácido, creo.

Dufort y Molly se miraron. —Así que tenemos el modus operandi de una persona muerta.

—Poco útil. Lo siento. —Molly rellenó sus vasos y luego se recostó en el cojín del sofá y suspiró—. Bien, escucha —dijo Molly, peinándose hacia atrás el cabello salpicado de pintura—. Sé que no tengo derecho a decir esto, pero lo voy a decir de todos modos. No creo que sea Michel. Creo que será un terrible error judicial si lo arrestan, y sé que no es asunto mío y que no tengo ni una sola prueba para darte.

—¿Te gusta?

—Bueno, yo... sí, claro. Quiero decir, no me *gusta* gusta, si es eso lo que quieres decir.

—No estoy seguro de qué significa *gusta* gusta —dijo Dufort, divertido.

—Quiero decir que es un amigo. Solo un amigo. No un... interés romántico.

—Ah.

Molly sonrió para sí misma, porque cuando lo dijo supo que era verdad, lo cual fue un alivio. Era más fácil confiar en sus pensamientos sobre el caso si su interés en Michel era solo amistoso.

—¿Has investigado a Jean-François, el novio de Sabrina?

—Es un activista, Molly. Ese historial de arrestos no tiene nada que ver con crímenes violentos.

—No me refiero a eso. Lo vi entrar en la mansión de los Desrosiers mucho después de la muerte de Josephine. Quiero decir, no conozco el protocolo en estas situaciones, pero supongo que una vez que la dueña de una casa muere, no va a seguir pagando a una ama de llaves para que venga a limpiar cuando nadie vive allí, ¿no? Entonces, ¿por qué el novio del ama de llaves entraría por la puerta principal, llevando una bolsa?

—Hablaré con él —prometió Dufort—. Pero no te hagas ilusiones.

Bebieron su sidra y hablaron de otras cosas, hasta que Dufort miró su reloj y vio que era casi medianoche. Se disculpó por quedarse hasta tan tarde, se besaron en las mejillas y condujo a casa por las calles vacías de Castillac, sintiéndose más confundido que nunca.

❧ 34 ❧

Molly se levantó temprano a la mañana siguiente. Quería hablar con su amigo Lawrence e intentó enviarle mensajes a Marruecos, pero no obtuvo respuesta.

Al menos quizás eso significaba que no había habido otro envenenamiento.

Bebió dos tazas de café mientras miraba al vacío, intentando sin éxito encontrar alguna manera de obtener información sobre el bebé de Josephine Desrosiers. La mayor parte de su mente sabía que era una posibilidad remota pensar que el bebé había sobrevivido, una posibilidad digna de un melodrama. Pero las familias eran extrañas y la gente guardaba secretos, y eso era lo suficientemente cierto como para seguir adelante.

Se duchó, logrando eliminar en su mayoría la pintura naranja de su cabello, se vistió y comenzó a caminar hacia el pueblo. Porque, ¿cuántos problemas espinosos no parecían más fáciles mientras se comía un pastel? Ninguno, en la firme opinión de Molly. Iba a probar un beignet por primera vez, junto con una tercera taza de café, pensando que sería una combinación mágica.

Había vuelto a hacer frío y el cielo tenía ese aspecto gris sucio y pesado que anunciaba nieve. La Navidad era la semana siguiente, y se dio cuenta de que no había hecho ningún plan excepto pedir el bûche de noël; no había comprado regalos ni tenía árbol. Sentía como si estuviera desconectada del calendario de alguna manera, como si tuviera demasiadas otras cosas en qué pensar.

Ben Dufort, por ejemplo...

Cuando Molly llegó al cementerio, redujo la velocidad. Luego se detuvo. Espera. ¡Tal vez hubiera una tumba para el bebé de los Desrosiers! Caminando rápidamente, atravesó la puerta y pasó bajo la inscripción "Priez pour vos morts", buscando la tumba de Josephine. El cementerio estaba limpio y ordenado, sin señales de perturbación. Un anciano estaba arrodillado frente a una tumba decorada con jarrones de flores artificiales. Molly podía oírlo hablar.

Encontró la tumba de Desrosiers con bastante facilidad. La lápida era sencilla y la inscripción decía Josephine Faure Desrosiers. 1933-2005. A un lado de ella estaba la tumba de Albert Desrosiers; su lápida de mármol era más grande que la de ella y tenía un alto pulido. Al otro lado había un Franck Desrosiers que había muerto en 1958. Molly miró toda la fila, y aunque encontró varias tumbas de niños, no encontró ninguna con el apellido Desrosiers.

Las pequeñas tumbas de los otros niños le apuñalaron el corazón, y trató, como lo había hecho muchas veces antes, de decirse a sí misma que no tener hijos le había ahorrado la posibilidad de un dolor terrible e imperecedero. Era un argumento convincente, y sin embargo, no estaba convencida.

Revisó otras filas, cubriendo eventualmente todo el pequeño cementerio, pero no había otras tumbas Desrosiers, y los niños que encontró parecían pertenecer claramente a otras familias. Callejón sin salida.

Pero Molly no se rendía tan fácilmente. Tal vez el bebé había sido incinerado, o por alguna otra razón no había sido enterrado con sus padres. ¿Quizás podría localizar al médico que atendió el parto? ¿Qué tal buscar un certificado de defunción en el ayuntamiento o algún otro edificio oficial?

Primero a la Pâtisserie Bujold, y luego al ayuntamiento, llamado *mairie*. Sin duda alguien allí podría al menos decirle dónde buscar a continuación.

❧

ADÈLE FAURE se despertó aquel martes por la mañana, una semana antes de Navidad, empapada en sudor frío. Los días pasaban volando, cortos y oscuros, y si los chismes del pueblo eran ciertos, y Adèle pensaba que sí, Michel estaba en serios problemas. Ese estúpido de Dufort se había metido en la cabeza que el testamento de la tía Josephine apuntaba inevitablemente a la culpabilidad de su hermano, como si no pudiera imaginar que alguien tuviera un motivo para el asesinato pero no actuara en consecuencia. Como si todos nosotros no estuviéramos en esa exacta posición un millón de veces a lo largo de nuestras vidas, aunque el motivo fuera simplemente eliminar a la persona molesta que trabajaba en el cubículo de al lado.

Balanceó las piernas por el borde de la cama y se sentó, masajeando su pie malo, que le dolía con el frío. Era hora de que alguien actuara, pensó, antes de que esta tontería fuera más lejos. Se cepilló el pelo y los dientes, se vistió con menos cuidado de lo habitual y se preparó para ir al banco. Estaba oscuro esa mañana, uno de los días más cortos del año, y el pueblo en sí le parecía oscuro en su corazón a Adèle, como si todos sus habitantes la hubieran traicionado a ella y a su querido hermano.

En el *collège*, cuando tenían trece o catorce años, sus compañeros de clase se burlaban de ellos, diciendo que el hermano y la hermana se querían demasiado y querían besarse, y la verdad era que Adèle *sí* quería besar a Michel. Quería entregarse a él de cualquier manera que él la aceptara, y algunas veces estuvo a punto de decírselo... pero al final se contuvo, temiendo el rechazo. Había sido dura de niña porque tenía que serlo, y podía soportar las burlas y su discapacidad y cualquier tipo de problemas difíciles y dolorosos, pero no el rechazo de Michel. Eso no.

Por supuesto, habría sido todo un escándalo si ella y Michel hubieran tenido una relación romántica en público; pero Adèle podía quitarle importancia, ya que Michel era adoptado y no eran parientes de sangre, ¿y a quién le importaba lo que pensaran los demás de todos modos? Era cierto que habían crecido juntos, pero eso solo significaba que se conocían íntimamente y se querían profundamente, y en opinión de Adèle, esa era la mejor base para el romance que cualquiera podría desear.

Todos esos pensamientos y esperanzas estaban enterrados en el pasado en su mayor parte, y Adèle se había resignado a su vida de soltera y a una estrecha amistad con Michel. Por su parte, no había habido muchas novias, y Adèle nunca había preguntado por qué, prefiriendo aferrarse a la creencia de que su profundo amor por ella impedía que alguien más se acercara demasiado.

Ahora el amor de su vida estaba en problemas. Era lo suficientemente sofisticada como para saber que su inocencia no necesariamente lo protegería; la gente inocente va a prisión todo el tiempo, como Adèle y cualquiera que leyera bien los periódicos sabía. La pregunta era... ¿qué iba a hacer ella para evitarlo?

Es hora de actuar.

Adèle se envolvió la cabeza y el cuello con una bufanda de lana de modo que todo excepto su rostro quedara cubierto, y dejó el frío de su apartamento por el frío de la calle. La rue Tartine estaba vacía a esa hora temprana de la mañana, y el resonar desigual de sus tacones reverberaba en las paredes de las casas. Seis manzanas para llegar al banco, dos largas y cuatro medianas. Había elegido su apartamento porque seis manzanas eran cómodas para caminar, pero esa mañana, todo su cuerpo estaba tenso y su pie malo le dolía más de lo habitual, ralentizándola.

Todo este plan probablemente sea una idiotez, pensó, y se detuvo en la calle. *Si hubiera hecho esto antes del asesinato, tal vez habría funcionado.*

Era demasiado tarde y lo sabía, pero siguió adelante porque no se le habían ocurrido otras ideas. De repente hambrienta, Adèle deseó haberse preparado una tortilla y un café antes de salir de casa. Se preguntó si el hambre iba de la mano con quebrantar la ley y sonrió irónicamente, pensando que una vez que ella misma estuviera en prisión por obstruir la justicia o como fuera que llamaran a lo que estaba a punto de hacer, podría preguntarles a las otras reclusas en persona. Se las imaginó de pie en el patio de la prisión, exhalando largas columnas de aliento en el aire helado, contándose unas a otras todos los platos que habían anhelado justo antes de cometer sus crímenes.

Podía imaginar esa tortilla tan vívidamente, cómo brillaba con la mantequilla, con un puñado de cebollino verde brillante cayendo sobre ella.

Pensando en comida, Adèle aceleró el paso sin importar cuánto le doliera el pie, llegó al banco antes que nadie y entró. Encendió las luces. No era extraño ser la primera en llegar; generalmente era madrugadora y una empleada dedicada, y antes de que la hicieran oficial del banco, había llegado temprano muchas veces para asegurarse de poder realizar su trabajo de la manera más perfecta posible.

Su oficina era pequeña pero tenía una ventana. Adèle se sentó en su escritorio y pensó en cómo lograr lo que quería hacer sin dejar ningún tipo de rastro. Esperaba, ingenuamente, que no importara si alguien eventualmente descubría que había transferido tanto dinero a la cuenta de Michel, casi todo su dinero, todo menos lo que necesitaba para vivir este mes y comprar regalos de Navidad para Michel y su madre. Adèle no era especialmente frugal y gastaba mucho más en ropa y bolsos de lo que debería, así que la suma difícilmente era exorbitante.

Pero rezaba para que fuera suficiente para disuadir a Dufort.

Que viera, una vez que empezara a hurgar en los asuntos de
Michel, que Michel estaba bien cuidado, que no estaba ni remota-
mente desesperado por dinero, y que no tenía prisa alguna por
obtener lo que la tía Josephine, en última instancia, pretendía que
tuviera de todos modos.

❧   35   ❧

Con exceso de cafeína y un bigote de azúcar glas en el labio superior, Molly salió de la Pâtisserie Bujold con una bolsa blanca encerada llena de cuatro beignets: dos rellenos de crema y dos simples. Si llegaba a La Baraque con las manos vacías, temía lo que Frances pudiera hacer, ya que nunca le había perdonado a Molly el haber regresado de un viaje al mercado con nada más que berenjenas. Mientras Molly se dirigía hacia la mairie, se dio cuenta de que había estado tan ocupada pensando en el bebé de los Desrosiers que ni siquiera había notado a Monsieur Nugent y sus habituales atenciones.

La mairie era el centro de todos los asuntos administrativos en Castillac. Se ponía un poco nerviosa al entrar porque el majestuoso edificio le hacía sentir su ignorancia de manera aguda: tantas reglas y regulaciones, y probablemente no estaba siguiendo ni la mitad de ellas, ya que aún, después de casi cuatro meses, le quedaba mucho por aprender.

Tartamudeó y farfulló su francés, sintiendo cómo el rubor le subía por el cuello. *¿No se preguntarán por qué diablos me interesan los registros de defunción, cuando apenas acabo de llegar?* Tal vez debería haber inventado una tapadera.

Pero la agradable mujer detrás del mostrador estaba más que feliz de ayudar, mostrándole a Molly una habitación en la parte de atrás que contenía una serie de altos archivadores de madera.

—Aquí está la muerte —dijo la mujer, señalando tres archivadores a lo largo de una pared—, y aquí está el nacimiento —añadió—. ¡Alfa y omega, lo tenemos todo aquí en la mairie!

Molly sonrió, encantada de cómo la gente de Castillac se lanzaba a la filosofía a la menor oportunidad. Fue directamente al primer archivador a lo largo de la pared y lo abrió. Dentro había carpetas por año, en orden cronológico, y documentos de las muertes de ese año dentro de cada carpeta. El cajón que había abierto contenía 1899-1930. El cajón de arriba era 1931-1967. En un pueblo del tamaño de Castillac, había muertes cada año, pero no tantas como para que no pudiera encontrar lo que estaba buscando.

Hmm. Molly no estaba segura de la edad que tenía Josephine cuando se casó, así que no sabía por dónde empezar. Al menos sabía que tenía setenta y dos años el día que murió, lo que acotaba un poco las cosas. Por muy concentrada que estuviera en encontrar pruebas, los registros de defunción eran tan interesantes que se encontraba distrayéndose. Las causas de muerte eran particularmente interesantes. ¡Qué variedad, y qué historias insinuaban! Tuberculosis, cáncer y caídas de escaleras. Un ahogamiento, más cáncer, neumonía. No podía evitar detenerse en cada documento, leyendo el nombre y preguntándose qué tipo de vida había tenido la persona, y si se la echaba de menos.

Se demoró tanto que finalmente metió la mano en la bolsa encerada y se comió uno de los beignets. La crema estalló en su boca con una explosión de vainilla tan asombrosa que tuvo que cerrar los ojos e intentar no gemir en voz alta. Luego, de vuelta al trabajo, avanzando laboriosamente por 1963, 1964, 1965... años antes de que ella naciera, sus principales asociaciones siendo Twiggy y los Beatles.

Hasta 1967, y aún no había mención de ningún Desrosiers ni

ningún Faure. ¿Quizás Francia no guarda registros de nacimientos sin vida? Pero por lo que podía ver, Francia guardaba registros de todo. Siguió buscando.

1968, 1969, 1970. Se comió otro beignet. Al final de los años 70, Molly estaba segura de que no había certificado de defunción de ningún bebé Desrosiers en el archivador, habiendo revisado cada página de cada carpeta de todos los años en los que habría sido físicamente posible que Josephine estuviera embarazada. Se puso de pie, sin saber qué hacer a continuación.

Sacando su móvil del bolso, llamó a Frances, pero la enviaron al buzón de voz. Le envió un mensaje de texto a Lawrence preguntándole si tenía algún otro dato que pudiera compartir, aunque supuso que si lo tuviera, ya lo habría oído de él. Entonces pensó, bueno, espera un momento. Si el bebé no murió, obviamente no habría un certificado de defunción; debería cambiar a buscar en los registros de nacimiento.

Guardando su bolso, abrió el primer archivador que contenía los registros de nacimiento, hojeando las gruesas carpetas de *Extrait du Registre des Naissance*. Como los formularios de defunción, estaban escritos a máquina, lo que a Molly le parecía maravillosamente pintoresco. Las letras no se alineaban como lo hacen automáticamente en un ordenador, había manchas de tinta y letras que dejaban una impresión en el papel pero que por lo demás no dejaban mucha marca. Se listaban las ocupaciones de los padres: obrero de fábrica, agricultor, propietario de tienda, empleado.

Con un repentino grito de alegría, vio ADÈLE con el apellido FAURE, y sonriendo, lo sacó de la carpeta para verlo mejor. El papel estaba un poco doblado y no del todo limpio. Adèle tenía treinta y nueve años, uno más que Molly. No figuraba ningún padre. Molly miró más de cerca. Casi no lo vio, pero justo sobre el espacio para el nombre del padre había una franja de decoloración. Un borde sobresalía apenas, y había atrapado polvo o suciedad, por lo que estaba ligeramente amarronado. Una estrecha tira de papel había sido pegada sobre el espacio donde debería haber estado escrito a máquina el nombre del padre.

Con una mirada hacia atrás para asegurarse de que la mujer en la otra habitación estuviera ocupada, Molly rascó el borde con la uña.

Le tomó un minuto despegarse. El pegamento era viejo y quebradizo pero se aferraba. Molly empezó a temblar, una sensación de presagio invadiendo su cuerpo. Finalmente, logró quitar la tira por completo, yendo muy despacio, tirando suavemente para desprenderla.

En el formulario oficial de nacimiento, Albert Desrosiers figuraba como el padre de Adèle Faure.

Molly se quedó mirando, incapaz de entender lo que eso significaba.

¿Su tío era su padre? ¿Significaba eso que Murielle había tenido una aventura con el marido de Josephine? ¿Con su cuñado? Molly se sentó en el suelo, incapaz de apartar los ojos del trozo de papel. ¿Sabría Adèle sobre esto? ¿Y quién había manipulado el formulario, intentando encubrirlo?

Sin darse cuenta de lo que hacía, Molly se comió el último beignet. Miró el papel una vez más, repasándolo de arriba abajo y sosteniéndolo contra la luz invernal que entraba por una ventana sobre ella. Vio que había otra tira estrecha sobre la línea de la madre —donde estaba escrito a máquina «Murielle Faure»—, pero estaba pegada más firmemente y era más difícil de detectar. Tampoco tenía ningún borde levantado, pero Molly tenía una uña decente y siguió presionándola a lo largo del borde mientras doblaba el papel, esperando que se enganchara en la tira y la levantara lo suficiente para comenzar a separarla del formulario.

Un ruido en la otra habitación casi le provoca un infarto, pero solo era la puerta cerrándose tras alguien que le preguntaba a la mujer del mostrador sobre unas multas de aparcamiento. Molly se dio la vuelta para que si alguien entraba, no viera que estaba manipulando registros gubernamentales. Si algo la caracterizaba era su persistencia, y finalmente el borde superior se separó del formulario lo suficiente como para que pudiera meter su uña debajo, y la tira saltó de inmediato.

Debajo de la tira, registrada como la madre de Adèle Faure... estaba Josephine Desrosiers.

%

—Siempre he dicho que las familias están locas —dijo Frances, después de que Molly le contara lo que había encontrado en el ayuntamiento—, y además, ¿quién se come cuatro beignets?

—Aparentemente yo —dijo Molly, sin arrepentimiento—. Venga, Franny, ayúdame a descifrar esto. ¿Es posible que el formulario haya pasado de incorrecto a correcto, que esas tiras las haya puesto alguien oficial porque se había cometido un error?

—Si fuera algo como la fecha, tal vez. Pero ¿quién pone la madre equivocada en un formulario así? No lo creo.

—Entonces, ¿Adèle es realmente la hija de Josephine, no de Murielle? Eso es *enorme*. ¡Enorme! Por un lado, Michel ya no puede ser el principal sospechoso, porque un hijo tiene prioridad sobre todos los demás en las leyes de herencia francesas. Adèle recibirá la mayor parte de esa fortuna, no Michel.

—Eso solo significa que la sospecha recae sobre ella, ¿no?

Molly se dejó caer en el sofá con un golpe seco.

—Ay, Dios, ni siquiera había pensado en eso. Estaba tan ocupada celebrando lo de Michel que no se me ocurrió que esto podría ir mal para Adèle. Pero espera... ella tendría que saberlo, ¿no? Si no sabe quién es su verdadera madre, no tendría motivos para matarla.

—Pero si nadie lo sabe, entonces Michel podría haberla matado por ignorancia, ¿entiendes? ¿Y qué hay de la paternidad de Michel? ¿Lo viste en los archivos?

—Ya estaba a media manzana de camino a casa cuando pensé en eso. Volví corriendo al ayuntamiento y entré a buscarlo, estoy segura de que la mujer que trabaja allí piensa que estoy completamente loca. En fin, sí, lo encontré. Su formulario parecía original y sin manipular, y sus padres eran... no recuerdo sus nombres, pero lo anoté en mi móvil... en fin, nadie de quien hubiera oído hablar. Parece ser adoptado, tal como él dice.

Molly se levantó para comprobar si sus pinceles y rodillo estaban secos.

—Simplemente no entiendo nada de esto. Sé que cuando el mundo era más conservador, a veces una pareja casada o una abuela podía acoger a un niño nacido fuera del matrimonio y fingir que era suyo, pero esto es como lo opuesto a eso. Una pareja casada que entrega su hijo a una hermana soltera. Explícamelo, por favor.

—Tal vez si tuviera un beignet, mi mente estaría más clara —dijo Frances.

—Eres como un perro con un hueso.

—Y ese hueso no es suave como una almohada ni está relleno de crema de vainilla.

Molly se rio.

—Vale, voy a ver cómo le va a Pierre con el pigeonnier, y luego intentaré terminar este trabajo de pintura. Necesito decidir qué demonios hacer con esta información que tengo, y hasta ahora, no tengo ni idea.

—¿Te refieres a si hablar con Adèle sobre esto? ¿O con Ben?

Al oír el nombre de Ben, Molly se sonrojó furiosamente.

—Con ambos. Espera. He estado tan impactada por esta noticia que no te he preguntado por lo de anoche. ¿Qué tal con Nico?

Frances soltó un pequeño chillido y sonrió, sin hacer contacto visual.

—¿Eso es todo? ¿Solo mhmm? ¿Qué hicisteis?

—Vale, Molly, voy a trabajar unas horas más a ver si puedo dejar este jingle lo suficientemente bien como para enviárselo al cliente, y luego tal vez me pasee por el pueblo a ver si encuentro algo que comer antes de morir de hambre.

Molly sonrió con suficiencia, reconociendo un muro de ladrillos cuando se topaba con uno. Al menos la habitual nube negra de drama de Frances parecía haberse quedado al otro lado del océano.

Salió sin ponerse el abrigo. Hacía frío y el aire se sentía húmedo; todos sus años en Boston le habían enseñado a reconocer cuándo iba a nevar, y sospechaba que pronto lo haría. Caminó rápidamente hacia el pigeonnier y llamó a Pierre Gault, que estaba en lo alto de una escalera apoyada contra el edificio a medio terminar.

—¡Hola! ¿Cómo va todo?

—Mejor de lo esperado —dijo Pierre, bajando—. Todas esas piedras que estaban escondidas entre la hierba alta resultaron estar en buen estado, e incluso la parte del muro que se estaba cayendo parece ser más fácil de reparar de lo que pensé al principio. Debería terminar el exterior en unos días, antes de Navidad, en cualquier caso.

—Me alegro de que al menos eso vaya bien —dijo ella.

—¿Las otras cosas no van tan bien? —preguntó Pierre.

—No. Bueno, tal vez. No lo sé.

—Ah. Todo aclarado, entonces.

Molly le agradeció por su rápido trabajo y salió al prado. La hierba estaba crujiente bajo sus pies, congelada en picos que se quebraban bajo sus zapatillas deportivas. Por un breve momento, se olvidó de los Faure y los Desrosiers, y de Ben, y de Nico y Frances, y pensó en la sorpresa que se llevaría cuando finalmente llegara la primavera. La Baraque tenía jardines antiguos, y el prado también era viejo; esperaba ver todo tipo de cosas brotar que antiguos habitantes habrían plantado antes de morir o mudarse. Unos pocos manzanos resistían, con su corteza cicatrizada y mostrando signos de mala salud. Luego el bosque, oscuro e impenetrable, al menos desde el borde del prado. Molly no tenía prisa por andar a tientas por allí, fuera de la luz del sol.

Estaba segura de que el secreto sobre la paternidad de Adèle significaba algo. Pero ¿qué? ¿Y cuál era realmente la decisión correcta que debía tomar? Se sentía como si estuviera caminando por el prado con una granada en el bolsillo. Sin tener idea de cómo detonarla para causar el menor daño posible.

❦ 36 ❦

El tercer envenenamiento por cianuro en Castillac ocurrió al día siguiente, un miércoles notable por una cantidad inusual de nevadas. Castillac generalmente recibía una o dos nevadas ligeras cada invierno, rara vez más, pero esta era una nevada de verdad. No para Molly, que estaba acostumbrada a casi ciento veinte centímetros al año en Boston, pero para los residentes de Castillac, los doce centímetros eran una emergencia grave.

Pero ninguna ambulancia patinó a través de la tormenta en camino a la casa de Madame LaGreffe esa noche. Madame LaGreffe vivía sola en una pequeña casa en la rue Saterne, y no había nadie que pudiera pedir ayuda.

Aquella mañana se había levantado temprano, como siempre hacía, incapaz de dormir toda la noche desde que cumplió los cincuenta y tantos. Ahora tenía casi ochenta. Al menos, les decía a sus amigos, durante estos últimos años de mi vida, estaré despierta casi todo el tiempo, así que no me perderé nada.

Madame LaGreffe había hecho sus compras tan pronto como la tienda de comestibles y la carnicería abrieron sus puertas. Se había dado el lujo de comprar una caja de Perrier y había acordado que el repartidor la trajera más tarde ese día. A diferencia de muchas personas mayores, adoraba la nieve y estaba emocionada de sentarse en su acogedora casa y ver cómo el pueblo se volvía blanco. Cuando llegó a casa de nuevo con su cesta bajo un brazo, vio una pequeña bolsa de papel sentada en su escalón de entrada, justo contra la puerta como si quisieran evitar que se mojara con la nieve.

Dentro no había nota, solo un tarro de crema facial, nada menos que de Chanel. Madame LaGreffe nunca había usado algo tan elegante y dejó escapar una risita cuando lo vio. Ni por un momento se preguntó de dónde había venido la crema facial, o si podría haber algo sospechoso o inseguro al respecto. El resto del día transcurrió como la mayoría de sus días: pasó la aspiradora en el piso de arriba, almorzó y lavó los platos del almuerzo, pensó en la cena, tejió un poco mientras escuchaba la radio. Estaba sola, pero tan acostumbrada a la soledad que no le causaba dolor, sino que era más bien como una articulación con un dolor que nunca desaparecía realmente, tan constante que apenas lo notaba.

En el fondo de su mente, durante todo el día, esperaba con ansias su baño, y luego usar esa cara crema facial antes de irse a dormir. Hizo que el almuerzo fuera más emocionante. Incluso había hecho que lavar su ropa interior después de la cena fuera más emocionante. Pensó que si de repente hubiera heredado un millón de euros, aun así nunca se habría comprado un tarro de crema facial tan caro para ella misma; simplemente no estaba en su naturaleza consentirse de esa manera. ¡Pero qué maravilloso poder hacerlo sin tener que tomar la decisión!

Madame LaGreffe se demoró en su baño, lavándose minucio-samente y por un momento chapoteando como una niña pequeña, golpeando el agua y dejando que salpicara contra los azulejos. Se secó y se puso un camisón de franela que una amiga le había traído de Inglaterra quince años antes, y luego, fatídicamente, se sentó en el borde de su cama y abrió el tarro. Se inclinó y olió la fragancia, y por un instante cerró los ojos y recordó ser una adolescente, cuando su madre le permitía usar una rápida rociada de buen perfume antes de salir a una cita.

Luego sumergió su dedo y extendió la crema sobre sus mejillas, su frente, su barbilla. Cuidadosamente volvió a enroscar la tapa del tarro, deslizó los pies bajo las sábanas y se fue a dormir con una sonrisa en el rostro.

Se despertó más tarde, pero al principio no se dio cuenta de que algo andaba mal porque estaba acostumbrada a despertarse en medio de la noche. No se levantó ni caminó hacia la ventana para ver caer la nieve; en su lugar, se quedó acostada jadeando en busca de aire, sintiéndose mal del estómago y preguntándose por qué diablos de repente se sentía tan terrible.

Nunca sospechó de la crema facial. Sufrió, pero no por mucho tiempo, y no había nadie que la observara o la ayudara, mientras el pueblo dormía durante la tormenta, y todo Castillac se volvía cada vez más blanco.

❦ 37 ❦

Dufort estaba furioso. Otra muerte a solo a unas manzanas de la casa de los Desrosiers, y nada de lo que él y los otros gendarmes hacían parecía acercarlos a la captura del asesino.

—¿Cómo es que LaGreffe no sabía del peligro? —exigió saber. Perrault se apoyaba contra la pared con la cabeza inclinada. Maron permanecía inexpresivo.

—Pusimos avisos por toda la aldea —dijo Perrault—, e hicimos bastante ruido en línea. El problema es que las personas a las que el asesino está apuntando, mujeres mayores de setenta años, muchas de ellas no tienen ordenadores. Necesitamos pensar en una mejor manera de llegar a ellas.

—Mire, podemos ir de puerta en puerta a cada casa y advertir a la gente, pero la asesino simplemente cambiará su método de entrega —dijo Maron—. Hoy es crema facial, pero mañana podría ser, no sé, una bebida de frutas.

—¿"La"? —dijo Perrault con desdén—. ¿No vas a soltar tu idea de que "todos los envenenadores son mujeres", verdad?

Maron miró fijamente al frente, sin permitirse caer en la provocación.

—Son las ocho —dijo Dufort—. Los quiero a los dos recorriendo ese vecindario hasta la hora del almuerzo, y tómense más tiempo si es necesario. Número uno, pregunten a todos los vecinos de esa calle si vieron a alguien merodeando, alguien que no viva en ese vecindario. Quiero una lista de nombres, y número dos, ya que están hablando con la gente, adviertan que se aseguren de no ingerir nada de lo que no conozcan la procedencia. Que no se pongan nada en la piel, en el cabello, en la boca... en ninguna parte de su cuerpo. Y tres, díganles que intenten hacer lo mejor posible para cuidar a las personas mayores de nuestra comunidad. Es obvio que hasta ahora solo se ha apuntado a mujeres, pero eso no significa que nuestro asesino no vaya a expandirse.

—Sí, señor —dijo Perrault, dirigiéndose a la puerta.

—Maron, espera, me gustaría hablar contigo —dijo Dufort. Maron se quedó quieto y no reaccionó—. Quiero saber si tienes alguna otra razón para pensar que Claudette Mercier ha estado involucrada en esto.

—Eh, no puedo decir que tenga algo nuevo específicamente, pero me gustaría investigar si hay alguna conexión entre Mercier y LaGreffe. Sé que LaGreffe era mayor, no una de las compañeras de escuela de Mercier, pero eso no significa que no haya algo más. Tal vez Mercier está infeliz por envejecer, y está desplazando todo ese miedo e infelicidad hacia sus víctimas, como si matar de alguna manera ralentizara su envejecimiento, psicológicamente, me refiero.

Dufort se movió alrededor de su escritorio y se acercó a Maron. —Esa es probablemente la teoría más idiota e inverosímil que he escuchado en esta oficina. Déjalo, Maron —dijo, con un tono de hierro—. Ahora sal y averigua quién estuvo en la rue Saterne ayer. Quiero un informe tuyo que sea tan minucioso y preciso como si tuviéramos CCTV en toda la calle. ¿Me entiendes?

—Sí, señor —dijo Maron. Sus cejas oscuras se fruncieron, haciéndolo parecer enojado. Tenía más que decir, pero tuvo la sensatez de saber que este no era el momento. Se puso su abrigo pesado y siguió a Perrault hacia la calle nevada.

ESTA VEZ MOLLY se enteró del último asesinato no por tropezar con el cuerpo o por un mensaje de texto de Lawrence. Se enteró en la tienda de comestibles donde estaba pidiendo la entrega de una caja de Perrier, justo como Madame LaGreffe había hecho el día anterior. Varias personas estaban en la tienda hablando sobre lo que había sucedido, pero Molly no se detuvo para averiguar los detalles. Fue directamente al banco donde trabajaba Adèle, y después de esperar en la recepción, le preguntó si estaba libre para almorzar: había algo importante de lo que quería hablarle.

Adèle miró a Molly cuidadosamente, con la cabeza ladeada. Le agradaba la estadounidense y disfrutaba de su compañía, pero no estaba segura de confiar en ella. Una nueva amistad no ha sido probada, nada como el tipo de amigos con los que uno crece, o la familia. Parecía lo suficientemente amable, pero no estaba del todo claro dónde yacían las lealtades de Molly; después de todo, era amiga de Dufort. Adèle se dijo a sí misma que debía tener un poco de cuidado y no dejarse llevar por la charla enérgica de Molly y decir algo de lo que se arrepentiría.

—Puedo reunirme contigo para almorzar —dijo Adèle, sonriendo—. ¿Sabías que ha abierto una pequeña boutique a solo unas manzanas de aquí? Tal vez podríamos pasar después de comer, si hay tiempo. Espero que tus noticias... ¿no sean malas? ¿Nada demasiado serio?

Molly miró a Adèle con expresión vacía. No tenía idea de lo que significaban sus noticias, así que no tenía forma de responder.

—Te veré a las 12:30 —dijo torpemente, y volvió a salir. Tenía una hora que matar y la pasó deambulando por las calles de Castillac, tratando de disfrutar lo bonita que se veía la aldea con su manto fresco de nieve. Pero no podía bloquear su nerviosismo, e incluso miedo. Se dijo a sí misma que no estaba en la demografía del asesino y que no corría peligro, pero el miedo no se rige por la lógica. Había un asesino en Castillac, su motivo era desconocido, y Molly empezaba a tener serias dudas sobre sus nuevos amigos.

Quería creer en Adèle y Michel. Pero ¿en qué se basaba la amistad, de todos modos? ¿Unos pocos encuentros efímeros en los que habían sentido una chispa de atracción y congenialidad? Eso no era mucho. En realidad no era nada en absoluto, al menos nada en lo que pudiera confiar. Realmente no tenía idea de qué tipo de personas eran, en el fondo, y sabía que su historia estaba llena de ejemplos de haberse encaprichado con personas por un pequeño trozo de encanto (una broma que hicieron, o una línea apropiada de poesía citada) e ignorar evidencia de serios defectos de carácter.

La nieve estaba mojada y Molly sentía que la humedad se filtraba dentro de sus botas, pero lo ignoró. Sin pensarlo, se encontró en la rue Simenon dirigiéndose a la mansión de los Desrosiers. Se asomó por encima del muro hacia el jardín trasero vacío. No había huellas en la nieve. La fachada de la casa le pareció algo triste, como si el edificio echara de menos tener habitantes. Una contraventana en una ventana de la planta baja se había soltado y se inclinaba hacia un lado. Los escalones no estaban despejados. Es como una hermosa tumba, pensó Molly, estremeciéndose.

¿Por qué demonios había entregado Josephine a Adèle? Molly repasó todas las razones que se le ocurrían por las que una madre elegiría dar a su bebé en adopción, pero por lo que podía ver, Josephine no encajaba con ninguna de ellas. Se quedó un largo momento sintiendo rabia hacia la mujer muerta por haber entregado lo que Molly deseaba tan profundamente.

Tantas preguntas sin respuesta.

La hora casi había pasado, y Molly regresó rápidamente al banco, deseando haber pensado en una forma ingeniosa de averiguar si Adèle sabía quién era su verdadera madre.

—Bonito bolso —dijo Molly, sin poder contener una sonrisa. El cuero era de un intenso tono verde y parecía tan suave como el trasero de un bebé.

Adèle se encogió de hombros. —Sin hijos, ya sabes. No tengo muchos gastos.

Molly respiró hondo. No estaban empezando con buen pie: Adèle estaba a la defensiva y frágil, y Molly ya tenía que contenerse para no soltar un torrente de preguntas. —Me muero de hambre —dijo—. ¿Qué tal si comemos algo antes de ir a ver esa boutique que mencionaste?

Adèle asintió. Se había puesto unas botas cortas impermeables, y las dos mujeres salieron. —Hay un pequeño lugar a la vuelta de la esquina donde he estado muchas veces —dijo Adèle—. ¿Te apetece una buena sopa?

—Perfecto para un día nevado —dijo Molly, interiormente avergonzada de que volvieran a hablar del tiempo.

Apenas se habían sentado cuando Molly estalló. —Escucha, siento que esto sea incómodo. No realmente... bueno, sí que... escucha, Adèle. Sé que probablemente me he metido donde no me llaman. Pero quiero que sepas que mis intenciones eran buenas. Quiero decir, estaba intentando hacer lo que pudiera para ayudar a Michel, ¿entiendes?

—No —dijo Adèle—, no lo entiendo. ¿Qué estás tratando de decir?

El camarero se acercó y luego retrocedió al oír la intensidad de la conversación.

—Estoy tratando de explicar que hice algunas averiguaciones —dijo Molly, manteniendo la voz baja—. Escuché que tu tía tuvo un hijo que nació muerto, y eso me hizo preguntarme... si lo peor contra tu hermano es que heredaría el dinero de tu tía, entonces si alguien más heredara, ¿no estaría libre de sospechas? Así que, de nuevo, sé que no es asunto mío, pero revisé los registros en el ayuntamiento. —Molly esperaba que Adèle interrumpiera y le dijera que nada de esto era nuevo para ella, pero Adèle no dijo nada. Su rostro era inescrutable.

—Lo que encontré, Adèle... en tu acta de nacimiento dice que Josephine Desrosiers es tu madre.

El párpado de Adèle se crispó, pero por lo demás no se movió; no habló.

—Sé que fue una terrible violación de tu privacidad —dijo Molly—. Solo pensé que si Michel no heredaba, entonces realmente la única evidencia que Dufort tiene contra él se evapora, ¿entiendes? Yo... nunca imaginé... no pretendía... Lo siento si esto te causa dolor. Me sorprendió ver los nombres de Josephine y Albert en tu acta de nacimiento, y veo que complica las cosas en lugar de resolverlas.

Adèle no se movió ni habló, su mirada dirigida hacia la ventana.

—¿Adèle? ¡Háblame!

Adèle susurró: —No creo que pueda encontrar las palabras. —Sus ojos se llenaron de lágrimas—. Lo que me estás diciendo es que toda mi vida se ha basado en... una mentira...

—Bueno, no creo que toda tu vida se trate de quiénes son tus padres. —Molly puso su mano en el hombro de su amiga y luego la retiró—. Pero sí, ciertamente parece que ha habido algunas mentiras. No lo entiendo, y supongo que esperaba que pudieras explicar por qué tu familia hizo lo que hizo.

Adèle negó con la cabeza. Usó una servilleta para limpiarse las lágrimas de ambos ojos y respiró hondo. —Mi madre ha sido una madre maravillosa para mí —dijo—, y supongo que debería agradecer a Dios que no tuve que crecer viviendo con la horrible tía Josephine. —Tomó una respiración profunda y entrecortada—. Y ahora que estoy por heredar, supongo que seré el próximo objetivo de la investigación.

Molly hizo una señal al camarero, incapaz de esperar más para el almuerzo. —Si no tenías idea de esto, no veo cómo Dufort podría empezar a considerarte sospechosa de su asesinato. No creo que tengas que preocuparte por eso. —Aunque Molly estaba preocupada, ella misma. Preocupada de que su intromisión solo hubiera empeorado las cosas para las personas a las que intentaba ayudar—. Deberías recibir suficiente dinero para comprar cualquier bolso del mundo —dijo Molly, tratando de ver el lado positivo.

—No quiero el dinero de esa bruja —murmuró Adèle, apartándose de la mesa—, y si me disculpas, no puedo comer nada. Necesito encontrar a Michel.

—Adèle, lo siento mucho... —dijo Molly, pero Adèle se había levantado rápidamente, dejando caer su servilleta al suelo, y ya estaba a medio camino de la puerta.

❧ 38 ❧

Perrault bajó la calle volando, resbalándose en la nieve. ¡Por fin había logrado algo tangible! ¿Quién hubiera imaginado que la vieja Madame Tessier resultaría ser la mejor amiga de un gendarme?

—¡Jefe! —gritó, un poco demasiado fuerte, al irrumpir en la oficina de Dufort—. Acabo de hablar con Madame Tessier, ¡y creo que tenemos a Michel Faure!

—Tranquilízate, Thérèse —dijo Dufort. Su voz era suave, pero su mirada intensa—. Ahora cuéntame qué dijo Madame Tessier.

—Bueno, ya sabes que es la mayor chismosa de todo Castillac. Se sienta en su escalón cuando hace calor y espía por la ventana cuando hace frío.

—Sí, sé todo eso, la he visto y hablado con ella bastantes veces.

—Vio a Michel el miércoles, caminando por la rue Saterne. Llevaba una bolsa de papel. ¡La cual dejó en el escalón de entrada de Madame LaGreffe! —Perrault se había ido inclinando cada vez más hacia adelante, pero al soltar la última frase, se echó hacia atrás triunfante y dio una palmada sobre el escritorio de Dufort.

Dufort se frotó la mano sobre su pelo corto y reflexionó sobre esto. —¿Estaba segura de que era Michel?

—Sin ninguna duda.

—¿Qué tipo de bolsa?

—De papel marrón. No tan grande como una bolsa de la compra.

—¿Y lo vio subir los escalones de la entrada de LaGreffe y dejar la bolsa allí? ¿Tocó el timbre?

—No, no cree que lo hiciera.

Dufort se rascó la oreja. Parecía condenatorio. Entonces, ¿por qué no se sentía satisfecho?

—Está bien, buen trabajo Perrault. Vamos a traerlo para tener una charla.

❧

—PARECE que un hombre de treinta y cuatro años debería tener a alguien más a quien llamar aparte de su madre —dijo Michel, tras ser traído a la comisaría por Perrault—. Pero así están las cosas —murmuró para sí mismo, y se dejó caer en una silla—. Les diré desde el principio que van a pensar que mi versión de los hechos suena ridícula, y honestamente, mi vida en este momento... *es* bastante ridícula. Llevo casi un año sin trabajo, no tengo ni dos *céntimos* que frotar entre sí, y por alguna razón que desconozco, no puedo quitarme la sombra de la sospecha de encima. Saben, tuve un trabajo decente en París durante un corto tiempo, trabajando en publicidad. Pero las cosas... a veces las cosas no salen como nos gustaría, creo que todos podemos estar de acuerdo en eso, ¿no?

Perrault y Dufort lo dejaron hablar, ya que se sentía tan locuaz. Era inusual en los sospechosos, pero siempre bienvenido, ya que casi invariablemente decían cosas que luego deseaban no haber dicho.

—Parece que tengo la peor suerte —dijo, encogiéndose de hombros—. El miércoles, justo antes de la nevada, estaba en la rue Saterne, y sí, llevé una bolsa y la dejé en el escalón de entrada de

Madame LaGreffe, todo eso es cierto. Pero el resto de la historia es que estoy sin trabajo, como he dicho. Tengo abundancia de tiempo libre, entienden, así que camino mucho por el pueblo y a veces más lejos. Como mi tía vivía en la rue Saterne, he caminado por esa calle cientos de veces, y me di cuenta de que a Madame LaGreffe le entregan leche todos los miércoles.

» Tal vez si mi subsidio de desempleo fuera más generoso, ni siquiera lo habría pensado. Pero la cantidad de apoyo se basa, como sin duda saben, en cuánto contribuye uno al sistema a lo largo de su vida laboral. Pero mi trabajo ha sido, bueno... ¿creen que podría tomar un vaso de agua?

Perrault se levantó de un salto para traérselo. Dufort se mantuvo casual, reclinándose en su silla con una expresión de afabilidad, como si él y Michel estuvieran simplemente relajándose en su sala de estar antes de ver un partido de fútbol juntos en la televisión. Cuando Perrault regresó con el agua, se mantuvo en silencio.

—¿Qué estaba diciendo? Ah, sí. Esto es vergonzoso para mí, así que lo diré sin rodeos. La realidad es que tenía hambre. Sabía lo de la leche de Madame LaGreffe los miércoles, y de vez en cuando me aseguraba de estar caminando por la rue Saterne justo después de la entrega para poder robarla. No sabía que alguien aún recibiera leche a domicilio, pero esta leche es tan fresca y deliciosa... es indescriptiblemente buena. Nunca en mi vida había bebido vasos de leche hasta que empecé a tomar la de Madame LaGreffe, pero entienden, cuando uno tiene hambre, tiende a probar cosas nuevas. La leche estaba especialmente buena cuando hacía mucho frío, como el miércoles.

» Así que sí, lo admito plena y vergonzosamente: me llevé la leche. ¡Aquí estoy, con treinta y cuatro años, robando la leche de una anciana! Soy muy consciente, jefe Dufort, de que este es un comportamiento reprensible. No la robaba todas las semanas, ni mucho menos, y siempre que la robaba, intentaba dejarle algo como compensación. Esta última vez, le traje una bolsa de piñones que había recogido. Ya sé que no es nada valioso, pero se pueden usar para encender fuegos o hacen una bonita decoración rústica para la mesa. —Michel se encogió de hombros de nuevo—. Cómo me las arreglé para elegir el mismo día en que envenenaron a la pobre Madame LaGreffe... —Negó con la cabeza con una media sonrisa irónica.

Los tres miraron alrededor para ver a Murielle Faure entrar en la habitación. —¿Qué clase de ridiculeces están pasando aquí? —le exigió a Dufort. Su pelo canoso estaba recogido en una cola de caballo apretada y llevaba una falda de pana que le llegaba a las espinillas. Perrault, que no era precisamente una entendida en moda, hizo una mueca ante esa falda, preguntándose cómo diablos Adèle y Murielle podían ser de la misma familia, considerando lo opuesto de su enfoque hacia la ropa.

—Bonjour, Madame Faure—dijo Dufort—. Estamos hablando con Michel porque lo vieron dejar una bolsa en el umbral de Madame LaGreffe el día que fue envenenada con cianuro. El mismo veneno que mató a su hermana. —Dufort mantuvo su voz uniforme, casi despreocupada.

—Bueno, no sé nada sobre veneno ni ninguna Madame LaGreffe, pero puedo asegurarles que, de todas las personas, ¡Michel no tiene absolutamente nada que ver con nada ilegal!

—¿Puede decirnos cómo está tan segura de eso? —preguntó Perrault.

—Michel es mi hijo. Lo conozco en lo más profundo, como las madres conocen a sus hijos. Michel es un chico de buen corazón, siempre lo ha sido. Es la última persona en la tierra que lastimaría a alguien.

Dufort inclinó la cabeza hacia un lado y esperó para ver si Murielle seguiría hablando.

—Maman, mejor te lo digo, ya que acabo de contárselo al jefe: a veces robaba la leche de Madame LaGreffe. Lo sé, es muy vergonzoso. Mortificante, en realidad. Hubiera sido mucho mejor si se me hubiera ocurrido una forma más glamurosa de infringir la ley, algo que al menos hiciera una mejor historia.

—Oh, Michel —dijo Murielle, acercándose a él y besándolo en la cabeza—. ¿No sabes que siempre puedes venir a casa a comer si las cosas se ponen difíciles? Siempre. —Murielle miró a Dufort—. ¿Lo ve? Por supuesto, si debe pagar una multa o algo así, estaré más que feliz de encargarme de eso. Pero su crimen es un hurto menor, no un asesinato.

Dufort asintió. —Y Madame Faure, ya que está aquí, quizás pueda preguntarle: ¿quién cree que asesinó a su hermana, si no fue Michel, que es el principal beneficiario en su testamento?

Murielle jadeó. —No sabía que Josephine había hecho una disposición para él. —Volvió a besar a Michel en la cabeza—. Es hermoso que lo haya hecho, especialmente porque ella y yo no éramos muy cercanas. Pero sé que le tenía mucho cariño a Michel y me alegra mucho que haya mostrado su afecto de esa manera.

—Pero ¿ve el problema, Madame Faure? ¿Que la herencia dota a su hijo del único motivo para matarla que hemos podido encontrar?

—¡Jefe Dufort! Michel... ¡él no es capaz de hacer nada!

—Tal vez sí hice algo. Por una vez —murmuró Michel, casi inaudiblemente, pero Perrault lo captó.

—¿Lo están arrestando? Porque si no, me gustaría llevar a mi chico a casa y cocinarle una buena cena. Por lo que puedo ver, esa es la solución a cualquier crimen cometido por Michel. No hay nada que una comida completa no pueda arreglar.

—No, no lo estamos deteniendo —dijo Dufort a regañadientes—. Es libre de irse. Pero Michel, yo escucharía a tu madre. Si no tienes suficiente para comer, acepta su oferta y deja en paz a los residentes de Castillac, ¿comprendes?

Los Faure se fueron, del brazo, aunque Michel no parecía reivindicado. Le dirigió una mirada hacia atrás a Perrault y ella le sonrió.

—¿Qué piensas? —le preguntó Dufort.

—Lo trata como a un niño.

—Sí. Una mezcla de adoración y desprecio, ¿no?

Perrault asintió. Luego le contó a Dufort que había escuchado a Michel murmurar algo sobre haber "hecho algo, por una vez". Los dos gendarmes reflexionaron sobre ello, pero el significado permaneció indescifrable.

❧ 39 ❧

El viernes por la mañana, Molly y Frances tomaron sus tazas de café para calentar sus manos y pasearon por el jardín escarchado. La nieve se había derretido a medias, pero aún persistía donde el sol no la había tocado, y Molly podía ver fácilmente cuánta sombra recibía todo, lo cual era útil para planificar qué plantar, aunque esa mañana estaba demasiado distraída para prestar mucha atención.

—He decidido contárselo a Ben —dijo, deteniéndose junto a un roble que aún no había soltado sus hojas marrones.

—No sé —dijo Frances—. ¿No debería él descubrir ese tipo de cosas por su cuenta? ¿Por qué tienes que hacer tú todo el trabajo sucio?

—Lo dices como si fuera una tarea pesada. A mí me *gusta* descubrir cosas, y además, ¡quiero que quien mató a esas dos mujeres sea llevado ante la justicia tanto como cualquiera! ¿Tú no?

—Bueno, no me vas a hacer defender al asesino —se rio Frances—. Supongo que simplemente no entiendo por qué quién sea o no sea la madre de Adèle marcaría alguna diferencia en el caso.

—Yo tampoco lo sé —dijo Molly—. No si era este gran secreto que ni Adèle ni Michel conocían siquiera.

—Tal vez solo quieres una excusa para consultar con el guapo policía —dijo Frances.

Molly se agachó y dejó su taza de café en el suelo, luego recogió un puñado de nieve húmeda y se lo arrojó, golpeándola justo en la nuca de modo que la nieve se deslizó por su camisa.

—¡Vas a pagar por eso, Molly Sutton! —gritó Frances, corriendo hacia un buen parche de nieve.

Molly chilló y corrió adentro. A ella y a Frances les encantaba actuar ocasionalmente como niñas de ocho años. Se sirvió más café y fue a vestirse. Era un poco cierto; le gustaba ver a Ben y trabajar con él en un caso. Pero también era cierto que el asunto de mentir sobre de quién era el bebé pedía más investigación, y cuanto más lo pensaba, menos dudas tenía de que Ben debía saberlo.

Quizás era una traición a su amiga. Pero la verdad era la verdad, y Adèle tendría que aceptarla de una manera u otra. Que Molly siguiera guardando el secreto no la iba a proteger de eso.

❧

—¡MOLLY! Bonjour —dijo Dufort, levantándose de su escritorio.

—Bonjour, Ben. Me preguntaba si tenías un momento.

—Por supuesto. —Dufort la guio a su oficina y fue a cerrar la puerta—. ¿Qué te preocupa?

—Probablemente nada. Pero descubrí algo que creo que deberías saber. —Se sentó.

Dufort se movió junto a Molly y se medio sentó en el frente del escritorio. Admiró cómo su pelo rojo volaba bajo su sombrero en un enredo despeinado por el viento. —¿Sí?

—Bueno, escuché que Josephine Desrosiers tuvo un bebé... un bebé que nació muerto. ¿Sabías algo de eso?

Dufort negó con la cabeza. —¿Esto habría sido... en los sesenta o setenta?

Molly asintió. —Fue en 1966, para ser exactos. Así que pensé, bueno, he oído hablar de lo diferentes que son las leyes de herencia en Francia comparadas con las de Estados Unidos. Mira, los estadounidenses pueden dejar cualquier cosa a quien quieran... o no. Pueden legar una fortuna a su desagradable gato y dejar a los hijos en la calle, si quieren.

—No es así en Francia. Los hijos están protegidos por la ley.

—Eso es lo que entendí. Así que pensé: ¿y si el bebé de Josephine *no* nació muerto? Si él o ella estuviera vivo, entonces la mayor parte del dinero de los Desrosiers iría a ese hijo, sin importar lo que Josephine hubiera querido, ¿verdad?

—Creo que sí —dijo Dufort, mirando a Molly con atención—. ¿Esto es sobre intentar quitar las sospechas de Michel Faure?

—No. Es decir, sí, en parte. Comencé por este camino pensando que si él no heredaba, su motivo desaparecía. Pero luego me di cuenta de que mientras Michel creyera que era el beneficiario, la verdad sobre el hijo de Desrosiers no importaba realmente. En cuanto al motivo, quiero decir. Seguí la pista de todos modos, porque tenía curiosidad.

—¿Y qué encontraste, Molly?

Ella se lo contó.

Una vez más, Benjamin Dufort se encontró completamente desconcertado por las cosas que hace la gente. Él y Molly pasaron varios minutos coincidiendo en que no tenía ningún sentido. Se preguntaron si las tiras de papel sobre los nombres en realidad estaban corrigiendo un error, y al final, decidieron que había una razón por la que los Desrosiers habían dado su bebé a la hermana de Josephine y luego lo habían encubierto... simplemente no tenían idea de cuál era.

—Te diré que no estoy menos inclinado a pensar que Michel está involucrado en el asesinato. ¿Quizás él y su hermana lo planearon juntos? Lo trajimos para una charla esta mañana, y admitió que dejó una bolsa en la puerta de LaGreffe el día que murió. Fue visto haciéndolo por Madame Tessier que vive a dos puertas en la rue Saterne, así que tenía poco sentido negarlo. Tenía una historia absurda sobre dejarle algunas piñas. —Dufort negó con la cabeza—. Sé que Josephine Desrosiers no era una mujer muy querida. Pero en un caso como este, la familia es donde hay que buscar al asesino, Molly. La familia es donde las emociones son más profundas, y el dolor a veces intolerable.

—No sabía que tenías una visión tan optimista de la vida familiar —dijo Molly.

—Ja. Bueno, déjame citar mal a Tolstoi: las familias felices están muy bien, pero cuando las familias se vuelven infelices, es cuando los gendarmes podrían involucrarse.

Molly soltó una carcajada, y luego se puso seria.

—Pero Ben, hay otras posibilidades. ¿De verdad has podido asegurarte completamente de que no fue Sabrina, por ejemplo? He oído que Desrosiers la trataba horriblemente. ¿Y qué hay del novio de Sabrina, ese tipo político tan impulsivo? Podría haberla matado solo por razones ideológicas, sin mencionar cómo trataba a su novia.

Dufort se encogió de hombros.

—¿Estás *tú* convencida de que alguno de ellos lo hizo? —preguntó con suavidad.

Ella hizo una pausa antes de continuar.

—Pero Michel y Adèle... Simplemente... ¡Simplemente no *quiero* que ellos hayan hecho esto! ¿Y estás diciendo que también mataron a Madame LaGreffe, para encubrir el primer asesinato? Eso es mucho peor, ¿no? ¿Cuándo va a terminar todo esto?

—Cuando tenga las pruebas para detenerlos —dijo Dufort.

Ambos miraron al suelo, preguntándose cómo, cuándo y si eso iba a suceder.

❊ 40 ❊

Adèle estaba tan conmocionada por la revelación de Molly que no regresó al banco. Después de permanecer afuera en el frío tratando de calmarse y decidir qué hacer a continuación, caminó todo el trayecto hasta la casa de su madre. Probablemente lo mejor sería esperar, pensar las cosas con calma, tal vez ir ella misma al ayuntamiento para revisar los registros. Pero a veces lo mejor no es lo más urgente, y lo que Adèle necesitaba hacer lo antes posible era mirar a su madre a la cara y preguntarle si era cierto.

¿Había sido Josephine su verdadera madre? Y si era así, ¿por qué Josephine la había entregado? Y ¿por qué diablos su hermana fue quien la acogió?

No tenía sentido. No importaba desde qué ángulo Adèle intentara abordarlo, no tenía sentido. Quería correr hacia Michel, pero ¿qué podría hacer él? Lo único que quedaba era enfrentar a su madre y ver su reacción, y luego esperar que estuviera dispuesta a explicarlo todo.

Mientras tanto, Adèle sentía como si su mundo se hubiera inclinado peligrosamente, como si hubiera perdido el equilibrio y se estuviera deslizando hacia un lado, apenas aferrándose, solo para balancearse hacia el otro lado; sus pensamientos daban vueltas en su cabeza, incoherentes, y su corazón latía aceleradamente.

Quería ir a casa para hablar con su madre y también para estar de vuelta en el entorno familiar de su infancia. El hogar seguía siendo el hogar, casi sin cambios; los olores y sonidos eran los mismos, el estampado del papel tapiz y los electrodomésticos y el punto crujiente en la escalera... todo igual. Tenía innumerables recuerdos felices de los tres (su madre, Michel y ella) riendo de los últimos desastres culinarios de su madre, o haciendo granjas de hormigas, o, menos alegremente, trabajando en el jardín bajo la estricta guía de su madre.

Adèle amaba Castillac y nunca había tenido deseos de vivir en otro lugar, pero al mismo tiempo, se había sentido separada del pueblo desde que tenía memoria. En la escuela, era la chica que cojeaba. Pero en casa, con mamá y Michel, era simplemente Adèle, y su cercanía siempre hacía que cualquiera de sus dificultades fuera más fácil de sobrellevar.

Cuando llegó a la casa, la miró con otros ojos. Parecía descuidada y sucia. Las ventanas estaban sucias y un montón de cajas abarrotaban el pequeño porche de entrada. Adèle fue alrededor hacia la parte trasera donde sacó una llave de debajo de una roca y entró por la puerta trasera, a la cocina.

—¡Maman! —gritó, aunque sabía que era demasiado temprano para que su madre estuviera en casa del instituto. Sin embargo, el silencio se sentía triste, no pacífico—. ¡Michel! —llamó, sabiendo que él no estaba allí; nunca venía a casa de Maman a menos que Adèle también fuera a estar allí.

Como lo había hecho tantas veces antes, Adèle deambuló por la casa, pasando las yemas de los dedos sobre cosas familiares: pilas de libros, un viejo jarrón, un cuenco de cerámica torcido que había hecho para su madre cuando estaba en *primaire*, una pila de paños de cocina estampados con peras. El único sonido eran sus pasos en el suelo de madera. Estaba tan silencioso que se hizo consciente de su propia respiración, un poco ruidosa debido a un resfriado leve, y nunca había deseado más tener un perro en esa casa, algo que había suplicado pero nunca logró convencer a su madre de obtener.

Entró en la habitación de su madre. Parecía austera: una cama individual sencilla con un marco de hierro, un armario barato con un espejo manchado en una de sus puertas. Adèle se miró. Llevó una mano a su rostro y tocó las líneas que comenzaban a aparecer en las comisuras de sus ojos y boca. Vio que se veía cansada y mayor de lo que esperaba verse, y que su maquillaje no había durado toda la tarde.

¿Quién soy ahora?

No pudo evitar preguntarse sobre la habitación de Josephine y tuvo un deseo repentino y agudo de ir a la mansión en la rue Simenon y verlo por sí misma.

Adèle se sentó en la cama de su madre (o la cama de su tía, no estaba completamente segura) y lloró. Puso su rostro entre sus manos y se dejó llevar por su tristeza y confusión, su cuerpo temblando, su respiración entrecortada. Luego la ráfaga pasó, y se levantó y fue a buscar un pañuelo o un pañuelo de papel para limpiarse la cara.

No habría podido decir por qué fue al escritorio de su madre a buscar, porque si lo hubiera pensado, no era el lugar para encontrar pañuelos. Pero sorbiendo, se sentó en el escritorio de su madre, donde Murielle había hecho sus planes de lecciones durante los años de la infancia de Adèle. Se sentía un poco extraño sentarse en el lugar de Maman, y medio esperaba que entrara y le exigiera saber qué estaba haciendo. Adèle se dio cuenta de que el escritorio había tenido una especie de hechizo sobre él, un límite tácito que ella y Michel no debían cruzar.

Adèle abrió el cajón superior y encontró un par de tubos de ensayo y algunos rotuladores. Solo había otro cajón. Estaba lleno de papeles de varios tipos; Adèle los hojeó y vio registros bancarios, facturas de servicios públicos y demás, todo ordenado por fecha. Debajo de los papeles del hogar había una pila de cartas, y Adèle hizo una pausa solo un momento antes de sacar la primera de su sobre y leerla.

Ma belle, comenzaba. Los ojos de Adèle se agrandaron. ¿Había tenido su madre un amante, un novio? Si era así, nunca había oído una palabra al respecto.

Ma belle,

Sé que no hay palabras lo suficientemente poderosas para expresar mi arrepentimiento, ni palabras lo suficientemente mágicas para borrar el dolor que he causado. O tal vez las hay y soy demasiado inepto para encontrarlas. Por favor, sabe que eres lo más querido para mí y lo seguirás siendo por siempre.

La carta no estaba firmada. Adèle leyó las otras, y todas decían más o menos lo mismo, suplicando perdón por algún acto no mencionado. La última carta estaba en un sobre en blanco, y mientras la desdoblaba, reconoció la letra de su madre.

Albert,

Me llamas cosas bonitas, dices "ma belle", pero tus acciones no son nada bonitas. Habría dicho que mi hermana no te merecía, pero ahora que veo tu carácter más claramente, creo que quizás me equivoqué.

No quisiera parecer obstinada, pero todo lo que puedo decir es que tomaste la decisión que tomaste, y ahora es tu desafío vivir con ella. Estaría triste, pero temo que tu conducta ha convertido mi corazón en piedra.

M.

Adèle permaneció sentada con la carta en su regazo durante mucho tiempo. La casa estaba fría y ella temblaba. Sentía como si hubiera levantado una tapa y toda clase de horrores hubieran salido volando, verdaderamente una caja de Pandora; aún no podía verlos claramente, aún no entendía realmente, pero sabía con certeza que todo había cambiado ahora, y no era un cambio para bien.

Era de noche y Maman no había vuelto a casa. A veces un evento o una reunión en la escuela la retenían. A veces estaba en las zanjas y bosques recolectando cosas para sus clases de ciencias. El deseo de confrontarla se había apagado como un fuego que se extingue, y Adèle estaba de pie junto a la ventana esperándola, paralizada, sin saber qué hacer a continuación.

Así que no podía tener a Albert, pensó Adèle. ¿Y qué? La gente se rompe el corazón todo el tiempo.

Quizás no a causa de sus hermanas.

Adèle suspiró profundamente, tratando de calmar su mente agitada. ¿Y Michel? ¿Lo ha malcriado tanto que ahora hace su voluntad? ¿Incluso hasta el punto de asesinar?

No. No, Maman también me malcrió a mí, se recordó Adèle. Generosamente me convirtió en la niña mejor vestida de todo el pueblo, y todas esas tardes ayudándome con química, los picnics en el bosque a los que nos llevaba, las partidas de ajedrez...

Pero aun así. Tenía esta terrible preocupación persistente de que Michel... que Maman y Michel... ¿podrían haber...

Adèle fue al vestíbulo donde había dejado su bolso y sacó su móvil. Dudó, sin saber a quién llamar.

Eligió a Molly.

—Salut. Siento molestarte —dijo cuando Molly contestó—. Algo está... Estoy en casa, en la casa de Maman. Encontré unas cartas. Parece que hubo algo entre el tío Albert y mi madre, no entiendo completamente qué pasó. Pero Molly...

Molly esperó, con todos sus sentidos agudizados. Suavemente sugirió:

—¿Quieres leerme un poco?

Adèle asintió y volvió al escritorio de su madre, pero evitó sentarse en su silla. Sacó el paquete y le leyó a Molly la que estaba escrita por su madre.

—Cuando llegué a la línea, "mi corazón se ha convertido en piedra", yo... yo... sentí un escalofrío en el pecho. Estoy asustada,

Molly. Es como si un abismo se hubiera abierto justo frente a mí y...

—Entiendo. ¿Tienes coche?

—No, no, camino a todas partes. Ni siquiera Maman...

—Muy bien, escúchame —dijo Molly—. Quiero que sigas mis instrucciones, ¿de acuerdo? Quiero que salgas de la casa, ahora mismo, mientras hablo contigo.

—Pero Molly...

—Adèle, no es seguro allí. No ahora mismo. Quiero que agarres esas cartas y luego salgas de la casa, y camines hacia el norte por esa misma calle. ¿No hay un café a unas manzanas?

—Sí, pero...

—Nos vemos allí. Salgo ahora. Por favor, Adèle.

❧

FRANCES ESTABA en la cabaña y Molly decidió dejarle una nota en lugar de tomarse el tiempo para explicar. Se apresuró a ponerse un abrigo y un sombrero y salió hacia el pueblo. Era una caminata bastante larga hasta la casa de Murielle, y Molly deseó no haber pospuesto la compra de un coche.

Temía por su amiga. No entendía lo que había pasado entre los Faure y Albert Desrosiers mejor que Adèle, pero estaba segura de que fuera lo que fuese, tenía todo que ver con el asesinato de Josephine. Por lo que Molly había visto, Murielle parecía ser una madre devota y una maestra dedicada, y confusamente, era esas cosas.

Pero cuando Adèle había leído la carta, Molly también sintió una punzada helada en el pecho, y pensó, dado el número limitado de sospechosos posibles en el caso, que todas las señales ahora apuntaban directamente a Murielle Faure.

La noche estaba especialmente fría, en un mes que había sido mucho más frío que cualquier diciembre que nadie recordara. Molly se subió la bufanda hasta la nariz y metió las manos en los bolsillos, caminando tan rápido como pudo. Había algunas personas en las calles, pero la mayoría de los habitantes de Castillac estaba dentro, preparándose para cenar. Molly captó algunos aromas deliciosos al pasar por algunas casas, carne asada mezclada con troncos de pino ardiendo.

¿Debería llamar a Dufort? Sacó su móvil pero luego decidió no hacerlo. Aún no tenía pruebas, ninguna evidencia de que Murielle hubiera hecho algo más que posiblemente sufrir un corazón roto. Pero al mismo tiempo, cuando Adèle le había leído lo que Murielle había escrito, Molly había pensado: ella mató a su hermana. Así de simple. La fría rabia en la carta se había transmitido con total claridad, y Molly no pensó ni por un segundo que de alguna manera Murielle hubiera superado cualquier injusticia sobre la que le escribió a Albert.

Molly se alegró de que las calles no estuvieran vacías. En un momento de tanto estrés, quería estar rodeada de otras personas, de gente riendo, normal, haciendo cosas ordinarias. Su presencia era una especie de bálsamo para sus nervios. Porque si Murielle había matado a Madame LaGreffe para encubrir el primer asesinato, ¿qué la detendría de matar más, por la misma razón? Cualquiera relacionado con los Faure estaba potencialmente en peligro.

Ese era su pensamiento principal mientras caminaba tan rápido como podía hacia la casa de Murielle Faure.

El café a manzanas de la casa de Murielle estaba abierto, pero no había señales de Adèle. Molly sintió un golpe en el estómago aunque realmente no esperaba que Adèle siguiera sus instrucciones. Continuó hacia la casa de los Faure, viendo una luz encendida desde una manzana de distancia. La acera estaba helada y no se atrevía a correr.

Finalmente, Molly llegó a la casa y subió trotando los escalones de la entrada. Su mano estaba levantada, alcanzando la aldaba, cuando lo pensó mejor y la dejó caer. Retrocedió hasta la acera e intentó mirar por la ventana de la sala de estar, queriendo saber si Murielle estaba dentro antes de irrumpir.

No vio a nadie. Pero escuchó voces alzadas, escuchó llanto, escuchó a Adèle... no podía distinguir sus palabras, pero el tono de su voz era como una cuerda de acero tan tensa que estaba a punto de romperse.

Molly se escabulló por el costado de la casa, rogando que ningún vecino la estuviera viendo. Había una luz encendida en la cocina, y la ventana estaba en lo alto, lo que facilitaba que Molly se agachara para no ser vista y se acercara lo más posible. Las paredes de la pequeña casa no eran gruesas y, después de recuperar el aliento, comenzó a entender algo de lo que madre e hija estaban diciendo.

—Debes entender. No tenía opción. No podía dejar que ella se lo llevara también.

—¿No tenías opción? ¿Estás bromeando? ¡Nadie te obligó a matar a nadie, mamá!

Molly sacó su móvil y llamó a Ben.

❦

DUFORT LLEGÓ EN COCHE, sin sirena, justo cuando Maron se detuvo en el scooter. Molly los vio venir y corrió hacia ellos.

—Es Murielle... ella es la asesina —dijo sin aliento, en un susurro—. La escuché más o menos admitirlo a Adèle. Cocina —dijo, señalando hacia la parte trasera de la casa.

—Cubre la parte de atrás —le dijo Dufort a Maron. Luego sonrió sombríamente a Molly—. ¿Qué tal si esperas en el café?

Molly lo miró incrédula. A menos que estallara un tiroteo, no había forma de que se fuera, no a menos que él la obligara físicamente.

—Puedo ayudar —dijo—. Sabes que Adèle y yo somos amigas. Todo su mundo acaba de hacerse pedazos. Al menos déjala tener una aliada.

Dufort pensó por una fracción de segundo, luego asintió y subió los escalones de la pequeña casa. —Mantente en silencio —le dijo antes de levantar la aldaba y golpearla con fuerza.

No hubo respuesta. Molly creyó oír que hablaban, pero no estaba segura. Dufort probó el pestillo y la puerta estaba abierta. —Ni una palabra —le advirtió a Molly de nuevo mientras entraba.

La luz era tenue y todo parecía aún más destartalado por ello. Dufort se movió silenciosamente por el pasillo hacia el sonido de las voces, con Molly siguiéndolo. Se detuvo para escuchar.

—¡Bah, era vieja! Quizás lamentable, pero como he dicho, no tenía opción —decía Murielle a Adèle.

—No, Maman —dijo Adèle, con voz débil—. No.

Dufort entró en la cocina con Molly pegada a sus talones. Murielle estaba abrazando a Adèle, pero los brazos de Adèle estaban a sus costados.

—Bonsoir, Madame Faure —dijo Dufort, con voz tranquila y amistosa—. Adèle —añadió, asintiendo hacia ella—. Si no les molesta demasiado, me gustaría tener unas palabras. Con ambas, de hecho.

Molly se maravilló de la voz de Ben, de cómo el tono era tan suave que prácticamente la estaba adormeciendo. Sonaba tan poco amenazante, tan amable y servicial, como si estuviera hablando con un animal asustadizo.

—Ya dije todo lo que tenía que decir hoy —dijo Murielle, soltando a Adèle y parándose erguida. Su rostro parecía gris y demacrado, quizás traicionando menos tranquilidad de espíritu de la que intentaba proyectar—. Michel puede haber cometido algunos errores, pero ciertamente no hizo esas cosas de las que lo acusan. Ahora bien, estoy a punto de preparar una cena tardía para mi hija y para mí. Si hay algo más, estoy segura de que puede esperar hasta mañana.

—Me temo que no puede esperar —dijo Ben, su voz aún tranquilizadora—. No estoy aquí por Michel. Lo que me interesa es su versión de la historia, Murielle. En el pueblo, todos conocen la historia de Albert Desrosiers y su invento. Todos saben cómo su hermana se casó con él antes de que fuera rico, y terminó viviendo en la casa más grande de Castillac. Una mansión, realmente, ¿no es así? Pero tal vez la casa no sea relevante para la historia. Lo que importa es *usted*, Murielle Faure, cuya historia no ha sido contada.

Molly contuvo la respiración.

Adèle miró a su madre, esperando que cortara a Dufort de raíz.

Pero Murielle no lo hizo. Las lágrimas brillaban en las esquinas de sus ojos. —No podía contarla, durante todos estos años —dijo con voz baja y quebrada—. Estaba tratando de proteger a Adèle.

Adèle la miró bruscamente. —¿A mí? ¿Cómo se suponía que guardar todos estos secretos iba a ser bueno para mí?

—Todo lo que quería era que tuvieras una buena vida, una vida decente —murmuró Murielle.

Los demás esperaron a que continuara, pero ella inclinó la cabeza y no habló.

—Mi madre mató a Josephine —dijo Adèle a Dufort, con voz firme—. Por lo que he podido entender, tiene un montón de razones y excusas para lo que hizo, pero me ha admitido que lo hizo. Ah, y espera, ¿no te has enterado? Murielle no es mi madre. Así que para expresar la situación correctamente, la mujer que ha fingido ser mi madre mató a mi verdadera madre. Ya sé, ¡quizás necesites tomar notas, se vuelve muy complicado! —Adèle se rio ásperamente, un sonido que Molly nunca le había oído hacer.

Dufort extendió la mano y tocó a Murielle en el brazo.

—Hablaba en serio. Quiero escuchar su versión de la historia, Murielle. ¿Podría contarnos un poco más?

Ella miró a Dufort con gratitud, como si le estuviera ofreciendo agua después de haber atravesado un desierto arrastrándose.

Adèle se sentó en una silla y cruzó los brazos.

—Sí, vamos a escucharla, Maman. ¡Escuchemos todo sobre la pobre, pobre de ti y cómo no tuviste más remedio que embarcarte en una ola de asesinatos! Porque no olvidemos que no solo decidiste matar a tu hermana, también está Madame LaGreffe, a quien ni siquiera conocías, y Madame Arbogast... no fue muy inteligente elegir a la madre de un enfermero, ¿verdad?

—Molly, ¿podrías llevar a Adèle a la sala de estar un momento? —pidió Dufort.

Molly asintió, temerosa de decir una sola palabra. Puso sus dedos en el codo de Adèle y le dio un tirón, lanzándole una mirada alentadora. Adèle dijo "Bien", queriendo decir que no estaba nada bien, y se fue por el pasillo con Molly.

Dufort miró a los ojos de Murielle, viendo su dolor.

—Lo que debe entender —dijo ella suavemente— es que lo amaba. Nunca dejé de amarlo, incluso después de...

Dufort asintió, suponiendo que se refería a Albert, pero sin estar del todo seguro.

—Acabábamos de empezar una relación —continuó Murielle—. Esto fue en los años 60, entiende, hace toda una vida. Una época de agitación, como usted es demasiado joven para recordar. Nadie sabía lo de Albert y yo. Éramos tímidos. Era nuestro propio deleite privado, enamorarnos y mantenerlo en secreto para que nadie se burlara de nosotros. No éramos niños, ¿sabe? Yo ya estaba enseñando en el liceo, y Albert trabajaba como electricista. Tenía treinta y tres años y nunca se había casado. Nunca había tenido novia, creo, hasta que me conoció.

—Fue la ciencia la que nos unió, ¿sabe? Él siempre estaba haciendo inventos, aprendiendo ingeniería eléctrica por su cuenta... ¡Albert era tan ambicioso! Y yo estaba haciendo lo mismo en mi jardín trasero, criando rosas y haciendo otros experimentos botánicos... teníamos mucho en común, así que no es sorprendente que nos lleváramos tan bien. Pero —Murielle miró intensamente a Dufort y su rostro se endureció—, había una gran pasión además de intereses compartidos. Lo amaba sin reservas.

Dufort le prestó toda su atención.

—Sí —dijo, muy suavemente.

—Pero entonces Josephine... Josephine se enteró. Si simplemente se hubiera burlado, habría sido una cosa. Pero no. Josephine no podía soportar la idea de que yo encontrara la felicidad. Ella... ella lo sedujo —escupió Murielle—, y lo que es mucho peor, se quedó embarazada de su hijo. ¡Piense por un momento, jefe Dufort! Sé que no tiene esposa ni hijos, quizás no los quiera, quizás este tipo de cosas solo le parezcan sórdidas y sin sentido. Pero ¿puede intentar imaginar cómo se sintió que mi hermana, mi odiada hermana de todas las personas, quedara embarazada del hombre que amaba? ¿El hombre que me había jurado su amor?

Murielle hizo una pausa.

—Jurado —dijo sarcásticamente—. Como si sus palabras significaran algo en absoluto.

Entonces, tan rápido que casi fue un borrón, Murielle saltó hacia la puerta trasera y se deslizó afuera. Dufort no lo había visto venir y su reacción fue demasiado lenta.

—¡Maron! —gritó.

Molly y Adèle vinieron corriendo desde la parte delantera de la casa; bueno, en realidad desde el pasillo donde habían estado haciendo todo lo posible por escuchar a escondidas.

Encontraron la puerta trasera abierta y la cocina vacía, y a los dos gendarmes gritándose en la fría oscuridad del nevado jardín.

❧ 42 ❧

Dufort y Maron se separaron para registrar el vecindario a
pie. Dufort le dijo a Molly que llevara a Adèle a casa, y
habló con tanta autoridad que Molly no discutió.

Apenas hablaron mientras caminaban hacia La Baraque. Hacía
frío, pero apenas lo notaban. Después de unos quince minutos, la
cojera de Adèle era notablemente peor; Molly sintió el impulso de
levantarla y cargarla el resto del camino, pero sabía que no era lo
suficientemente fuerte para hacerlo incluso si Adèle se lo permitiera, lo cual dudaba mucho.

A mitad de camino, Molly le envió un mensaje a Frances para
avisarle que iban en camino, pero omitió cualquier mención de
Murielle. Estaba hiperalerta, sobresaltándose ante cualquier ruido
repentino, asustada de que Murielle pudiera salir de las sombras
en cualquier momento, aunque sabía que era poco probable. Pero
su cuerpo no parecía interesado en probabilidades: su corazón
latía con fuerza y sus manos estaban sudorosas. Por lo que pudo
escuchar en el pasillo, Murielle se había vuelto completamente
loca, ¿y quién sabe de qué sería capaz? Si pudo asesinar a la
inocente Madame LaGreffe, ¿por qué no matar a Molly y Adèle,
quienes habían sido testigos de su confesión?

Molly tenía un millón de preguntas para Adèle, pero como esta no hablaba, se mantuvo en silencio. Cuando llegaron al cementerio en la rue des Chênes, ambas mujeres estaban agotadas.

—Molly —dijo Adèle finalmente—. ¿Falta mucho para llegar a tu casa? Y escucha, siento que te hayas visto envuelta en todo esto.

—No, no falta mucho. Justo después de esta curva hay un tramo recto, y luego llegamos a casa, y por favor, no te disculpes. Somos amigas, ¿verdad?

Adèle asintió, pero no sonrió.

Cuando doblaron hacia el camino de entrada de La Baraque, escucharon ladridos.

—¿Qué demonios? —murmuró Molly, mientras un gran perro moteado venía corriendo desde un lado de la casa y chocó contra su pierna con la fuerza de un tren de carga—. ¡Ey! —exclamó, tambaleándose.

Frances salió de la cabaña, apretándose un suéter alrededor. —¡Venid a la cabaña! —gritó—. ¡Está calientita adentro! ¡Y podéis conocer a Dingleberry!

—Ya nos hemos conocido —dijo Molly—, y su nombre no es Dingleberry.

—Solo entrad donde hace calor. He preparado un poco de vino caliente, ¿queréis?

Molly y Adèle entraron agradecidas y se dejaron caer en el pequeño sofá. Molly empezó a hablar, pero no sabía por dónde empezar.

—Mi madre es una asesina —dijo Adèle, y Molly pensó que era un comienzo tan bueno como cualquier otro.

MOLLY SE DESPERTÓ temprano a la mañana siguiente por un ruido extraño que finalmente reconoció como su móvil.

—Bonjour, Molly, soy Ben. ¿Estás despierta?

—Sí —mintió.

—Adèle está ahí contigo, ¿verdad? ¿Podrías traerla lo antes posible? Me gustaría ver las cartas, y espero que ella pueda ayudarnos a encontrar a Murielle.

—¿Sigue libre? —Molly se despertó de golpe.

—Me temo que sí. Es difícil de creer, pero anoche estaba muy oscuro, y, por supuesto, ella conocería el vecindario como la palma de su mano; ha vivido en esa casa durante más de treinta años. La encontraremos, Molly, y mientras tanto, queremos concretar algunos detalles del caso, y Adèle será de gran ayuda con eso.

—¿Nos das media hora? Mejor que sean cuarenta y cinco minutos —añadió, pasándose las manos por el pelo y deseando tener tiempo para una ducha rápida.

Se despidieron, y Molly envió un mensaje a Frances y Adèle, quienes se habían quedado en la cabaña la noche anterior, sin querer caminar ni siquiera los pocos pasos hasta la casa de Molly después de beber unos cuantos vasos del vino caliente especial de Frances.

Molly se quedó en la cama pensando en el día anterior. El perro moteado puso sus grandes patas sobre la cama y le tocó con el hocico. —Buenos días a ti también —dijo Molly—. Pero te advierto, no tengo comida para perros. ¿De dónde has salido, de todos modos?

Encontró algunas sobras para darle al perro, y en menos de veinte minutos, Adèle y Molly iban de camino a la comisaría. Para Molly, se sentía incómodo no charlar, pero aún más incómodo hablar sobre lo que tenían en mente si Adèle no lo mencionaba primero. Así que, una vez más, caminaron en silencio.

—Al menos no resultó ser Michel —soltó Molly una vez que llegaron al pueblo.

—Sí, al menos eso —respondió Adèle, y soltó esa risa áspera que Molly había escuchado por primera vez la noche anterior en la cocina de Murielle.

Perrault se levantó de un salto cuando entraron en la comisaría y las condujo a la oficina de Dufort. —¿Puedo traerles algo, tal vez un café? —preguntó.

—Sí —dijo Molly agradecida.

—Bonjour, Molly. Bonjour, Adèle —dijo Dufort. Besó a Molly y gritó hacia la otra habitación—: ¡Maron! ¡Ven aquí y trae la carta!

—¿Otra carta? —dijo Adèle, pareciendo no estar segura de poder soportar más sorpresas.

—¿Me darías las que encontraste anoche? —le pidió Dufort—. Creo que el meollo de este caso está resultando ser lo que los protagonistas han escrito. Echemos un vistazo.

—¿Qué hay de Murielle? —preguntó Adèle.

—Maron está a punto de continuar con la búsqueda —dijo Dufort—. Aunque creo que ella ya no representa un peligro para nadie en este momento. Ahora que ya ha confesado, no tiene sentido hacer más intentos de encubrir el crimen original.

—Tal vez no actúe con lógica —dijo Molly en voz baja.

—Oh, claro que lo hará —dijo Dufort—. Es una lógica emocional, ciertamente, pero todas sus acciones hasta ahora han tenido cierto sentido, y estoy seguro de que seguirán teniéndolo. Madame Faure en este momento está tratando de escapar de las consecuencias de sus asesinatos escondiéndose, pero no creo que tenga los recursos para llegar muy lejos.

—¿Está de acuerdo, Adèle?

Adèle no respondió. Parecía estar cada vez más desconectada del momento presente, y se veía físicamente desinflada, como si se estuviera encogiendo dentro de sí misma.

Dufort leyó las cartas que Adèle había traído, tuvo una conversación privada con Maron antes de que se fuera, y luego sacó las cuatro cartas de sus sobres y las extendió sobre su escritorio, tomándose su tiempo, alisando las páginas arrugadas.

—Aquí está la historia, escrita para nosotros —dijo—. Primero tenemos una carta encontrada en el escritorio de Josephine Desrosiers. Una carta de amor. Pensamos que la carta fue escrita por Albert a Josephine, ya que estaba en su escritorio y cuidadosamente atada con una cinta de satén como si fuera algo atesorado. Pero fíjense que comienza con "Ma belle", no con el nombre de Josephine, y luego aquí —Dufort señaló la carta que Adèle había traído—. ¿Estás absolutamente segura de que esta es la letra de tu madre?

—Sí —dijo Adèle, sin mirar las cartas.

—Miren, ella está acusando a Albert de llamarla "ma belle", y diciendo, esencialmente, que sus palabras no coinciden con sus acciones. La primera carta no era una carta de amor escrita a Josephine, sino a Murielle. Posiblemente de antes de que Josephine sedujera a Albert, a juzgar por el tono.

—Tal vez Josephine encontró esa carta, y así fue como se enteró de que Albert y Murielle estaban enamorados —dijo Perrault, regresando con dos cafés.

—Y tuvo que meterse y arruinarlo —dijo Molly—. Supongo que eso podría explicar por qué Murielle la envenenó, incluso después de todo este tiempo. Pero ¿qué hay de Adèle? Todavía no tiene sentido que Murielle criara a su bebé como propio, ¿o me estoy perdiendo algo?

Molly y los dos gendarmes miraron a Adèle, pero ella solo se encogió de hombros.

Dufort continuó:

—Luego tenemos la segunda carta, que se encontró en la casa de Claudette Mercier. No está firmada, pero como señaló Maron, cualquiera con el más mínimo conocimiento de análisis de escritura puede ver que fue escrita por Josephine, ya que tenemos su testamento firmado y otros documentos para comparar. La llamaríamos "correo de odio", el término antiguo era "carta venenosa". Creo que tiene relación con el caso porque demuestra la crueldad de Josephine. No debe haber sido fácil ser su hermana.

Molly lanzó una mirada a Adèle, pero ella no parecía haber escuchado.

—La tercera carta —gracias por traerla, Adèle— fue escrita

por Murielle a Albert. Parece que nunca fue enviada. Es fría y furiosa, emociones comprensibles dada la profundidad de la traición.

—Es extraño que estas cartas, excepto la de Mercier, tengan más de cuarenta años. ¡Supérenlo, gente! —dijo Perrault. Dufort y Molly compartieron una rápida mirada de diversión.

—Es un poco triste que Josephine guardara cartas de amor que su marido escribió a otra mujer —dijo Molly.

—Las tres destinatarias guardaron cartas que debieron haber sido extremadamente dolorosas —dijo Dufort—. Uno se pregunta por qué no las tiraron a la basura simplemente.

—Pero si lo hubieran hecho —dijo Adèle, levantándose de su silla—, tal vez nunca habríamos descubierto quién hizo esto, y Murielle podría haber seguido matando, quién sabe. Tal vez empezó a disfrutarlo. No pretendo saberlo. Todo lo que creía saber ha resultado ser una mentira.

—Adèle, ¿tiene alguna idea de dónde deberíamos buscar a Murielle? ¿Algún lugar que le gustara especialmente, algo así? Tenemos su cuenta bancaria bloqueada y su casa vigilada, así que a menos que por casualidad llevara mucho efectivo encima, no llegará lejos. ¿A menos que conozca otros recursos de los que no estemos al tanto?

—Murielle está obsesionada con las plantas —dijo Adèle, caminando hacia la puerta—. Voy a buscar a Michel, si no me necesitan más. Yo tendría en cuenta las plantas, si fuera ustedes.

—Debe haber hecho el cianuro ella misma —meditó Dufort —. ¿Tiene árboles frutales en su patio trasero?

—Albaricoque, manzano y melocotón.

—Oh, sí —dijo Dufort—. Por supuesto. Eso serviría perfectamente.

❧ 43 ❧

Cuando Murielle llamó a la puerta de Michel por la mañana, él saltó de la cama y se puso una bata. No estaba acostumbrado a las visitas, prefería quedar con sus amigos en lugares más agradables estéticamente, donde además podrían invitarle a comer.

—¡Maman! ¿A qué debo este placer? ¡No creo que hayas venido nunca a mi apartamento!

Murielle pasó junto a su hijo y echó un vistazo alrededor.

—Veo que lo mantienes bien, tal como te enseñé.

—Por supuesto —rio él—. Tus lecciones sobre cómo quitar el polvo y pasar la aspiradora fueron bastante exhaustivas. ¿Te apetece beber algo?

—Sí, de hecho, algo de beber es exactamente lo que necesito. —Se llevó la mano al bolsillo para asegurarse de que el pequeño paquete estaba a salvo, y luego se sentó en el borde del sofá barato —. Hay un par de cosas de las que necesito hablarte —dijo, y sintió que se le humedecían los ojos, igual que la noche anterior con ese maldito Dufort. Era a la vez difícil y extrañamente maravilloso empezar por fin a hablar de las cosas que había guardado durante tantos años. Emocionante, pero inquietante.

—Siéntate —le indicó, y Michel le entregó un vaso de agua y se dejó caer en un sillón desgastado, bebiendo parte de una Coca-Cola. Entonces miró con más atención a su madre—. ¿Maman? Tienes... tienes hojas en el pelo —dijo con tono de asombro.

—No es de extrañar —respondió ella, dando un sorbo de agua —. Anoche dormí bajo mis árboles.

—¿Que hiciste qué?

—Bajo el manzano del jardín trasero. Pero no importa, es algo que no entenderías. Michel, quiero que sepas todo, por fin —le dijo, y se sintió satisfecha cuando él pareció sorprendido e interesado—. Sé que crees que eres adoptado y que tu hermana es mi hija biológica, ¿verdad?

Michel asintió.

—Eso es incorrecto. Bueno, tú sí fuiste adoptado, eso es cierto. Pero ¿nunca te preguntaste adónde había desaparecido el padre de Adèle? Siempre me pareció extraño que tú y Adèle fuerais tan poco curiosos. Creo que ni una sola vez preguntasteis dónde estaba su padre, o quién era, así que no tuve ocasión de mentir.

—Maman, ¿de qué estás hablando? ¡Sí te lo preguntamos, muchas veces! Pero ponías esa cara de piedra y te negabas a responder. Decidimos que era todo muy romántico y que te habían roto el corazón, por eso no podías hablar de ello.

—No tengo ningún recuerdo de esas preguntas. Pero en cualquier caso, teníais razón. Mi corazón *sí* estaba roto. Amaba a tu tío, Albert Desrosiers. Lo amaba desesperadamente, y él me correspondía, hasta que mi hermana lo arruinó todo.

»Josephine lo sedujo. Solo aquella vez... lo pilló a solas y lo tentó, lo *embrujó*, Michel... y esa única vez bastó para que se quedara embarazada. Albert era un hombre decente, y su familia era religiosa. Sintió que tenía que casarse con ella aunque no la amara ni quisiera ser su marido. Por el niño. Se casó con una mujer a la que no amaba, por Adèle.

»Por supuesto, nadie hacía nada por *mí* —dijo, con voz baja y grave.

—¿Estás diciendo que Adèle...?

—Calla un momento, Michel. Déjame contar mi historia. Por favor. En cuanto me enteré de lo de Josephine y Albert, me fui a quedar con unos primos, en el Franco Condado. Nunca debería haber vuelto, sobre todo cuando supe que estaba embarazada. Sabía que Josephine estaría pavoneándose por el pueblo como si fuera a dar a luz a la realeza... ya sabes muy bien cómo era. Debería haberme quedado lejos para siempre. Pero no pude evitarlo.

»Echaba de menos a Albert. Aunque para entonces yo era su cuñada, y por supuesto no había ninguna intención de tener una aventura ni nada parecido... yo no era ese tipo de persona, como creo que sabes. Pero aun así, quería vivir donde pudiera encontrármelo de vez en cuando. Aunque no me permitiera hablar con él.

»Y entonces ocurrió algo verdaderamente espantoso. Josephine dio a luz a Adèle, en casa. Vivían en una casa pequeña entonces, en las afueras del pueblo, no recuerdo el nombre de la calle. Adèle nació con un pie zambo, y cuando Josephine vio ese pie, apartó a la bebé y dijo que se negaba a criarla. Que no tendría una hija deforme, y ahí acabó todo. Ni siquiera creo que Albert discutiera mucho con ella, porque ya había aprendido que discutir con Josephine era inútil. Siempre se salía con la suya. La mujer más afortunada, así solía llamarse a sí misma, pero no era suerte. Era dominación.

—En fin, la matrona se puso en contacto conmigo, me dijo que Josephine había rechazado a su propia hija. Dijo que nunca había visto nada parecido. Bueno, ¿qué iba a hacer yo? ¿Dejar que dieran en adopción a mi sobrina y no volver a verla jamás? ¿A la hija del hombre al que amaba más que a nada en este mundo?

—La acogiste tú. —Michel se había incorporado y escuchaba atentamente a su madre.

—La acogí yo. Por supuesto que lo hice. A Josephine no le

gustó. Pero al menos aquella vez, Albert insistió y se salió con la suya. Tuvieron que sobornar a la matrona de alguna manera, y todos contaron la historia de que la niña había nacido muerta.

Michel se quedó con los ojos muy abiertos. Bebió un poco de su Coca-Cola.

—¿La tía Josephine es la madre de Adèle?

—Sí, Michel, eso es precisamente lo que he estado diciendo.

—Pero eso significa... sin querer ir directamente a lo mercenario... que Adèle hereda la mayor parte de la fortuna de la tía Josephine.

—En efecto, así es. Como debe ser, y ni un minuto demasiado pronto.

—¿Qué quieres decir con ni un minuto demasiado pronto?

—Después de lo que le hicieron sus padres, repudiarla así por una pequeña imperfección... Adèle se merece ese dinero. Debería haberlo tenido desde el principio.

Michel sintió un momento de arrepentimiento por todas las noches desperdiciadas en compañía de su vil tía, pero no era de los que se detenían en sus errores. —Así que simplemente te impacientaste, ¿es eso? —preguntó.

—Y tú no te mantenías alejado de ella —dijo Murielle, negando lentamente con la cabeza—. Intenté sugerirte un camino diferente, te di ese dinero para que te establecieras en París, fuera de sus garras. ¿Por qué no me escuchaste, Michel, querido niño?

—Oh, Maman. —No pudo evitar sentir una punzada de compasión por ella—. Yo detestaba a Josephine, tú lo sabes.

Murielle le lanzó a Michel una mirada rápida y dura, luego metió la mano en su bolsillo y sacó el paquete. —Ya he oído eso antes —dijo—. Dices que la detestabas, pero no podías mantenerte alejado. Era como una araña envolviéndote en seda, alimentándose de ti hasta que hubieras terminado como una cáscara seca, ya no un hombre sino un caparazón vacío.

Los ojos de Michel se abrieron aún más y notó una sensación nerviosa en las piernas que reconoció como miedo.

—Dame tu bebida —dijo ella—. Cómo puedes beber este líquido asqueroso es algo que nunca entenderé.

Michel le extendió la lata. —Sí, lo sé, sin valor nutricional alguno. No lo tires, Maman.

Ella inclinó el paquete hacia el agujero de la lata y lo golpeó suavemente para que algo de polvo cayera dentro. Luego hizo lo mismo con su vaso de agua.

—¿Qué es eso, alguna vitamina nueva? —rio Michel, tratando de creer que ella estaba bromeando—. Y sigue con tu historia. No puedo decidir si me estás tomando el pelo o no.

—No es una vitamina, no —dijo Murielle—. Pero nos hará sentir mejor a ambos, creo. Nos quitará el dolor de una vez por todas.

Michel sintió de repente una oleada de frío que recorría su cuerpo y se llevó la mano al corazón como para asegurarse de que aún latía. En ese momento entendió muy poco de la enrevesada historia que su madre había estado contando, pero comprendió muy bien que ella estaba profunda, profundamente perturbada.

Y que fuera lo que fuera que estaba poniendo en su bebida, debía evitarlo a toda costa.

❧ 44 ❧

—¿**E**ntonces cómo escapaste? —le preguntaba Adèle a Michel, mientras estaban sentados con Molly y Frances en Chez Papa la tarde siguiente.

—No te lo vas a creer —dijo Michel, riendo y dando un sorbo a su cerveza—. Le dije que volvería enseguida, que tenía que salir a comprar un paquete de cigarrillos, que me moría por fumar, y ella empezó a sermonearme sobre lo terrible que es fumar y lo estúpido que debía ser yo para adquirir un hábito tan asqueroso a mi edad. Ahí estaba ella, intentando matarme... y regañándome por el peligro de los cigarrillos.

Molly y Frances se quedaron sin palabras.

—Supongo que eso resume lo perdida que estaba —dijo Adèle con tristeza.

—Me río, pero no tiene nada de gracioso —dijo Michel.

—¿Y así te dejó salir? —preguntó Molly.

—Oh, protestó. Mi apartamento solo tiene una habitación, y tuve que vestirme delante de ella, lo cual fue incómodo. Temblaba como una hoja. No te puedes imaginar... un minuto estaba contándome esa historia loca y confusa, y al siguiente, sentí ese frío y punzante sentimiento en el pecho. Ese *miedo*. Tenía una expresión en su rostro... nunca había visto nada igual. Era una expresión de absoluta seguridad de que estaba haciendo lo correcto, aunque claramente era una locura. Literalmente... una locura.

—¿Te contó sobre matar a la tía Josephine?

—No directamente. Insinuaciones veladas. De todos modos, ya había sospechado de ella, ¿sabes? De ti también, Adèle, si soy sincero. Al principio pensé que tal vez era Sabrina, porque sin duda la tía Josephine le había hecho la vida imposible. Pero simplemente tenía sentido que fuera alguien de nuestra familia, y obviamente yo sabía que no era yo.

Se encogió de hombros. —Así que cuando salí a la calle, llamé a los gendarmes y llegaron enseguida. Pero ya era demasiado tarde para mamá. —Michel entrecerró los ojos, mirando a través del ventanal hacia la calle—. Sonará un poco raro, pero ¿sabéis qué? Me sentí mal porque muriera así, sola. Me quedé por ahí fuera, congelándome sin abrigo, ni loco iba a volver a entrar allí con ella y su pequeño paquete de cianuro. Pero aun así... lamento que estuviera sola.

—Michel, intentó *matarte* —dijo Molly.

—Lo sé —dijo Michel—. Pero el caso es que, y Adèle me respaldará en esto, ella hizo lo mejor que pudo por nosotros. Nuestra infancia fue mucho mejor de lo que habría sido sin ella.

—Ya lo creo —asintió Adèle.

—¿Así que eso es todo? ¿Dos asesinatos y un suicidio, y en tres días es Navidad, y todo volverá a la normalidad? —preguntó Frances.

—¡No más "normalidad" para Adèle, va a ser rica! —dijo Michel, levantando su vaso para brindar por ella.

Adèle sonrió con asombro. —Todavía no me parece real —dijo—. Ocho millones de euros, me dijo Perrault ayer cuando estábamos en la comisaría.

—Eso son muchos bolsos —dijo Molly, sonriendo—. ¿Vas a

mudarte a la mansión? ¡Apuesto a que Lapin está ansioso por echarle mano a ese lugar!

—Aún no hay planes, Molly. Va a pasar algún tiempo antes de que pueda acostumbrarme a tanto cambio.

Molly asintió y la rodeó con el brazo, dándole un apretón.

Los cuatro terminaron sus bebidas y luego caminaron hacia La Baraque, ya que Molly había invitado a los Faure a una cena improvisada. Molly y Michel se adelantaron a las otras dos (el pie de Adèle todavía sufría los efectos de la larga caminata de la otra noche y avanzaba lentamente) y Molly preguntó en voz baja: —Entonces Michel, ¿tu madre dijo algo sobre por qué Josephine renunció a Adèle? Esa es la parte de toda esta historia que no he podido entender. Sigo pensando en ello e intentando resolverlo, pero no llego a ninguna parte. ¿Te dio alguna explicación sobre eso?

Michel negó con la cabeza. —Ni una palabra —dijo, encogiéndose de hombros para protegerse el cuello del frío—. Ahora dime qué cosas increíbles vas a preparar para la cena. Frances dice que eres una auténtica maga en la cocina... ¡y soy francés, por si no te habías dado cuenta!

—No me equivoqué en que el envenenador era una mujer —dijo Maron a Perrault, quien puso los ojos en blanco.

—Nunca dije que no pudieras hacer suposiciones sobre qué tipo de persona es un envenenador —dijo Perrault—. Obviamente, es alguien a quien le gusta planear. Alguien que no quiere ensuciarse las manos. Que no le importa causar dolor. Pero no puedes asumir el género, Gilles, eso es todo lo que digo, y me mantengo firme en ello. Oye, jefe, pasé por la casa de Madame LaGreffe esta mañana y me encontré con su hija. ¿Adivina qué encontré sobre la mesa de la cocina?

Dufort negó con la cabeza.

—¡Una bolsa de piñones!

—Vaya —dijo Dufort—. No me lo habría esperado.

—Ese cabo suelto me estaba molestando —dijo Perrault.

—Pelota —murmuró Maron, pero le lanzó a Perrault una rara (y pequeña) sonrisa.

—Muy bien, vosotros dos. Habéis hecho un buen trabajo. Quiero que salgáis a la calle el resto del día, disfrutad, hablad con la gente, ved si hay algo que requiera nuestra atención. Prestad especial atención a los ancianos que puedan necesitar un poco de ayuda extra durante este duro invierno.

Perrault y Maron se empujaron juguetonamente mientras salían, y Dufort se hundió en su silla, en su escritorio, y se frotó la cara con ambas palmas.

Me he equivocado, pensaba. Me he equivocado sobre lo que debería estar haciendo con mi vida. Ha habido demasiados errores, demasiadas muertes, y es hora de que escuche lo que esos errores me están diciendo.

Movió el ratón para despertar su ordenador y abrió un nuevo documento, y comenzó a escribir una carta de renuncia. Dufort no tenía ni idea de lo que iba a hacer a continuación, pero fuera lo que fuese, no iba a aceptar el nuevo puesto de la gendarmerie que esperaba que llegara en enero.

Se quedaría aquí mismo en Castillac.

La carta era breve y concisa. La guardó, la imprimió y luego, sin perder tiempo, sacó su móvil y llamó a Molly Sutton.

❧ 45 ❧

El día siguiente era la víspera de Nochebuena, como Molly lo llamaba de niña, y dejó dormir a Frances mientras caminaba hacia el pueblo para terminar sus compras. Tenía que recoger el ganso en la carnicería, y el bûche de noël de la Pâtisserie Bujold, y se estaba convenciendo de darse el lujo de comprar foie gras orgánico. Constance había prometido venir esa tarde para una limpieza relámpago seguida de un cóctel navideño, y tenía que recordar comprar comida para perros. Pero todas estas cosas, que normalmente le darían placer, se sentían un poco desabridas.

Siempre que un período de emoción termina, hay una sensación de bajón, pensó mientras caminaba por la rue des Chênes. Molly sentía que debería estar feliz de que Murielle ya no pudiera lastimar a nadie más, y de que su amiga hubiera recibido una enorme suma de dinero. Pero de alguna manera, no era suficiente para mantener alejada la sensación de bajón. Parte de ello era aún la incomprensión de que una madre rechazara a su bebé por un defecto corregible; y parte de ello, si era honesta, era que disfrutaba la estimulación de tener un problema que resolver (un buen y sustancioso misterio) y cuando terminaba, y no tenía nada en la agenda más que preparar la cena, terminaba necesitando algo de tiempo para readaptarse a la vida cotidiana y ordinaria.

Molly visitó al carnicero, consiguió el foie gras, y justo estaba saliendo de la Pâtisserie Bujold con una gran bolsa, cuando su móvil vibró en su bolsillo.

—¿Âllo? —dijo, dando un paso hacia el centro de la calle donde la recepción era mejor.

—Salut, Molly, soy Ben.

Molly sonrió. Ella y Ben hablaron sobre el caso, tratando de atar algunos cabos sueltos, y luego hablaron de cosas no relacionadas con asesinatos, venenos o traiciones. Él la hizo reír, y finalmente, después de haber estado de pie en medio de la calle durante quince minutos, la invitó a cenar.

—Probablemente no en La Métairie —dijo él.

Lo cual estaba perfectamente bien para Molly.

FIN

AGRADECIMIENTOS

Edición a cargo del incomparable Tommy Glass. Corrección por . Más edición y corrección por Nellie Baumer. Lectura beta por Nancy Kelley. ¡Muchísimas gracias a todos y brindo por vosotros con una gran copa de Médoc!

SOBRE LA AUTORA

Nell Goddin ha trabajado como reportera de radio, tutora del SAT, cocinera de tortillas francesas y panadera. Intentó ser camarera, pero era realmente terrible en ello.

Nell creció en Richmond, Virginia y ha vivido en Nueva Inglaterra, la ciudad de Nueva York y Francia. Tiene títulos de Dartmouth College y Columbia University.